온천장 '늑대와 향신료'의 여주인
현랑 호로

"어떤가요?"

저주받은
산에 사는
다람쥐의
화신
타냐

"당신들이
사제 역할과 들러리?"

전통에 얽매인 귀족 가의 신부
아르테 프리스톨

성직자를 지망하는 청년
토트 콜

현랑과 행상인의 딸
뮤리

늑대들의 결혼식

나랑 오라버니가

결혼식 흉내를 냈다는 말이

아버지 귀에 들어가면,

고지식한 아버지는

졸도하실지도 몰라.

ConTENTs

늑대와 향신료 ⓍⓍⒾⒾ

Spring Log V

eXtreme novel

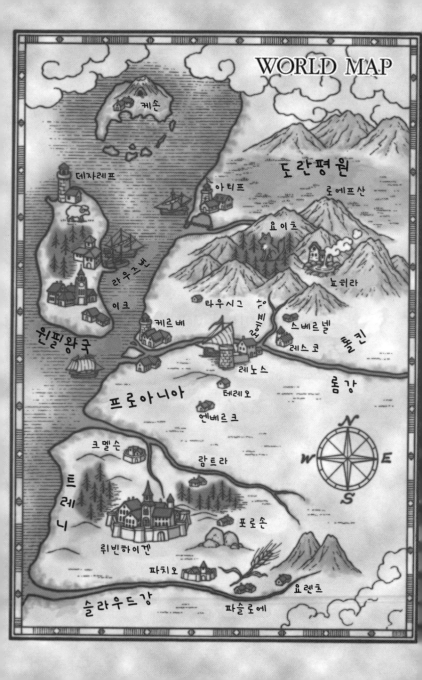

늑대와 도토리 빵

외출했다 돌아온 로렌스가 숙소의 방문을 여니, 방 한복판에 소녀 하나가 서 있었다.

비단결 같은 연갈색 머리에 힘쓰는 일이라고는 해 본 적이 없을 것처럼 가녀린 몸매가 어느 귀한 가문의 딸인가 싶을 정도다. 외관상 나이는 기껏해야 열대여섯쯤으로 보이나, 가슴 앞에 팔짱을 낀 채 등을 살짝 젖히고 다리는 어깨너비만큼 벌린 채 떡 버티고 선 모습이 묘하게 박력 있다.

게다가 인상은 찌푸렸고 미간에는 깊은 주름까지 있으니, 놀러만 다니는 남편에게 부글부글 화가 끓어 오늘에야말로 한마디 하겠노라 벼르고 있는 기 센 어린 아내의 모습, 으로 남들 눈에는 비칠지도 모른다.

그러나 방 한복판에 버티고 선 소녀는 뒷손질로 문을 닫는 로렌스 쪽으로는 눈길조차 주지 않았다.

벽만 바라본 채 꼼짝도 하지 않는데, 그 앞에는 한 장의 종이가 붙어 있었다.

로렌스의 기억이 맞다면 아까 나갈 때도 딱 저 자세였는데.

왕년에는 행상으로 이름을 날렸고 지금은 온천마을 뇨히라에서 어엿한 온천장을 운영 중인 로렌스는 혼인한 지 십여 년쯤 되는 아내 호로에게 이렇게 말했다.

"뭐가 그렇게 마음에 안 드는데?"

로렌스가 탁자 위에 돈이 든 염낭, 호신용 단도 등등을 꺼내

놓고 있자, 호로는 몸이 한껏 뒤로 젖혀질 만큼 크게 숨을 들이마셨다가는 짜증스레 내쉰다.

"이 그림은 먼 훗날까지 두고두고 남을 거잖아. 한심스러운 모습을 몇 백 년 후에 보고 후회하기 싫단 말이야."

터무니없는 과장 좀 하지 마, 라고 생각하지는 않는다.

왜냐하면 이 호로는 보이는 그대로의 소녀가 아니니까. 참모습은 우러러봐야 할 만큼 거대한 늑대이자 보리 속에 깃들어 풍작과 흉작을 다스린다는 존재이다. 그림이란 게 몇 백 년 후까지 남는다면, 몇 백 년쯤 뒤에 호로가 다시 그 그림 앞을 지날 만도 한 것이다.

그런 호로의 입장에서는 흡족하지 않은 그림을 남긴다는 것이 이만저만 중요한 문제가 아니란 건 알겠으나, 아무리 그렇더라도 영 이해되지 않는 부분이 있었다.

"처음엔 그렇게나 좋아라 하더니?"

그런 지적을 호로는 묵살해 버린다.

로렌스는 어이없는 한숨을 쉬고는 호로를 따라 벽에 걸린 그림을 보았다. 거대한 벽화의 한 부분을 차지할 밑그림의 밑그림 격인 그림으로, 로렌스와 호로가 목탄으로 그려져 있다.

그 거대한 벽화는 얼마 전 지금 묵고 있는 항구 도시 아티프를 떠들썩하게 한 소동을 해결하는 과정에서 나온 것인데, 로렌스와 호로는 소동의 중심에 선 인연으로 벽화 속에 담기게 되었다.

그림 속 인물이 될 기회는 그야말로 귀족이 아니고서는 턱도 없는 이야기다. 더욱이, 내 돈 한푼 안 들이고 그려지니 불평불만이 있을 수가 없지만, 호로에게는 이런저런 생각이 많은 듯하다.

하지만 로렌스로서는 호로가 기뻐하지 않는다면 아무리 공짜라도 아무런 의미가 없다. 애초에 두 사람이 나란히 그림 안에 들어갈 수 있도록 로렌스가 손을 쓴 것도 전부 호로를 위해서였으니까.

앞으로도 몇 백 년을 살아갈 호로는 날마다 생긴 일을 두고두고 기억할 수 있게 매일 열심히 일기를 쓰고 있다. 그런데, 표현에 한계가 있는 글과 달리 그림은 모습까지도 남길 수 있다.

그러니, 자신들이 그림으로 남게 된다는 사실에 호로는 이루 말할 수 없이 기뻐했고, 그 이상으로 자신이 그림 속 인물이 되는 첫 경험에 흥분했었다.

화공들이 그린 몇 장의 그림 중 한 장을 건네받고는 콧등에 목탄이 묻을 만큼 열심히 들여다보고 자랑스러운 꼬리를 파닥이며 히죽댔었다.

그러던 호로가 그제쯤부터 무엇이 마음에 안 드는지 저렇게 인상을 찌푸리고 있다.

"한심스럽다는 말이 특히 이해가 되지 않는데, 잘 그려져 있잖아?"

오히려 미화가 되어 있을 정도인데, 라고 생각하지만, 이 말을 입 밖에 냈다가는 늑대의 발톱과 이빨로 갈가리 찢길 것이기에 물론 로렌스는 아무 말도 하지 않는다.

그런 로렌스의 속마음을 아는지 모르는지, 호로는 또다시 코로 한숨을 푹.

"나의 가련함이 담기긴 했지. 하지만 이 그림은 몇 백 년이나 길이길이 남을 거잖아? 수많은 놈이 보게 될 거고, 개중엔 날 아는 놈들이 있을지도 모르는데. 그때, 가련하기만 할 뿐인 내가 그려져 있다면 어떻겠어? 현랑의 위엄이 떨어질 거 아냐!"

허리에 양손을 얹고 흥! 콧방귀를 뀌는 모습이 그림 속 호로보다도 더 어려 보인다.

몇 백 년이나 살아온 데 비해 호로에게는 묘하게 어린애 같은 면이 있다.

처음 만나고 한동안은 호로가 사람의 모습을 하면 소녀처럼 보이기 때문에 일부러 어린애처럼 구는가 했는데, 뇨히라에서 온천을 운영하며 무수히 많은 나이 든 권력자들을 상대하면서 확신을 얻었다. 나이를 먹으면 누구나 어린애가 된다는 것을.

하물며 몇 백 년을 산 호로라면.

"하지만 주제부터 시작해서 모든 게 이미 정해진 그림이니까. 너도 작업하는 거 봐서 알잖아? 일개 온천장 주인이 끼어들 규모가 아니라고. 나도 얼마나 놀랐는지 몰라."

그림의 발주처는 항구 도시 아티프에서 청어 알 거래를 하는, 다양한 지역 출신의 상인 집단이다. 투기성 상품인 청어 알 거래는 대놓고 하는 도박이라 먼 지방의 대상인들까지 몰려올 만큼 인기였다. 그러던 것이, 때마침 거세게 불고 있는 교회 개혁의 바람을 타고 엄숙함을 강조하는 젊은 사제의 눈에 찍혔고, 올해의 장이 열려 한창 열기가 고조되자마자 중단될 위기에 처했다. 그런 상황을 로렌스의 기지와 호로의 도움으로 고지식한 사제를 교묘하게 설복해서 해결해 냈다.

그 일환으로 발주하게 된 것이 이 그림인데, 유복한 상인들이 일확천금을 노리고 모여든 놀이터를 계속 유지하는 게 목적이었던 만큼 '옛다, 그림 여기 있소'로 끝나지 않았다. 청어 알 거래소의 벽을 칠흑으로 칠한 뒤에 거대한 벽화를 그려 넣는 크나큰 계획이 수립됐고, 그에 따라 앞으로 불려 올 예정인 화공들, 제자들이 수십 명에 달한다고 한다.

현재는 벽화를 그릴 곳을 정비하기 위해 건물 전체를 에워싼 나무 발판이 설치되고, 인근에서 쓸어 온 석공이며 목수들이 건축을 맡은 직인조합의 감독하에 부지런히 작업 중이다.

어마어마한 규모만으로도, 그림이 완성되고 나면 이 일대에 소문이 자자할 아티프의 명소가 될 게 분명했다.

그런 거대 자본이 투입된 대사업에 온천장 주인 나부랭이가 고개를 들이밀고는 '아내가 자기가 예쁘게만 그려진 그림은 싫다고 하는데…'라는 소리를 어떻게 한단 말인가. 로렌스로서는 도무지 엄두가 나지 않는다.

"하치만, 한몫 크게 잡기 위해서라면 불가능도 가능하게 만드는 게 당신 신조 아니었어?! 난 당신이 가장 아끼는 반려잖아! 내가 기뻐하는 것보다 더 큰 이득이 어디 있어?!"

호로가 손가락질까지 해 가며 지적하니, 로렌스는 어깨가 움츠러들 뿐이다.

"한몫 크게 잡으려 드는 버릇 좀 고치라며 하도 야단을 맞아서 이러잖아."

물론 야단을 쳐 온 쪽은 의외로 보수적인 면이 강한 호로였고.

"게다가, 그 그림에서도 네 위엄은 충분히 전해진다고."

"……."

호로는 남의 거짓말을 가릴 수 있는 귀를 가졌다.

입을 꾹 다무는 걸 보아하니 로렌스의 말이 거짓은 아니라는 걸 귀로는 판가름한 것이리라. 그러면서도 얼굴이 일그러질 만큼 이를 악물고 있는 건, 어째서 거짓말은 아닌 건지 납득할 수 없어서일 테고.

로렌스는 나직이 웃은 후 이유를 밝혔다.

"적어도 나는 그 그림을 볼 때마다 얼굴이 굳을 테니까."

왜냐하면, 애초에 그 그림의 발단이 된 소동에 휘말리게 된 건 로렌스가 청어 알 거래에 건 돈을 빼앗길 판이어서였고, 더욱이 호로가 웬일로 노동 정신을 불태우며 열심히 푼돈벌이를 하는 중에 저지른 짓이니, 그야말로 호로에게 목덜미를 물어뜯기고도 남을 일이었다.

아내가 착실히 일해서 벌어온 돈을 노름에 쏟아부은 몹쓸 남편인 셈이었으니.

"하여간에 당신은 항상 날 속이기만 하고!"

"10년 넘게 함께해 왔으니 널 어떻게 다뤄야 할지도 익혔을 만하지."

"멍청이!"

너스레를 떨 듯 어깨를 움츠리고는 열린 나무창 너머로 밖을 내다보았다.

"그보다, 저녁 먹으러 안 나갈래? 직인들이 속속 불려 들어오고 있어서 해가 저물면 어딜 가든 혼잡할 텐데."

온천장을 열기 전에는 이곳저곳 떠돌며 행상을 했던 터라 호로도 잘 아는 이야기다. 쓸데없는 씨름을 하다 시간을 놓쳤다가는 숙소 부엌을 빌려 멀건 보리죽에 생마늘로 저녁을 때우게 될 수도 있다.

"흥. 당신, 목숨 구한 줄 알아!"

"돈을 낼 때까지만 붙어 있을 수도 있지."

호로는 눈썹을 치켜세우더니 잠자코 로렌스의 허리를 때리고 는 외투를 홀떡 뒤집어써 못마땅한 듯 파닥이는 꼬리를 넣었다.

로렌스와 호로가 체류 중인 항구 도시 아티프는 원래도 시끌 벅적했지만, 지금은 한층 더한 것 같다. 이제 막 이 도시에 도착 한 듯한 여행객, 돼지나 닭을 팔러 온 참에 생선이라도 사 가려 고 하는 인근 마을의 농부, 항구에 도착한 배에서 우르르 몰려 나오고 있는 선원들과 하역 인부들이 뒤섞여 부둣가에 인접한 광장은 인파로 북적이고 있었다.

사람이 많은 탓에 노점에서는 점점 음식이 사라지는 판국이 라 로렌스와 호로는 둘로 나뉘어 저녁거리를 확보하기로 했다. 미모 출중한 연기파 호로는 먹을 것을 사러 가면 우대받기에 양고기와 생선을 맡기로 하고, 로렌스는 술을 구하기 위해 달 렸다.

음식에 술이 빠지면 밥맛이 떨어진다며 몸싸움도 불사하는 아비규환 상태의 술 가게에 들러붙어 간신히 술을 확보해 냈다.

술통을 안고 비틀비틀 걷고 있자, 익숙한 목소리가 들려온다.

"당신, 여기야! 여기!"

역시나 눈치 빠른 호로는 여관과 여관 사이 골목에 만들어진 휴게소에 확실하게 자리를 잡아 놓았다.

"호오, 포도주에서 아주 좋은 냄새가 나는데? 산에서 난 과실주엔 질렸던 참인데."

호로는 신맛 나는 과실주도 좋아하지만, 흔들흔들한 탁자 위에서 여전히 기름이 지글지글 소리를 내는 양고기와 생선튀김에 곁들이기로는 역시나 시원한 맥주 아니면 포도주이리라.

"그런데 맥주는 없어?"

아니나 다를까 바로 지적당했다.

"값비싼 포도주니까 그나마 살 수 있었지, 싼 맥주나 과실주는 서로 사겠다며 난리가 아니었다고."

그런 과장된 소리 하지 말라고는 호로도 하지 않는다. 후드 밑 늑대 귀를 쫑긋거리기만 해도 항구의 야단법석은 대충 파악이 될 테니, 로렌스치고는 애썼다 싶겠지.

"너는 참 성공적으로 잘도 모아 왔다. 대단한데?"

로렌스가 그러면서 양고기 꼬치를 하나 집어 들자, 호로는 바로 나무통의 뚜껑을 딴다. 얼굴이 가려질 만큼 큼지막한 나무통을 양손으로 들고는 그대로 포도주를 꿀꺽꿀꺽 마시는 호쾌한 모습에 어이가 없어 웃고 만다. 며칠 동안 마시려고 산 것인데… 라는 잔소리는 해 봤자일 테고.

그런 호로의 모습에 가까운 자리에 있는 남자들의 눈이 휘둥그레지고, 호로가 "푸핫." 하고 만면에 웃음을 지으며 한숨을 돌리자 박수와 환호성이 터졌다.

입 다물고 가만히만 있으면 여행 중인 수도녀로도 보이는 호로가 벌컥벌컥 술을 마시고 덥석덥석 음식을 해치우는 모습은 겉모습과 너무 달라서 어디를 가나 인기다. 저런 모습을 구경거리로 삼아 돈을 벌면 식비에 도움이 될 거라는 생각을 몇 번이나 했는지.

"끄윽. 음, 역시 좋은 포도주야."

입가에 흐른 포도주를 혀로 할짝 핥으며 말하고는 생선튀김으로 손을 뻗는다. 이 도시에 오기 전까지는 생선은 싫다, 배에 기별도 가지 않는다며 투덜대더니, 이제는 소금에 절이지 않은 신선한 생선 맛에 아주 푹 빠졌다. 그런 호로를 곁눈질하며 이번에는 로렌스가 통에 입을 대고 콧속으로 밀려드는 상큼한 포도의 향을 즐겼다.

"뭐, 나한테 걸리면 일도 아니지."

"응?"

로렌스도 생선튀김을 와삭대고 있다가 호로가 불쑥 그런 소리를 하기에 고개를 들었다.

"아아, 저녁밥 사 온 이야기?"

"음. 사람들 너머로 빙빙 돌고 있자니 기골이 장대한 곰 같은 녀석이 어깨에 올려 태우고 다른 손님들도 헤쳐 줬거든. 그 위에서 음식을 주문하고 받아서, 고맙다는 뜻으로 꼬치 하나를 줬더니 아주 좋아했어."

호로는 눈을 가늘게 뜨며 한층 즐거운 듯이 말을 한다.

심부름을 와서 어쩔 줄 몰라 하고 있는 수도녀, 라는 식으로 연기를 했을 텐데, 호로의 저런 능란한 수법은 어제오늘 일이 아니다. 게다가 정숙해야 할 아내가 다른 남자의 어깨에 올라타다니 그게 무슨 소리냐는 눈치를 조금이라도 보였다가는 단박에 호로가 꼬리를 휘두르며 달려들 것도 뻔히 안다.

곳곳에 놓인 함정을 모르는 척 피하며 로렌스는 약간의 반격을 시도한다.

"그림에는 그렇게 그려질까 봐 불평해 놓고, 가련함을 잘도 써먹네?"

슬쩍 어이가 없다는 투로 말하자, 생선에서 양고기로 옮겨 가고 있던 호로가 송곳니를 번뜩이며 고기를 물어뜯는다.

"멍청이. 그건 내가 가련하게만 보일 것 같아 문제라는 거지."

"…아, 그러십니까."

로렌스가 한숨을 짓고는 포도주 통을 잡으려 하자 호로가 냉큼 빼앗아 갔다.

"우움, 우움… 푸핫! 그런데 당신은? 날 방에 내팽개치고 요 며칠간 낮에 뭐 했어?"

바다가 눈앞에 있는 탓인지 음식이 전부 짜서 술이 술술 들어간다. 술에 취해 주정이라도 부리면 곤란하기에 로렌스는 호로에게 줄 밀빵을 집어 들며 대답했다.

"잔돈으로 환전하러."

"호오?"

가른 빵에 꼬치에서 뺀 양고기와 치즈를 끼우고 겨자씨로 만든 소스를 뿌려서 호로 앞에 놓아주었다. 가만 내버려 두면 고기만 먹는 호로는 빵을 보더니 조금 못마땅한 듯이 후드 밑으로 한쪽 귀를 까딱이고는 고기 몇 점을 더 집어넣었다. 그러고는 터질 듯한 빵을 덥석 물어 먹어 치운다.

"뇨히라를 나설 때 돈을 많이 맡아 왔잖아. 이곳의 주교와 모처럼 안면을 텄으니 그 연줄을 써서 잔돈으로 환전 좀 할 수 있을까 해서."

요즘 경기가 좋은 것은 반가운 일이나, 상품을 사고팔 화폐가 부족해서 어디든 애를 먹고 있다. 로렌스가 뇨히라 밖으로 나간다고 하자 다들 소액 화폐로 바꿔다 달라는 부탁을 해 왔다.

"흠. 그럼, 왜… 우움, 왜 당신은 날마다 밖에 나가는 건데? 한 번에 못 끝내는 일이야?"

"비슷한 사정들이 많아서 줄이 이만저만 길어야 말이지. 사흘 전에 줄을 서면 오늘에야 간신히 얼굴을 볼까 말까 하다고."

행렬이 너무 길어서 해가 지는 것과 동시에 위병이 나눠 주는 번호 대기용 나무패를 받아 이튿날 다시 줄을 서게 돼 있었다. 그러니 밤에는 숙소로 돌아와 잠은 잘 수 있으나 그래도 매일 온종일 서 있어야만 한다.

그러자 당연한 듯이 푼돈벌이로 대신 줄을 서 주는 장사치가 등장한 와중에 로렌스는 절약의 주문을 외우며 버텼다.

"아아, 그래서 한밤중에 다리에 쥐가 나서 얼빠진 소리를 내면서 깨어난 거였어? 한심하네."

"…할 말 없다만, 뇨히라의 탕이 어찌나 그립던지. 게다가 결국엔 환전도 못 했으니."

"흠? 그런데, 뭐라더라? 교회엔 기부인지 뭔지가 있어서 잔돈이 많이 모인다고 하지 않았어?"

"그것도 다들 알지. 같은 생각에 이미 다들 몰려가 있는데 타지에서 온 놈한테 돌아올 게 있겠어?"

환전상에게 수수료를 내면 환전이야 할 수 있지만 어처구니없는 금액이 뜯겨 나갈 게 불을 보듯 뻔하다. 애초에 그런 환전상들 역시 터무니없이 나쁜 조건의 환율로 교회에서 잔돈을 조달하고 있을 터.

"그렇다고 얌전히 돌아오다니. 내가 당신을 내 낭군님이라고 부를 날은 아직 먼 것 같네."

"원래부터 부를 마음도 없었으면서. 그리고 새삼스럽게 그런 대접 받아 봐야 으스스해."

술이 들어가 기분 좋은 호로는 이를 내보이며 이히히 웃는다.

"아니 뭐, 환전은 못 했지만, 연줄이 될 만한 정보는 얻었어."

"호오?"

로렌스는 품에서 양피지 하나를 꺼내 탁자 위에 펼쳐 놓았다. 이 일대를 그린 지도다.

"잔돈이 모이는 곳은 한정돼 있고, 다들 그걸 알기에 경쟁이 일어나는 거야. 그럼 어떻게 해야 할까?"

"그야 간단하지. 다른 놈들은 모르는 곳으로 가면 되지."

"바로 그거지."

양고기가 꿰인 꼬치로 호로를 가리키자 몸을 내밀어 냉큼 먹어 버린다.

"음, 우움… 근데, 그렇게 기막힌 데가 있어?"

"아주아주 드물긴 해도 있기는 있지. 그리고 그런 곳에 가려면 연줄이 필요하게 마련인데, 그 연줄이 나한테는 있단 말씀."

의기양양한 로렌스를 호로는 싹 무시하고 지도에 눈길을 주며 빵을 먹는다.

호로가 일부러 저러는 것에 이미 익숙하기에 로렌스는 기죽지 않고 말했다.

"일전에 한바탕 난리가 났을 때 우리를 도와준 초로의 대상인 있잖아."

"음. 옷도 잘 차려입었고, 아무개 행상인과는 달리 느낌이 괜찮은 수컷이 있었지."

"…크흠. 원래는 막강한 상인조합에서 무역선을 이끌었다고 해서 제독이라 불리는데, 그 사람이 주교님께 말을 넣어 준 덕에 주교님의 의뢰를 받는 형식으로 일을 하나 맡게 됐어."

"흐응?"

로렌스는 현재 위치인 아티프에 손가락을 얹었다가 오른쪽 아래로 쭉 내려갔다.

드넓은 평야가 펼쳐진, 이 근방 일대의 곡창으로 불리는 곳.

그 평야와 해안 지역을 가르는 산기슭에 손가락을 두었다.

"남동쪽으로 내려가면 내륙과 해안 지역을 잇는 큰 도시가 있어. 곡물 거래가 활발하지."

"호오? 그거 괜찮네. 아니, 내 보리가 으뜸인 건 확고하지만."

호로는 목에 건 자루를 손가락으로 튕기고는 자랑스레 콧소리를 낸다.

이미 취한 모양인데, 하고 뒤를 걱정하면서도 로렌스는 말을 이어 나갔다.

"그리고 이즈음에는 곡물 거래를 하는 상인들이 대거 밀려들어서 큰 장이 선대."

"호오오? 더더욱 괜찮네!"

희색이 만면한 호로에게 미소로 답한 후, 로렌스는 지도 위에 그려진 큰 도시에서 살짝 왼쪽 밑으로 손가락을 옮겼다.

"하지만 우리가 갈 곳은 그 큰 시장이 열리는 도시에서 남서쪽으로 살짝 빠진 여기. 산길이라 자주 쓰이지 않는 길을 따라서 자리한 작은 주교령이야."

재라도 뒤집어쓴 것처럼 호로의 얼굴에서 단박에 광채가 사라진다.

로렌스는 그런 호로의 표정에 입가가 실룩이는 걸 참아 가며 요점을 말했다.

"이 주교령은 아티프 성당과 인연이 깊어서, 말하자면 형제 같은 관계인데, 문제가 좀 있어. 특권과 장사를 둘러싼 문제가 일어나서 상인의 도움을 꼭 좀 받았으면 한다는데, 상인들 대부분은 이 시기엔 자기 장사를 하느라고 그럴 정신이 없잖아? 하여, 믿음이 가면서도 수완이 좋은 상인을 모시고 싶다는 취지에서 내가 특별히 선택된 거야."

그렇게 말하면서 호로를 슬쩍 보자, 본격적으로 취기가 돌기 시작했는지 눈꺼풀이 살짝 감기려 하고 있다. 그러면서 어디랄 것도 없이 눈길을 주고는 발그레한 얼굴로 묵묵히 튀김을 먹는다. 로렌스는 한숨을 지으며 술통을 탁자 위에서 발밑으로 슬그머니 내려놓았다.

"떠들썩한 큰 장을 즐기고 싶으면."

하고 말하자, 호로의 늑대 귀가 후드 밑에서 쫑긋하더니 눈에 약간 총기가 돌아온다.

"주교령 문제를 재빨리 처리해야 해. 장이 닫히고 나면 다른 상인들이 끼어들 수도 있으니까."

지도를 바라보고 있던 호로는 눈을 천천히 감고는 고개를 크게 끄덕였다.

"그건, 그래야겠네…."

"이해해 줘서 고맙다. 그럼, 그림 건은 별문제 없으니 바로 출발해도 상관없겠지?"

로렌스를 바라보는 호로의 붉은 눈이 취기로 촉촉하다.

초점이 잘 맞지 않을 때처럼 답답한 표정인 것은, 아직 보지 못한 큰 장의 떠들썩한 광경과 이곳 아티프에 남아 계속 그림 문제를 고민하고 생선튀김을 먹는 것을 머릿속으로 저울질하는 중이라서일 테고.

"어쩔래?"

그러자 호로는 한숨과 더불어 고개를 끄덕이고는 히끅 딸꾹질을 거하게 했다.

취해서 늘어진 호로를 업어서 숙소로 옮긴 이튿날, 둘은 이미 길 위에 있었다. 여행하는 기술엔 약간 녹이 슬었어도, 언제든 길을 떠날 수 있는 채비만큼은 게을리하지 않는다.

"우~… 신선한 바닷물고기가 의외로 맛있었는데… 한동안은 더 거기에 있는 게 괜찮았을 수도 있는데."

길 떠나는 날치고는 개운치 않은 하늘 모양에, 서쪽에서는 찬 바람도 불어온다.

호로는 짐마차 짐칸에서 모직물을 어깨에 걸치고 짐에 기대어 앉아, 늘 쓰는 일기를 쓰면서 투덜투덜 그런 불평을 하고 있었다.

"큰 장이 열리는 도시는 곡창지대와 그쪽 해안 지역을 가르는 산기슭에 있어. 평야와 산, 남과 북, 동과 서의 물품이 모여들고, 그야말로 산더미 같은 과일이 늘어서 있대."

짐마차 고삐를 쥔 로렌스의 말에 호로의 귀가 쫑긋 후드를 들어 올린다.

"당연히 그 과일로 만든 술도 넘치고, 곡물 거래 중심지니까 빵 굽는 직인들도 많고, 과일을 듬뿍 넣은 과자 빵도 줄을 섰다지."

사락사락, 바닥을 빗질하는 것 같은 소리는 기대와 흥분으로 잔뜩 부푼 호로의 꼬리가 내는 소리이리라.

로렌스는 소리 죽여 웃고 있다가 냅다 뒤통수를 얻어맞았다.

"아얏! 야, 갑자기 왜 그래?"

"멍청이! 그딴 식으로 또 날 먹을 것으로 낚으려 드니까 그러지!"

"그런 거 아냐. 앞으로는 한동안 또 따분한 여행길이 될 텐데, 인내 끝에 보상을 얻을 수 있다고 생각하면 견딜 수 있을 거 아냐?"

"인내 끝에 또 절약을 강조할지도 모르잖아!"

그래서 절약해 준 적이 있기는 하냐고 따져 묻고 싶었는데, 문득 생각해 보니 아티프에서 호로는 날품팔이 일을 열심히 했었다.

아무리 상인의 정신을 잊지 말자 다짐하는 로렌스라도 예전처럼 짜게 굴 생각은 없다.

"네가 일해서 번 돈은 잘 셈해 뒀어. 내가 청어 알로 번 돈도. 그 범위에서는 뭐라 안 할 거야. 꽤 잘 먹을 수 있을걸?"

"흥!"

호로가 콧방귀를 뀌더니 짐칸에서 훌쩍 마부석으로 넘어온다.

아티프를 떠난 지 얼마 되지 않았는데도 이미 길을 오가는 여행객들이 많다.

호로의 귀와 꼬리가 눈에 띄지 않을까 조마조마했으나, 겨울이 성큼 다가온 것처럼 날이 우중충하고 추워서 너나 할 것 없이 모직물이며 모피를 뒤집어썼다. 호로의 외투 밑으로 언뜻 비치는 꼬리도 특이한 방한용품으로만 보일 것이다.

로렌스 곁에 앉은 당사자도 집에서 키우는 개가 잠자리를 꾸미듯 꼼지락꼼지락 모직물이며 방석을 꾹꾹 눌렀다가 들썼다가 하면서 마음에 들게 조절하고 있다. 어찌나 열심인지 그 모습이 재미있어 지켜보고 있자, 마무리로 꼬리를 무릎 위에 얹고는 이런다.

"그러는 김에 이 꼬리털을 빌려주는 값을 받아서 돈 좀 벌어 볼까나?"

매일 정성스레 향유를 바르고 빗질을 해서 폭신폭신한 호로의 꼬리털. 게다가 피가 통하는 살아 있는 모피이니 이렇게 으슬으슬 추운 날에는 단연코 따스하다. 호로가 무릎 덮개 속에 꼬리털을 넣어 주느냐 마느냐에 따라 여행길의 쾌적도는 하늘과 땅 차이.

"그런 악독한 소리를…."

이히히 웃는 호로에게 한숨을 지어 보인 뒤 로렌스는 말 등을 고삐로 딱 때렸다.

"안 그래도 앞으로 네 힘을 빌려야 할 수도 있어. 그때 확실하게 일을 해 주면 인사는 톡톡히 할게."

"호오."

장난치듯 로렌스를 놀려 먹기도 슬슬 지루해졌는지 호로는 무릎 위의 꼬리를 한차례 쓰다듬고는 함께 덮은 무릎 덮개 속에 넣어 주었다.

"그런데 어떤 용건이라고 했었지? 어제는 쪼끔 취해서 말이야."

쪼끔…. 로렌스는 입속으로 중얼거리고는 취해 늘어진 호로를 돌봐야 했던 일은 되삼키고 대답했다.

"시작은 아티프와 다르지 않아. 콜과 뮤리로 인해 벌어진 소동의 영향이야."

호로는 길 저편으로 사라져 가는 아티프를 돌아보고는 로렌스에게로 시선을 주었다.

"어느 교회, 어느 수도원 할 것 없이 오랜 세월 재물을 쌓는데 열심이었지. 단순히 금전 욕심에서만은 아닌, 많이 벌면 더많이 베풀 수 있다는 숭고한 뜻도 있었겠지만, 역시 폐단이 적지 않았어. 재물이 쌓이면 경영 능력이 뛰어난 자가 중용되기마련이니, 상인 저리 가라인 인사들이 으스대면서 문제는 더 커졌지."

호로가 고개를 끄덕이면서 늘어지게 하품을 하고는 젖은 눈가를 로렌스의 어깨에 대고 문지른다. 흥미 없는 것처럼 보여도 잘듣고 있다는 걸 후드 밑 귀의 움직임으로 알 수 있기에 로렌스는말을 이었다.

"그리고, 그렇게 쌓이고 쌓인 폐단이 이번에 교회 혁명을 둘러싼 소동의 발단이 된 뒤로는, 특히나 급진적인 지역의 교회에서는 사람들의 불만을 다른 쪽으로 돌리기 위해 뛰어난 성직자로속속 교체하는 현상으로 이어졌다고 해. 그런데, 그건 그것대로또 새로운 문제를 일으키고 있지."

"흠. 대충 뭔지 알겠다. 똑똑한 놈으로 바꾼 것까지는 좋았는데, 그 뒷일까지는 미처 생각하지 못한 거네."

그러면서 호로가 시선을 두리번거리는 이유는 육포라도 찾고있어서이리라.

뒤편 짐칸에 두었다는 게 생각났는지 입을 삐죽 내민다.

"바로 그거지. 게다가 지역민들에게 개혁의 성과를 과시하기 위해 특히나 성실한 인물들을 내세우는 바람에 문제는 오히려 더 커지고."

"그래. 콜이는 똑똑하기는 한데 장사 일이 맞지는 않아 보여. 이번에 머문 곳의 그놈들도 콜이를 동경하는 마음에 제대로 잘 알지도 못하는 장사 일에 괜히 참견질을 하려 들었던 거잖아?"

아티프를 다시 신의 가르침 아래 두겠다며 열의를 불태우던 젊은 주교는 말투까지 콜과 비슷한 느낌이 있었다.

대체 콜과 뮤리가 세간의 이목을 얼마나 모으고 있는 것인지 걱정되어 아티프에서는 두 사람의 활약상을 알아보고 다녔으나, 어디까지가 지어진 이야기이고 어디까지가 사실인지 도무지 알 수 없을 만큼 전부 어마어마한 이야기들이었다. 하지만 아마도 대부분 과장일 것이다. 이교도와 교회의 전쟁이 끝나고 세상이 평화로워지자 떠들썩한 화젯거리가 필요한 이들에겐 거론하기 딱 좋은 소재였을 테니.

눈에 띄기 좋아하는 뮤리는 둘째 치고 콜은 마음고생이 크겠다.

로렌스가 어깨를 으쓱이자 호로는 다시 한번 늘어지게 하품을 했다.

호로는 기본적으로 먹든가 자든가 둘 중 하나다.

"후아… 아흠. 그런데 아까 그, 내 힘을 빌려야 할지도 모른다고 한 얘기는 뭐야?"

"아, 그거. 나도 그런 일은 없길 빌고 있긴 한데."

라고 하자, 무릎 덮개 속에서 꼬리가 스르륵 빠진다.

"야! 그거 아니야. 너한테 보상하고 싶지 않다는 뜻 아니었다니까."

그러자 호로는 의심스러운 눈빛이면서도 마지못해 꼬리를 도로 넣어 준다.

"하여간에… 꼬리를 인질로 삼는 짓 좀 그만해."

"당신은 내 꼬리에 깔리고 싶어 죽겠는가 봐?"

쿡쿡 웃는 호로를 보며 로렌스는 지친 듯한 한숨을 짓는다. 어제는 실컷 먹고 마시고 푹 잔 덕에 오늘은 놀려 먹을 힘이 남아도는 건지.

"아무튼, 그 곤란을 겪고 있는 신임 주교의 골칫거리가 무엇이냐 하면, 새로운 부임지의 재산을 파악하려고 특권장을 확인했더니 엄청난 땅이 영지 안에 포함되어 있더라는 얘기지."

"엄청난 땅?"

로렌스는 곁에 앉은 연세 수백 살 잡수신 늑대의 화신을 보며 이렇게 말했다.

"타락천사가 눌러앉은, 저주받은 산."

◇◇

바런 주교령이라고 편지에서 쓰여 있었다.

원래는 사람이 거의 살지 않는 외딴곳이었으나 짐승들이 다니는 길에서 가까운 길이 산 너머 큰 도시와 이어져 있는 덕에 가까스로 연명해 온 곳이었다.

그러던 어느 날, 그 길을 지나던 돈 많은 상인 하나가 농사짓는 농부가 부업 삼아 하는 여인숙에 묵었다가 객사했다. 평생 인색하게 굴며 큰 재산을 일군 상인이 길도 제대로 닦이지 않은 오지의 길가 여인숙에서 죽게 된 것도 돈 때문으로, 큰 도시로 가는 도중 내야 하는 관세를 내기 싫어서 일부러 그런 산길을 택한 것이었다. 그러나 죽음을 앞두고 자신의 인색함을 후회하며 병시중을 들어 준 농부에게 전 재산을 맡겼다. 유언으로 남긴 소망은, 이곳에 교회를 세워 달라는 것.

품에 남아 있던 금화 몇 냥이었다면 농부도 기꺼이 받아 챙겼을지 모르겠으나, 상인이 맡긴 돈은 성을 세울 만큼 막대한 금액이었다.

농부는 그것을 신의 소명이라 이해하고 열심히 상인의 유언에 따라 성직자를 불러오고, 교회를 짓고, 길을 정비하는 한편, 최대한 주변 일대의 땅과 특권을 사들여 재산을 방어했다.

그런데, 농사짓는 농부였던 만큼 땅을 보는 혜안이 있었는지, 이 또한 신의 은총이었는지 확보한 땅에서 암염과 철이 나게 되었다. 길가에 오도카니 선 작은 교회는 막대한 이익을 얻어 단박에 주교가 이끄는 독립 주교구가 되었다.

'바런'은 그 전설적인 농부의 이름으로, 이것이 약 200년 전의 이야기.

"난 남편을 잘못 골랐나 봐."

항구 도시 아티프를 떠난 지 나흘째. 전날 묵은 여인숙에서 수집한 바런 주교령 이야기를 일기에 옮겨 쓰며 호로가 그런 소리를 한다.

"그래? 참고로 그 바런이라는 농부는 술도 고기도 끊고, 날이 밝을 때부터 한밤중까지 일을 열심히 하며 처자식들한테도 똑같은 생활을 강요했다던데."

그러면서 로렌스는 어젯밤에도 여인숙에서 술을 많이 마신 호로를 힐끗 보았다.

중지와 약지 사이에 깃펜을 끼운 채, 검지와 엄지로 돼지고기 소시지를 먹고 있던 호로가 소시지와 로렌스를 번갈아 보고는 생긋 웃는다.

"난 당신이 제일로 좋아."

"술과 고기를 계속 갖다 바치는 한은?"

지친 듯이 대꾸하자, 호로는 재미있다는 듯이 웃고는 어깨를 부딪쳐 왔다.

"어쨌든, 전설이 꽤 과장된 것이긴 하겠지만 그런 식으로 커진 주교령인데, 대대로 돈벌이에 매진하면서 잘 풀린 건 끽해야 백 년쯤이었다고 해."

"돈 나오는 샘이 말라붙었어?"

"맨 먼저 사라진 건 소금 광산. 지하수에 수몰돼 버렸다지. 지금은 채굴용 구멍을 파 내려가면 짜디짠 소금 호수가 나온대."

"소금 절임을 하는 데는 쓸모 있겠네."

하긴 그렇겠다며 로렌스도 나직이 웃고는 여인숙 주인에게서 들은 이야기의 뒷부분을 떠올렸다.

"그리하여 불어난 인구를 부양해야 했던 당시의 주교령은 철광 사업에 주력하는 수밖에 없어졌어."

이야기를 일기에 받아 적는 호로의 얼굴이 석연치 않은 이유는, 숲에 사는 늑대인 만큼 숲을 파괴하는 광산은 옛날부터 질색이었기 때문이다.

"하지만 그것도 바닥났지?"

악은 멸망했을 거란 호로의 말투에 로렌스는 모호하게 고개를 끄덕였다.

"그렇긴 한데, 철보다는 숲이 먼저였던가 봐."

"……."

호로는 응원하던 기사가 마상시합에서 패한 것을 본 공주 같은 표정을 하고는 일기로 시선을 되돌렸다.

"그때까지는 철광석을 채굴한 뒤에 그 자리에서 정련해서 철

제품까지 만들었다고 해. 일반 도시에 있는 조합의 규칙 같은 게 없었던 터라 마음대로 일할 수 있는 작업장에 이끌려 수많은 직인이 모여들었다고 하니 상당히 번화했을 거야."

호로는 못마땅한 듯이 코웃음을 치고는 거친 필치로 깃펜을 움직여 나갔다.

"하지만 야금 작업에는 막대한 양의 연료가 필요하잖아? 애초에 광산 채굴을 하려면 갱도를 받칠 기둥부터 시작해서 배수용 수차까지 목재가 어마어마하게 들어. 게다가 인부들이 모여들면 취사용 장작, 집 지을 건축 자재까지 필요해지지."

"급기야 나무를 베어 낸 근방의 땅은 광산의 독 때문에 쉽게 소생하지 못하게 되고."

자업자득이라며 호로는 입을 삐죽였다.

"한없이 커져만 가던 광산거리는 부풀 때와 같은 속도로 쭈그러들었다고 해. 그게 약 칠팔십 년 전쯤의 이야기."

"흠."

호로에게는 엊그제 같겠으나, 로렌스에게는 태어나기도 전의 이야기다.

"목재가 고갈되자 사람들의 생활 자체를 유지할 수 없게 되었고, 광산 자체가 황폐화한 이유도 있어서 철의 산출량은 격감했어. 게다가 장작이 없으니 정련도 못 하게 되고, 무거운 철광석을 애써 먼 도시까지 싣고 가서 팔 수밖에 없어. 당연히 벌이는 줄어들고, 사람들의 이탈을 재촉했지. 주교령은 급속히 쇠락했어."

"그래서 지금도 산은 벌거숭이 상태야?"

짜증스러운 듯이 호로가 묻는다.

"아니, 그렇게 되진 않았어."

"뭐?"

뜻밖이라는 듯이 호로가 고개를 든다.

"너 진짜 하나도 기억 못 하는구나? 안 취했다고 그렇게 우겨 대더니."

호로는 긍지 높은 늑대라면서 시치미 뚝 떼고 모르는 척. 어젯밤에 자기가 얼마나 취했는지도 전혀 기억하지 못하는 눈치다.

그토록 만취하고도 반성이라곤 전혀 없는 이유를 로렌스도 안다. 그런 호로의 뒤치다꺼리를 로렌스가 즐긴다는 걸 호로 본인에게 간파당한 탓이다.

어쩌겠나. 로렌스는 한숨을 짓고는 말을 이었다.

"고갈된 광산, 돈벌이는 잃었으나 그곳에 남을 수밖에 없었던 사람들, 그리고 완전히 헐벗은 민둥산이 남았지. 그런 차에 나타난 것이, 연금술사 일행이었지."

새침을 떠는 여자애처럼 고개를 획 돌리고 있던 호로가 진지한 눈으로 로렌스를 돌아보았다.

"언젠가 우리가 책을 찾으러 다니다가 본 책 중에 광산 기술에 관한 금서도 있었잖아. 그 책을 쓴 것도 연금술사였지."

이 세상을 신이 창조했는지 어떤지는 둘째 치고, 호로와 같은 고대 정령과 얽힌 숲을 개척해 인간의 지배하에 두는 기술을 개발하는 것은 늘 연금술사였다.

그런 의미에서 호로에게 연금술사는 양치기 이상으로 질색할 존재이리라.

"그런데 이야기가 여기서부터 좀 이상하게 흘러가."

로렌스는 그렇게 말한 후 호로 옆에 놓인 나무 접시에서 소시지 하나를 집어 입에 넣었다.

"연금술사들은 광산을 파내는 기술이 아니라 정련 쪽으로 마법을 부렸어."

"마법?"

옛날이야기 속에나 나올 법한 존재인 호로이지만, 옛날에 검은 숲에 사는 마녀를 본 적이 있냐고 물었더니, 수상한 버섯을 먹고 꿈을 꾸는 놈들은 본 적이 있다며 쌀쌀맞게 대꾸했었다.

하지만 로렌스가 여인숙 주인에게서 들은 이야기가 사실이라면 그 연금술사들은 진짜 마법사였다고 할 수 있을 것이다.

"목재를 쓰지 않고 철을 정련해 냈다고 해."

호로도 수백 년을 그냥 살아온 것이 아니고, 로렌스와 여행을 하게 되고 나서는 수많은 도시에 가 봤다. 원래 머리가 좋으니 본 것, 들은 것은 사정이 있지 않고는 웬만해선 잊지 않는다. 그러니 그냥 마법이었겠구나 하고 넘어가지 않고 다른 가능성을 거론한다.

"그 냄새 지독한 이탄을 쓴 거 아니고?"

"이탄은 불이 붙긴 해도 화력이 터무니없이 떨어져. 주변에 석탄이 나오는 것도 아니고. 역청(瀝青)조차 안 나는 곳이야."

역청은 불타는 물이라 불리는 검은 액체다. 몹시 값비싼 것이라 로렌스도 그것은 연료라기보다는 선박 같은 게 썩지 않도록 방부 처리하는 데 쓰는 용도로만 봤다.

"연금술사들은 불을 쓰지 않고도 철을 정련하는 마법을 써서 찔끔찔끔 나오고 있던 철을 정련해 사람들을 궁핍에서 구해 냈대. 장작을 쓰지 않고도 철을 정련할 수 있다면 웃음을 멈출 수 없을 만큼 돈을 벌 수 있으니까. 게다가 아무것도 없는 것에서 불을 일으켜 낼 수 있으면 민둥산에 녹음이 돌아오는 걸 도울 수도 있고."

"흠."

마지막 부분에 강한 관심을 보인 호로는 "그래서 산은 돌아왔어?"라고 물었다.

"돌아왔지."

"호오오."

꽃이 피어나듯 웃는다는 게 바로 저런 거겠지. 호로가 활짝 웃는 모습에 로렌스도 마음이 기뻐지지만, 이야기는 거기에서 끝이 아니라는 걸 호로도 잘 안다.

"하지만 그렇게 만사 잘 풀렸으면 당신이 내 힘을 빌리게 될지도 모른단 소리는 안 나왔겠지?"

"그렇지 뭐. 저주받은 산이라고 불릴 리도 없었을 테고."

그러자 호로가 예쁘장한 눈썹을 움직여 미간에 주름을 잡는다. 시선이 허공을 방황하는 것은 이야기가 이리저리 맞춰져 하나로 꿰어지는 게 상상이 가지 않아서일 테고.

"불을 쓰지 않고 정련을 해낸 게, 콜이 같은 놈들 눈에는 사악한 마술로 보인 거야?"

사람의 상식을 흔드는 일은 뭐든 악마의 소행, 신성 모독으로 간주될 위험이 있다.

"나도 그런 게 아닌가 했고, 나한테 이 일을 의뢰한 아티프의 주교도 그런 가능성을 의심한 모양이야. 산에 온 것은 연금술사가 아니라 사람을 현혹하는 타락천사가 아닌가 하는."

"그럼 당신은, 등에는 날개가 달렸고 머리엔 산양 뿔이 돋았고 다리엔 말굽을 가진 놈이 산을 어정대고 있을 거로 생각해?"

보리에 깃든, 우러러볼 만큼 거대한 늑대의 화신이 교회에서 말하는 악마 이야기를 한다. 로렌스가 아는 '사람이 아닌 이들'은 좀 더 친근한 짐승의 화신들인데.

"그렇다고는 생각 안 해. 하지만 지금도 여전히 그 산에서 나오고 있다고 하거든."

"나오다니?"

로렌스는, 결국 술에 취해 잠이 든 호로 곁에서 촛불 빛에 의지해 이야기를 들려주었던 여인숙 주인의 입매를 떠올렸다.

우물우물 움직이는 수염 틈새로 흘러나온 것은 이런 말이었다.

"산에 사람이 들어오는 걸 완강히 거부하는 누군가. 불을 쓰지 않고 정련하는 기술 자체는 여전히 산속에 잠들어 있다나 봐. 막대한 부를 불러올 기술이 분명하니 그걸 손에 넣으려고 과거에도 수도 없이 사람들이 와서 산에 들어갔지만…."

"돌아온 놈들이 없었다?"

"설상가상, 메말랐을 철광을 계속 파내는 망령이 밤마다 나타나서 깡 깡, 돌 깨는 소리가 산에서 들려온대."

흔한 이야기라 치부할 수도 있겠지만, 로렌스한테는 다른 이들에겐 없는 지식이 있다.

예컨대, 뿌연 김이 떠도는 뇨히라 깊은 산중의 온천지를 거대한 늑대가 이따금 어슬렁거리는 것 등등.

세상에는 사람의 지식을 초월한 것이 정말로 있기도 하다.

"망령은 그렇다 치고, 산에 뭔가 있는 거면 너는 알 수 있지 않겠어?"

호로의 귀와 코는 말 그대로 늑대의 것이기에 그러려고 마음만 먹으면 넓은 산에서도 바로 찾아낼 테니.

"그야 그렇지만….'

그러나 호로는 말끝을 흐리며 짐마차 발판에 다리를 올려 무릎을 세웠다.

"진짜로 뭐가 있는 거면 어쩔 건데?"

불안한 눈빛으로 그런다. '설마 망령이 무서워서?'라고 했다가 로렌스는 이내 자신의 멍청함을 한탄했다. 산에 있을지도 모를 누군가는 아마도 호로와 같은 세계에 사는 존재일 터. 그렇다면 무슨 사정이 있을 게 뻔하다.

숲을 되돌려 준 연금술사들이 고마워서 그들이 남겨 놓고 간 것을 지금까지 부지런히 지켜 오고 있다든가.

평소 하는 행동으론 상상하기 어렵지만, 호로는 기본적으로 마음이 착하고 쉽게 상처받는다.

산에 남겨진 역사의 딱지를 긁어 부스럼으로 만드는 게 내키지 않겠지.

"네가 불안해하는 건 알겠는데, 바런 주교령의 주교님이 원하는 건 앞으로 그 지역을 어떻게 할 것인가, 판단의 근거가 될 만한 도움을 받고 싶은 거지. 상인을 찾고 있는 건 그 점에선 좋은 조짐이고. 손해냐 이득이냐를 따져서 판단하려는 거니까."

호로는 로렌스를 물끄러미 보다가 천천히 눈을 감는다.

"요컨대, 당신이 말주변이 중요하단 뜻이네?"

"그거야 뭐, 그쪽의 주교님이 날 얼마나 신뢰하느냐에 달렸지."

호로는 숨을 크게 들이마시고는 짜증스레 내쉰다.

"산 너머에 있다는 큰 장이 끝나기 전까진 다 마무리할 거지?"

"그것도 산에 무엇이 있느냐에 달렸지."

한순간 늑대의 크르르 소리가 호로의 목에서 들렸으나, 그렇게밖에는 말할 도리가 없다는 건 호로도 잘 안다.

금세 코웃음을 치더니 무릎 위에 턱을 얹고는 토라진 여자애처럼 등을 웅크렸다.

"즐거운 얘기가 남아 있을 턱이 있나."

호로는 로렌스와 만나기 전에는 보리밭에서 오랜 세월 홀로 지냈었다. 그래서 그런 건지, 원래 성격이 그런 건지, 미래를 암울하게 보는 경향이 있다.

반대로 로렌스는 이번에야말로 돈벌이가 확실하다는 생각에 전진하는 불굴의 상인.

"설령 그렇다 해도, 우리가 가서 그 산에 있는 무언가를 구해 낼 수도 있잖아? 우리가 아닌 다른 누군가가 갔다고 상상해 봐."

주교가 상인을 찾고 있으니 당연히 토지 매각도 선택지에 들어 있을 터. 누구한테 파느냐, 어떻게 파느냐에 그 지역의 앞날이 달린 중요한 문제다.

"게다가, 혹시 마음이 잘 맞는 이 같으면 우리 온천장에서 일하게 할 수도 있고."

"……."

그러자 호로가 넌더리를 내는 듯한 눈으로 로렌스를 쳐다본 이유는, 그 말에 거짓은 없다는 걸 알았기 때문이리라.

"당신은 늘 낙천적인 멍청이지."

"그렇지 않고서야 네 손을 잡고 여기까지 못 왔지."

호로는 차분한 붉은 눈으로 로렌스를 바라보다가 항복한 듯이 웃었다.

"멍청이."

로렌스는 어깨를 으쓱이고는 고삐를 고쳐 잡고 다시 한번 말 등을 내리쳤다.

산꼭대기에서 바다가 있는 곳까지 내려왔다가 다시 산을 오르게 되었는데, 지역이 달라지면 산세도 달라진다.

가파른 벼랑과 깊디깊은 숲, 가뜩이나 복잡한 길을 더 복잡하게 만들며 곳곳에 가지를 뻗은 작은 강이 흐르는 뇨히라의 산에 익숙해져 있었는데, 이곳의 산은 산이라기보다는 무한히 펼쳐진 완만한 언덕이었다.

"키 큰 풀이 이어지는 땅에 어쩌다 생각난 듯 작은 숲이 나타나는 건 몹시 황폐했던 흔적이야. 무턱대고 숲의 나무들을 베어 내면 이 꼴이 돼."

바람이 불 때마다 쏴아쏴아 흔들리는 어린 억새들이 언뜻 보 리밭처럼도 보이지만 몹시 쓸쓸하다. 로렌스도 예전에 행상일 을 하며 다니다가 전란으로 불타 버린 곳에서 종종 이 같은 광 경을 보았었다.

길 자체는 널찍하니 잘 다져져 있고, 굳이 말하자면 훌륭한 축에 속하지만, 오가는 나그네들의 모습은 전혀 없었다. 필시 이 길은 암염과 철 생산으로 번창하던 시절에 닦인 잔재이리라.

"열매를 맺지 못하는, 기력이 쇠한 땅이야. 토끼나 뱀, 여우 는 나름대로 살기 좋을지 모르겠지만."

"차라리 일대에 불을 놔서 밭으로 만들면 어떨까 싶은데."

"강이 눈에 안 띄잖아. 예전엔 수원이었던 산을 파헤치는 바 람에 우물을 파도 물이 제대로 안 나온다고."

짐마차 여행도 엿새째가 되니 피차 말수가 적어질 때쯤 되었 다 해도 지금의 이 침묵은 피곤함과는 거리가 멀다.

마부석에 앉아 전방만 주시하고 있는 호로의 머리 위에 로렌 스는 가만히 손을 얹었다. 평소 같으면 귀찮다는 듯이 손을 뿌 리쳤을 텐데 어리광을 부리듯 조용히 어깨를 붙여 온다. 쇠락 하기 시작한 땅엔 독특한 적막함이 있어, 시간의 흐름에서 벗 어나 남겨져 온 호로에게는 한층 울적한 광경이리라.

그렇게 나아가다 보니 억새밭 너머로 마침내 산다운 산이 보이기 시작했다. 아직 한참 멀리 떨어져 있어 어렴풋이 보이기는 하나, 전해 들은 대로 지금은 아주 민둥산은 아닌 듯하다.

이윽고 드문드문 길을 따라 건물들이 나타나더니 소소하나마 우물도 있고, 억새 풀밭은 밭으로 변해 간다. 양떼도 차츰 눈에 띄고 사람들이 생활하는 숨결이 느껴지면서 마침내 분위기가 밝아졌다.

그리고 도착한 곳은 그다지 풍족해 보이지는 않는 간소한 집들이 늘어선 마을, 그리고 그 중심에 우뚝 선, 우러러봐야 할 정도의 방벽을 갖춘 거대한 석조 건물이었다.

바런 주교령에 있는 모든 것의 출발점. 바런 대성당이었다.

철문은 일찍이 광산을 휘하에 두었던 것에 걸맞게 중후하면서도 높이도 우뚝한 것이었으나, 지금은 녹이 슨 채 활짝 열려 있다. 필시 관리를 제대로 하지 못해 열었다 닫았다 할 수가 없는 것이리라. 방벽의 내부인 대성당의 부지도 한산하여, 돼지와 산양 몇 마리가 느긋이 풀을 뜯고 있다. 예전에는 방문객이 발을 씻거나 말에게 물을 먹였을 돌로 된 물길도 오래전에 말라붙었는지 풀이 자라나 있었다.

로렌스는 마구간으로 보이는 곳에 말을 묶어 두고는 아티프 주교에게서 받은 서신을 꺼내 호로와 함께 성당으로 향했다.

"건물 참 크네."

성당 입구에 서자 호로가 고개를 들고는 어이가 없다는 듯이 말했다. 나란히 선 종탑도 고개를 젖혀 우러러봐야 할 만큼 높다란 것이 왕년의 위세와 권위가 엿보였다.

"그런 데 비해 인기척은 전혀 없는 것 같은데."

"흠. 하지만 생활 냄새는 나. 그리고 저쪽에 드나드는 문에는 손때도 묻어 있고."

성당의 거대한 입구가 닫혀 있는 이유는 부지의 대문이 열려 있는 것과 같은 이유에서일 것이다. 호로가 말한 문은 잠겨 있지 않았기에 문을 열고 안으로 들어갔다.

"호오오."

"이건 진짜, 대단하네…."

돈을 쏟아부었으리란 사실을 한눈에도 알 수 있는 중후한 건물이었다. 주랑과 천장은 무수한 곡선으로 연결했고 세밀한 세공이 곳곳에 들어가 있다.

벽을 따라 줄을 이은, 유리를 붙인 선반에는 성모상과 장식품들이 장식돼 있다. 높다란 천장에 긴 사슬이 드리워져 있는 것은 예배를 드릴 때 불을 붙이는 향로이리라. 호로가 다가가 코를 킁킁대다가 재채기를 터트렸다.

"청소는 하고 있네."

로렌스의 말에 호로도 한마디 했다.

"벽이나 기둥에 놓인 촛대에 있는 것도 밀랍이야. 호화로워."

손질은 되어 있지만 역시 인기척이 없다. 로렌스는 묘하게 발소리가 울리는 성당 안을 호로와 손을 잡고 나란히 걸어 들어간다.

색유리로 성모와 신의 강림을 묘사한 창이 늘어선 복도를 걷다가 이윽고 우뚝 멈춰 섰다.

바닥에 색이 다른 돌을 깔아 교회의 문장을 그린 교차로.

"당신, 저거."

하며 호로가 천장으로 이어지는 높은 위치에 있는 벽을 가리켰다.

"이건…."

거기에 그려진 거대한 그림에 로렌스는 자기도 모르게 손으로 입을 막았다. 최근 귀족들 사이에 유행하는 사실적으로 그려진 그림은 아니었다. 적당히 생략되고 과장되게 그려진 인물들이 머리보다 더 커다란 손을 위로 쳐든 채, 꼭두각시 인형을 떠올리게 하는 어색한 자세로 무표정하게 하늘을 우러르거나 먼 곳에 시선을 두고 있거나 했다. 조악하지만 대범한 그림에는 뭐라 형용할 길 없는 박력이 있었고, 무엇을 표현하고 있는지도 한눈에 이해됐다.

바런 대성당의 전설을 그린 그림이다.

가래를 지고 있는 사람은 시조인 농부 바런일 테고, 하늘 위 구름 틈으로 손이 뻗어 나오고 있는 모습은 신의 천명을 뜻하는 것이리라. 다음 그림에서는 바런이 열심히 애를 쓰며 교회 도시를 세워 나가는 모습, 땅에서 신의 은총이 넘쳐 나는 광경, 도시의 발전을 신께 감사드리는 사람들이 보인다.

그러나 그림에 그려진 도시는 이내 쇠퇴해, 신께 중재를 기도하는 것인지 사람들이 하늘을 향해 양팔을 치켜든 가운데, 허공을 나는 천사가 나팔을 불고 있다.

"천사한테 뿔이 나 있어."

"뿔 부분만 색이 선명해. 나중에 그린 거지. 후세에 가서야 저것은 타락천사였다고 생각했단 얘긴가."

그리고 느닷없이 나타난 한 무리. 얼굴이 보이지 않을 만큼 눈 있는 곳까지 후드를 푹 뒤집어쓴, 이교의 마술사처럼도 보이는 일행은 연금술사이리라. 그런데 거기서부터가 이상했다. 여인숙에서 이야기를 들었을 때도 느꼈던 위화감이 그대로 드러나 있다.

연금술사들이 산꼭대기에서 신께 기도를 드리자 수염이 가득한 신의 얼굴이 산꼭대기에서 나타나, 천사의 난무에 맞춰 구름이 낀 산 위에서 하계 마을에 빛을 비춘다.

"장기간 비가 내려 어려움에 처한 곳에서 어서 하늘이 맑아지기를 기도하는 그림을 본 적이 있는데, 그거랑 비슷하네."

"…하계에 있는 놈들은 웃고 있는 건가?"

호로가 눈을 찌푸리며 가늘게 뜬 이유는, 시력이 그다지 좋지 않아 조그맣게 그려진 군중은 잘 보이지 않기 때문이리라.

"아니, 무표정이야. 두 팔을 쳐들고 있는 건 기뻐서 그러는 것 같기도 하고 살려 달라고 비는 것 같기도 해."

"흥. 그거나 저거나 별 차이가 없다는 거네."

로렌스의 설명을 듣자 호로는 그런 소리를 내뱉었다.

호로는 몇 백 년이나 머물렀던 마을의 보리밭에서 오래된 약속을 지켜 왔다. 가능한 풍년을 맞게 해 주려고 때로는 일부러 보리 알곡을 나쁘게 만들기도 했다고 한다. 반면에 마을 사람들은 해마다 풍년이기를 바라면서, 보리 수확이 좋고 나쁜 건 다 호로의 변덕이라 여겼다.

로렌스가 호로의 등을 감싸자 심호흡을 하고는 흥 코웃음을 친다.

"신이 비추는 빛 끝에는 대장간용 큰 망치를 든 남자들이 활활 타는 불덩어리를 짊어지고 있어. 철이겠지. 짐을 진 말도 있고, 상인으로 보이는 남자들이 양손을 들고 있는 건… 기쁨의 표현일 테고."

"그 곁에는 초록이 돌아온 산이네."

"그래, 하지만."

로렌스가 말을 끊은 이유는, 녹음을 되찾은 산기슭에서 사람들이 넙죽 엎드려 명백히 한탄하고 있었기에.

산꼭대기에는 수염 달린 무표정한 신의 얼굴이, 그 옆에는 어정쩡한 날개가 등에 달린 타락천사가 서서, 이런 그림 특유의 어디를 보고 있는지 알 수 없는 얼굴을 하고 있었다.

다만, 적어도 산기슭에 있는 이들을 보고 있는 것 같지는 않다.

복도를 따라 쭉 이어지던 그림의 끝에는 '신의 자비를'이라는 문구가 붙어 있다.

"저 수염 얼굴은 왜 그런 거야?"

너무 뜬금없는 것도 그렇지만, 나타난 후로는 쭉 그림에서 가장 눈에 띄는 위치를 차지하고 점점 더 꺼림칙한 분위기에 박차를 가하고 있으니.

"그렇게 이상한 게 있다는 뜻이야?"

"그러게. 왜 얼굴만 있지?"

다른 이들은 아무리 작은 인물이라도 몸이 그려져 있는데.

얼굴만 그려진 것엔 뭔가 의미가 있을 것이다.

"으음… 사람이 아닌 거라면…."

호로는 잠시 고민을 하더니 고개를 번쩍 들었다.

"아, 그거. 왜, 지난번 도시에서 먹은 적 있잖아? 혹시 그거 아닌가?"

"뭐?"

아티프에서는 자주 먹는 양고기, 돼지, 닭을 비롯해 특산품인 생선, 조개류도 많이 먹었다.

하지만 그중 어느 것도 닮지 않은 것 같은데, 하고 생각하고 있자 호로가 이런 소리를 했다.

"게 아니야?"

"게?!"

로렌스는 눈이 휘둥그레져서, 의기양양한 호로의 얼굴에서 그림으로 시선을 돌렸다. 확실히 게딱지에 사람의 얼굴이 나타나면 그런 느낌이 될 것 같기도 하다. 북슬북슬 좌우로 난 수염과 머리털은 게 다리를 희화화한 것으로 생각되고, 몸뚱이가 없는 것도 수긍이 간다.

그뿐 아니라, 게가 발끝으로 산에 들어온 자들을 잡아서 무표정하게 입으로 가져가는 모습까지 상상된다.

로렌스는 으스스함에 몸을 떨고는 머리를 가로저었다.

"아니, 아닐 거야…."

냉정해지라며 자신을 다독인다.

무엇보다, 산꼭대기에 게의 화신이 있는 것과 철 정련에 무슨 관계가?

하물며 산꼭대기에서 빛을 비추다니, 당최 영문을 모르겠다.

"재미있는 추측이네요."

돌연, 머리 위에서 목소리가 들렸다.

하도 갑작스러워 얼결에 펄쩍 뛰었다가 당황하여 천장을 올려다봤으나 아무도 없다.

늑대의 귀를 가진 호로조차 소리가 들려오는 곳을 모르겠는지 곤혹스러운 듯이 천장을 올려다봤다가 좌우를 두리번댔다가 한다.

그러나 귀는 속여도 늑대의 코는 속일 수 없었던 모양.

"당신, 저기 저 가장 뒤쪽 기둥 뒤."

호로가 소맷자락을 잡아당겨 돌아보았다. 호로가 가리킨 것은 복도 가장 안쪽에 있는 기둥이었다.

호신용 단도에 손을 얹었다가 이내 여기가 대성당이라는 것을 떠올렸다.

교회 관계자겠지. 으스스한 게 이야기를 하는 바람에 머릿속이 어떻게 되었던 것인지. 로렌스는 정신을 가다듬듯 심호흡을 한 뒤 말했다.

"저희는 여행객입니다! 아티프 주교님의 명을 받고 이곳을 찾았습니다."

천장이 높은 석조 성당 안에서 목소리가 되울리는 게 꼭 돌림노래를 부르는 것만 같다.

"아티프 주교님께서 맡기신 서신도 있습니다. 본당의 주교님을 뵙고 싶습니다만."

로렌스의 음성이 몇 번이나 울려 퍼지면서 복도 안쪽으로 사라져 간다. 목소리가 머리 위에서 들려온 이유는 이 불가사의한 반향 구조 덕이리라.

기둥 그늘 속에 있을 누군가에게선 대답이 없다.

혹시 호로의 힘을 빌려야 할 누군가일까?

으스스한 그림이 그려진, 과거의 영화만 남은 대성당.

사람의 지식을 초월한 무언가가 어슬렁댈 만도 할 것 같다.

"아무래도 정말 우연인 듯하군요."

그 순간 들려온 것은 차분한 여성의 음성이었다. 로렌스가 놀란 이유는 그 음성이 바로 곁에서 말을 한 것처럼 들려서도, 왠지 모르게 어이가 없는 듯, 즐거운 것이어서도 아니었다.

분명 들어 본 적이 있는 음성이었기에.

"당신."

호로가 로렌스를 돌아보더니 떨떠름한 표정을 짓고는 말했다.

"짜증 나는 예감이 드네."

그 직후, 기둥 뒤에서 훌쩍 사람이 나타났다.

우아하게 춤을 추는 것처럼 보인 이유는 그 인물의 자세가 너무도 좋았던 탓이리라.

그리고 짐작은 어긋나지 않았다. 로렌스는 저 인물을 잘 알고 있었다. 기억 속의 모습보다 훨씬 어른스럽긴 한데, 이렇게 다시 만나게 되기까지 지난 세월을 짚어 보면 그럴 만도 했다.

"참으로 신의 변덕은 우리로서는 이해할 수 없는 일이로군요."

이쪽을 향해 다가오고 있는 인물은 여성. 곱게 땋아 바짝 묶은 머리에 벌꿀색 눈, 야위어 보이나 힘 있게 딱 선 자세, 늠름함이 감도는 행동거지. 입고 있는 옷자락에 물들어 있는 색으로 사제의 지위에 있다는 걸 알 수 있다. 누구든 성직자 하면 떠올리는 표본이 있다면 바로 이런 인물이리라.

"오랜만입니다, 로렌스 씨."

상대는 그렇게 말하며 담담히 웃고는 시선을 로렌스의 곁으로 옮겼다.

"그리고, 당신은 좋은 쪽으로든 나쁜 쪽으로든 변함없으신 듯하군요. 술 냄새가 나네요."

"멍청이!"

호로는 바로 받아치고는 가슴 앞으로 팔짱을 낀 후 고개를 홱 돌린다.

예전부터 이 둘은 사이가 별로였지… 하며 로렌스는 쓴웃음을 짓다가 아니지, 하고 생각을 고쳤다.

일방적으로 호로가 거북해하는 것이다.

그도 그럴 것이, 상대는 신심 깊은 콜조차 엄격한 신앙의 소유자로 인정해 한때 신학을 배우는 스승으로 모셨을 정도의 인물이니까. 술이 있으면 동이 날 때까지 마시고, 고기는 기름이 뚝뚝 떨어져야만 한다고 여기는 호로와는 뜻이 맞을 리가 없다.

"설마 이런 곳에서 만나게 될 줄은 몰랐습니다."

로렌스는 그렇게 대답한 후 상대의 이름을 댔다.

"엘사 씨. 오랜만입니다."

"예, 신의 인도하심으로."

오래전 행상길에서 만나, 중요한 갈림길에서 로렌스와 호로를 이끌어 준 엘사가 생긋 웃으며 고개를 끄덕였다.

로렌스와 엘사는 서로 다가가 악수를 한 뒤 가볍게 포옹을 나눴다.

엘사와는 십여 년 전 호로와 만난 지 얼마 안 되었을 무렵, 호로가 돌아가는 길을 잊어버린 고향 요이츠에 관해 조사하는 과정에서 알게 되었다. 그리고 호로와 결혼할 때에는 식을 맡아 준 중요한 인물이기도 하다.

"또 만나자는 서신을 받았습니다만, 설마 이렇게 금세 실현될 줄은 몰랐습니다."

"그분께서 서신을 잘 전해 주셨나 보군요."

뇨히라의 온천에 온 사람이 아닌 이들의 일행 중에 먼 곳으로 편지를 배달하는 일을 하는 이가 있었다. 딱 적임자라고 해야 할까, 마침 말의 화신이었다.

"그나저나, 엘사 씨는 출산한 지 얼마 안 되신 것 아니었는지?"

"그게 재작년 이야기랍니다. 셋째이고, 지금은 첫째와 둘째가 돌봐 주고 있어요. **제일 큰아이**도 가끔은 저한테 야단을 맞지 않고 지내 봐야 하니까요."

엘사의 남편은 참으로 사람 좋은 에반이라는 청년인데, 엘사와는 정반대로 태평하여 소소한 일에는 신경을 쓰지 않는 성격이었다. 공처가가 될 부류였다며 로렌스는 남 말 하듯 생각했다.

로렌스와 엘사가 옛 우정을 돈독히 하고 있자 곁에서 호로가 귀찮은 듯이 끼어들었다.

"그보다, 우린 긴 여정에 지쳤는데, 나그네를 대접하는 게 너희 교회 인간들의 신조였던 것 같은데?"

엘사는 눈을 동그랗게 뜨더니, 이내 호로의 얄미운 소리에도 즐거운 듯이 미소로 답한다. 어린아이의 투정엔 익숙하다는 투로.

"그렇지요. 지금은 마침 좀 사람이 나가 있는데, 그런 만큼 방은 비어 있습니다."

"뜨거운 물로 먼지 좀 씻어 내고 싶은데, 여기 뜨거운 물은 끓일 수 있나?"

뇨히라의 온천탕 생활에 익숙해질 대로 익숙해진 호로는 아티프에서도 이따금 뜨거운 물을 끓이면 통 안에 들어앉아 머리까지 푹 담그고 싶다며 성화를 부렸었다.

"있습니다."

"정말?!"

눈을 빛내는 호로에게 엘사는 말간 얼굴로 이렇게 대답한다.

"직접 가서 물을 퍼 오고, 장작을 쪼개고, 불을 지피신다면."

"……."

벌꿀색 눈의 엘사는 등을 똑바로 펴고는 이렇게 말했다.

"게으름을 피워서는 안 됩니다. 일을 해야 비로소 좋은 하루가 되는 겁니다."

아직 행상인이었던 시절, 엘사는 그림으로 그려 놓은 듯이 성실한 보조사제였다. 로렌스와 호로의 여행에 동행한, 아직은 어렸던 콜에게 예의범절을 가르친 사람도 엘사다.

예의 면에선 딸인 뮤리 못지않은 호로는 그때부터 엘사의 훈계를 들어 왔다.

"로렌스 씨, 말은 밖에 두셨는지요?"

"예."

"짐을 푸시고 나면 발 씻을 물과 식사를 내오겠습니다. 안심하십시오. 볶은 콩과 뜰에 난 풀은 있으니까요."

마지막 대사는 호로를 향해 장난스럽게.

호로가 고개를 팩 돌리는 모습에, 호로와 엘사 둘 중에 누가 더 오랜 시간을 살아온 현랑인지 로렌스는 알 수가 없어질 것만 같았다.

큰 교회에는 귀족이나 여행 중인 성직자의 축하 방문이 적지 않기에 반드시 숙박시설이 겸비돼 있다. 로렌스와 호로는 그중 한 방을 빌려 짐을 푼 뒤 밖으로 나왔다.

성당 부지 내에 있는 채소밭 옆에서 엘사는 팔을 걷고 우물에서 물을 퍼 올리고 있었다.

"발을 씻고 나면 개운해지실 겁니다."

성전에는 가난한 자의 발을 씻기는 성자의 이야기가 수없이 실려 있지만, 호로는 당연히 그런 것에 고마움을 느낄 성격이 아니다.

뿌루퉁한 표정이 역력한 호로를 보자 엘사는 로렌스에게 시선을 주었다.

"사이가 다정한 것은 참으로 좋은 일이나, 반려를 너무 떠받들고 계신 것은 아닌지요?"

엘사에게 한마디 듣고도 변명할 도리가 없다.

"자, 호로, 찬물도 씻으면 기분 좋아."

물통 가득 찰랑찰랑한 물로 로렌스는 손과 발을 씻었다. 호로가 얼굴을 찌푸리며 가까이 있는 큰 돌에 앉더니 로렌스를 향해 발을 불쑥 내민다.

로렌스는 엘사가 어이없는 한숨을 쉬는 것에 귀가 따가우면서도, 공주님의 신을 벗겨 주고 로브 밑에 입고 있던 바지 단을 걷어 발을 씻겨 준다. 그러자 투덜투덜 불평은 하면서도 나름대로

상쾌한지, 표정은 더욱더 못마땅하게 찌푸리고 있어도 꼬리는
살랑거렸다.

"그나저나, 엘사 씨는 여기를 혼자서 관리하고 계십니까?"

식사 준비를 하기 위해 불을 피워야 한다면서 엘사가 장작이
쌓인 곳으로 가기에 로렌스는 대신 장작을 패기로 했다. 로렌스
가 발을 씻겨 줘서 만족했는지 호로도 별 불평 없이 따라온다.

"산 너머에 큰 장이 선 것은 알고 계시나요? 그게 끝날 때까
지는 이 성당과 마을의 주민들은 다들 그쪽에 가 있습니다. 마
을에서 수확한 곡물을 되도록 비싸게 팔고, 겨울맞이 물자는
되도록 싸게 사 와야 하니까요. 이 지역에 관해 잘 모르고, 인
맥도 없는 저는 집 지키는 당번이 된 것이지요."

엘사의 말을 들으며 로렌스는 도끼를 내리친다. 쩍 하고 장
작이 쪼개지는 소리가 마음에 들었는지 호로는 쪼개진 장작은
얼른 주워 옮기고, 부지런히 새 장작을 얹는다.

로렌스의 눈에는 던져진 막대를 신나게 주워 오는 강아지로
밖엔 보이지 않았지만, 물론 입 다물어 둔다.

"사정은 그렇지만, 혼자 있어 즐거운 점도 있습니다. 이곳은
청소하는 보람이 있으니까요."

착실하기 그지없는 엘사의 말에 쓴웃음이 나온다.

한바탕 장작 패기를 끝내고 나자 로렌스는 엘사의 안내로 바
깥에서 취사장 안으로 들어갔다.

"그건 그렇고, 두 분이 뇨히라에서 나와 이런 데까지 오시다니 놀랐습니다. 대체 무슨 일로 여기까지?"

취사장 선반에서 부싯돌과 부싯깃을 내리며 엘사가 묻는다.

"말씀을 드리자면 깁니다만… 저도 여쭙고 싶습니다. 엘사 씨는 왜 여기 계신 것인지요? 사시는 곳에서 꽤 먼데요."

"저도 여기까지 올 뜻은 없었습니다. 원래는 인근 교회에서 글을 읽을 줄 아는 사람이 부족하니 도와 달라는 요청이 들어와, 임시로 교회에 쌓인 자금과 특허장을 확인하는 일을 거들었습니다. 그게 이번 여름 전의 일이었지요."

엘사는 말을 이어 나가며 부싯돌을 쳐서 바로 불을 붙였다.

그 모습을 보고는 호로가 로렌스에게 "대단하네." 하고 짓궂게 한마디 하는데, 솔직히 불을 지피는 데 애를 먹었던 건 처음 며칠뿐이었다. 억울하다.

"그리고, 교회가 갑자기 정리에 들어간 것은 아무래도 콜 군과 관계가 있다고 들어서 놀라기도 하고 이해가 되기도 했습니다."

엘사는 로렌스가 가져온 장작 중에서 잘 탈 것 같은 것을 골라 화덕에 던져 넣었다.

대충 던지는 것처럼 보이는데도 불에 잘 타게 척척 쌓이는 것에 로렌스는 감탄했다.

"우리가 길을 나선 것도 그 때문입니다. 콜의 여행에 외동딸인 뮤리가 따라 나갔는데, 요즘엔 편지도 오지 않기에 한 번 살펴볼까 해서요."

엘사는 벌꿀색 눈으로 로렌스와 호로를 보고는 뜻있는 쓴웃음을 지었다.

딸 바보들이라고 생각하기라도 했는지.

로렌스는 헛기침을 하고는 말을 이었다.

"어흠. 그럼 엘사 씨는 이쪽저쪽 돕다 보니 여기까지 오신 겁니까?"

"대충 그렇긴 합니다만, 두 분이 올려다보고 계셨던 그 그림이 가장 큰 이유였죠. 길이 얽히는 데에도 나름의 이유가 있는 겁니다."

성당 안의 그림 속에는 바런 주교령의 발전과 쇠퇴를 그린 역사, 마법이라고밖엔 할 수 없는 기술을 만들어 낸 연금술사 무리, 그리고 지금도 누군가가 있다는 저주받은 산이 그려져 있다.

"이 주교령에서 도움을 요청받았고 처음에는 멀어서 주저했습니다만, 그러다가 바런 주교령이 세워진 이야기를 듣고 흥미가 솟았습니다. 아버지가 수집하시던 이교 신의 이야기에 새로운 이야기가 하나 더 얹어지는 게 아닌가 하여."

로렌스와 호로가 엘사가 살던 마을을 처음 찾아갔던 것도 엘사의 양부가 수집한 책을 보기 위해서였다.

"결과는?"

화덕 위에 쇠 냄비를 얹고 물병에 든 물을 따르면서도 엘사는 용케 어깨를 으쓱였다.

"두 분이 오시게 되었지요. 아티프의 주교님께서 서신을 맡기지 않으셨습니까?"

"…그럼, 엘사 씨가, 어려움에 부닥치셨다는 대리 주교님이십니까?"

물병을 치운 엘사는 입고 있는 옷의 깃을 가리켰다.

"사제입니다. 여자의 몸으로 보조사제의 '보조'자가 떨어진 것만으로도 큰 출세이지요. 임시이긴 합니다만. 남편도 있고, 자식도 있는 사제를 교회라고 달가워하겠습니까만, 인력이 워낙 부족하니 저 같은 사람까지 차출되는 것이지요."

엘사는 그렇게 말하지만, 글을 읽을 줄 알고, 마을 교회를 맡아 줄 성직자를 찾으러 길을 나서기도 했었다. 식견이 넓고 성실한 엘사는 원래부터 마을 내에서 평판이 자자했을 테니, 일을 맡긴 데에는 그럴 만한 이유가 있다.

"하지만 아티프 교회에 도움을 청하면서 이런 상황을 자세히 설명했다가는 상대가 불신을 품겠지요? 타지에서 온 여자 사제가 주교령을 맡았다니, 탈취라도 한 게 아닌가 싶을 수도 있고요. 그러니 도움을 청하는 서신에는 임시 대표자라고 썼지요. 거짓말은 아닙니다."

고지식하고 원리원칙을 중요시해 다소 답답할 정도의 인상이었다가 끝에 가서는 장난스럽게 웃는 것을 보자 참 의젓해졌다는 생각이 들었다.

"표정이 왜 그러십니까? 저도 조금은 세상 물정을 배웠답니다."

엘사는 나무라듯 말을 하면서 냄비에 소금, 마늘을 대담하게 넣어 간다. 집에서는 또 살림도 척척 해낼 것 같다.

"전골도 괜찮지요?"

"고기는 들어가나?"

호로가 묻자 어깨를 으쓱인다.

"두 분을 모신 것은 저희니까요. 육식을 금할 수는 없지요."

"좋은 마음가짐이야. 참고로, 어떤 고기?"

"당신은 늑대잖아요? 오면서 들판을 봤을 텐데요?"

엘사의 능숙한 응대에, 오늘 저녁밥은 뭐냐며 매달리는 아이를 상대하는 모습이 겹쳐 보였다.

"토끼로군!"

"이 근방의 흔치 않은 명물이지요."

호로가 눈을 빛내며 꼬리를 파닥였다.

타산적인 모습에 엘사가 쓴웃음을 짓는다.

"그렇더라도, 지원 요청을 하면서 상인을 보내 달라고 하신 것은 더욱더 뜻밖인데요."

로렌스가 그렇게 묻자, 엘사는 잔뜩 들뜬 호로에게 마을 사람에게 가서 토끼고기를 받아와 달라고 부탁했다. 고기를 위해서라면 약간의 귀찮음은 마다하지 않는 호로가 가벼운 발걸음으로 취사장에서 나간다.

평소 같으면 자신의 사냥감인 로렌스가 다른 여자와 단둘이 되면 어처구니가 없어 웃음이 날 만큼 질투를 하는 호로이건만, 과연 엘사와는 전혀 사이를 의심하지 않는가 보다.

"저주받은 산이라 불리고, 인근 마을 사람들은 땔감도 주우러 가지 않을 정도입니다. 성직자를 초청하는 것도 이야기가 복잡해지기만 할 뿐이지요. 하지만 돈벌이를 위해서라면 저주든 뭐든 상관하지 않을 상인이라면 과감히 숲속에 들어가 산꼭대기에 무엇이 있는지 알아봐 줄 것으로 생각했습니다."

엘사가 상인을 어떻게 바라보고 있는지 잘 엿보이는 발언이었으나, 틀린 말은 아니다.

"그럼, 산에 무엇이 있는지는 엘사 씨도 모르시는군요?"

"예. 애초에 제가 불려 온 이유는 이 대성당의 재산을 정리하고 특권을 확인하기 위해서입니다. 할 일이 산더미처럼 많습니다. 게다가 저희 마을 일도 있으니 본격적으로 겨울이 오기 전에는 돌아갔으면 하거든요. 산에 가 보는 건 도저히 생각도 못 했지요. 때를 봐서 이야기를 모으려는 생각이었습니다만, 이 대성당에서 일하고 계신 분들도 다들 타지에서 교회법학을 수학하고 오신 터라 지역민들이 아니고, 그렇다고 이곳 분들에게 제가 묻기도 좀 그렇습니다."

타지에서 와서 이 지역을 둘러싼 이교 관련 이야기를 모으는 여성 사제가 있다고 하면 괜한 의심을 살 만도 하다. 이단 심문관의 새로운 수법, 또는 이 지역을 빼앗기 위해 보내진 밀정은 아닌가 하여.

"게다가, 믿었던 대성당 서고에도 기록다운 기록은 남아 있지 않았습니다. 오는 도중에 여인숙에서 들은 이야기가 더 자세했을 정도입니다. 두 분이 보고 계셨던 그림이 대성당에 남아 있는 것을 보면 당시 사람들은 후세에 길이길이 남겨야 할 이야기라 여긴 것일 테지만."

"역대 주교님들은 조사하지 않으셨습니까?"

그 물음에 엘사는 어깨를 으쓱였다.

"말라붙은 옛 철광산인 데다 이교스러운 일화가 남은 장소는 차라리 없는 곳으로 치는 게 옳은 판단입니다. 이단 심문관의 눈에 찍혔다가는 큰일이니까요."

냄새나는 것에는 뚜껑을 덮으라는 거다.

"한편으로는 제 호기심에서만이 아니라 이곳의 현실적인 문제도 있습니다. 활용할 수 없는 땅이 있다는 건 큰 문제입니다. 이 주교령이 쇠락하고 있는 것은 한눈에 봐도 분명하지요? 이젠 철도 제대로 나지 않는 산을 어서 팔아서 그 돈으로 우물도 파고 길도 정비하는 게 이곳 분들의 생활이 개선되는 데 도움이 됩니다. 하지만 이 근방 분들은 이 지역의 일화를 알고 계시니 거래에 망설임이 생기게 됩니다. 그런 점에서 먼 지역의 상인을 청한 것이지요."

아티프 주교에게 도움을 청하는 서신을 보낸 것으로 이야기가 이어졌다.

로렌스는 엘사의 합리적 판단에 연신 감탄의 한숨을 터뜨렸다.

"먼 지역의 상인이라면 저주받은 산을 둘러싼 소문, 이 지역에 얽힌 이야기 같은 건 들어 본 적도 없는 구입처를 찾아낼 것이다?"

엘사는 대답은 없이 쓴웃음만 지었다.

이렇게 넓은 대성당을 타지 출신의 엘사가 홀로 지키고 있는 것도 이해가 간다.

누구나 마음 놓고 맡길 만하리라.

"산에 무엇이 있는지 확인하러 가는 일은 저희가 맡겠습니다."

취사장 입구에서 밖을 보자 밧줄로 꽁꽁 묶은 토끼를 안고 달려오는 호로의 모습이 보였다. 저러고 어떻게 현랑을 자청할 수 있는 것인지. 함박웃음을 짓는 얼빠진 얼굴이라 해도 되겠다.

"고기와 술이 있으면 우리 집사람은 아주 일을 잘 해 주니까요."

엘사는 어깨를 으쓱이면서 냄비에 소금을 더 넣었다.

술안주로는 간이 센 쪽을 선호하니까.

엘사는 역시 호로보다 한 수 위인 모양이다.

토끼고기 전골과 약간의 포도주로 배를 채운 뒤, 로렌스와 호로는 엘사의 안내를 받아 대성당의 보물 창고로 향했다. 돌로 만들어진 지하실은 감옥처럼도 보였다. 군데군데 부적으로 악마의 조각상이 놓여 있는 바람에 더더욱.

가장 안쪽에 도착하자 엘사는 손아귀에 채 쥐어지지 않을 정도로 큼지막한 열쇠를 꽂아 육중한 철문을 열었다.

"그때 그 뱀 동굴이 생각나네."

지하를 보자 호로가 그런 말을 한다.

엘사가 사는 마을에는 예로부터 거대한 왕뱀의 전설이 전해지고, 교회 지하는 뱀의 보금자리였던 동굴로 이어져 있었다. 지하실에 선반이 줄줄이 있고, 양피지와 두루마리들이 쌓여 있는 모습도 흡사했다.

"이게 전부 다 특허장입니까?"

"이것도 4분의 1 정도일 뿐입니다. 영지가 여러 갈래로 복잡하게 갈려 있고, 그곳에 사는 주민들의 과세 장부, 소유권 확인증 등등을 세세하게 적어 놓은 것이 대부분입니다. 서적은 기술서고요. 암염광산과 철광산의 채굴법, 정련법 등이 쓰여 있었습니다. 먼지가 쌓여 있던 것으로 보아 오랫동안 아무도 건드린 적이 없어요. 무용지물로 보이는데, 이것도 팔아 버릴까 합니다."

약간 곰팡내도 나서 호로는 몇 차례 재채기를 하며 로브로 코를 막고 있었다.

"제가 보여 드리고 싶은 것은, 이쪽입니다."

초를 든 엘사가 앞장선다.

토끼고기 전골을 먹으며 엘사는 자신이 힘닿는 대로 조사한 저주받은 산의 이야기를 모두 해 주었으나, 양부가 남긴 이교 신들의 책을 모조리 읽은 엘사도 대성당 안에 있는 그림의 수수께끼는 잘 이해가 되지 않는 듯했다.

또한, 산과 숲에 무시무시한 괴물이 있다는 소문은 이 세상에 그리 드물지 않다. 그 대부분은 지어낸 이야기, 어떤 목적하에 생겨난 일이란 걸 로렌스도 잘 알고 있다.

예를 들어 괴물이 있고 마을 사람은 아무도 숲에 들어가지 않는다는 것은, 내야 할 세금을 면제받으려 한다거나 다른 지역의 사람이 산이나 숲의 자원을 발굴하러 오는 것을 막으려고 만들어 낸 이야기라는 것이다.

대성당에는 저주받은 땅에 관한 기록이 남아 있지 않다는 점도 있어, 엘사는 당시의 어떤 정치적 의도에서 그런 이야기가 퍼진 게 아닌지 추측했는데, 그럴 가능성도 충분히 있다.

그러나, 어느 날 특권을 정리하러 보물 창고에 들어왔다가 숨겨 놓은 듯이 놓여 있던 것이 눈에 띄었다고 한다.

"그게, 이겁니까?"

엘사가 천을 젖혀 로렌스와 호로 앞에 드러낸 것은 거대하다 싶을 만큼 큰, 번쩍이는 종이었다.

"50년 전 출납 장부에 새로운 종을 발주한 기록이 남아 있었습니다. 지금 종탑에 달린 것은 그때 새로이 주조한 종입니다."

"그럼, 이건 그 전에?"

엘사는 고개를 끄덕이고는 촛대의 초로 다른 초에 불을 옮겨 붙인 뒤 종 밑을 비췄다.

"여기를 봐 주십시오."

로렌스와 호로가 함께 들여다보고는 숨을 삼켰다.

"엇… 물린, 자국?"

호로라면 안에 숨을 수도 있을 만큼 거대한 종의 일부에 구멍 네 개가 나란히 뚫려 있었다.

"그렇게 보이지요? 당신은 어떻습니까?"

구멍 하나하나는 주먹이 들어갈 정도는 아니나 손가락이라면 두 개쯤은 거뜬히 들어가겠다. 그리고 호로의 이빨을 본 적이 있는 자라면 누구든 상상할 수밖에 없다.

"우리 늑대들은 쇠붙이는 싫어해."

호로는 그렇게 말한 후 종에 뚫린 구멍에 코를 가져다 댔다.

"냄새는 남아 있지 않… 엣취."

재채기를 터뜨린 후 코를 문지르고는 로렌스의 옷소매에 코를 비벼 댔다.

어지간히 싫은 냄새였는지.

"전설이라면 전설로 상관없습니다만, 이 종이 여기에 있는 것을 보고 설마 했습니다."

로렌스는 종을 내려다보며 고심했다. 만일 이 종을 깨문 누군가가 있다면, 여인숙에서 들은, 산에 들어간 채로 아무도 돌아오지 않았다는 이야기가 영 지어낸 이야기가 아닐 수도 있다.

하지만 그때, 기막혀하는 한숨 소리가 들려 돌아보니 코를 훌쩍이고 있던 호로였다.

"멍청이."

코맹맹이 소리로 그러고는 발끝으로 종을 쿵 걷어찬다.

"높다란 탑 위에 매달려 있던 종이라며? 그런 걸 어떻게 깨물어?"

"앗."

로렌스가 엘사와 얼굴을 마주하며 입을 쩍 벌리자, 호로는 어이없다는 듯이 고개를 돌렸다.

"새한테는 이빨이 없고. 설령 발톱이라 해도, 구멍이 네 개인 건 이상하지."

"하, 하기는. 발톱은 세 개에 반대쪽에도 있을 테니까."

"게다가 이건 힘을 줘서 뚫은 구멍은 아닙니다."

"네?"

하고 되묻자마자 느닷없이 호로가 로렌스의 옆구리를 힘주어 꽉 잡았다.

"아얏! 왜, 왜 이래, 갑자기!"

"늘어진 배가 아니더라도 잡으면 들어가게 마련이잖아."

그러면서 호로가 손을 떼자, 엘사가 감탄한 듯 고개를 끄덕였다.

"확실히, 종 모양은 깨끗합니다."

"이런 구멍이 뚫릴 만큼 깨물었으면 모양이 찌그러지든가 금이라도 갔을 텐데, 전혀 그런 게 안 보인다고. 게다가 이 구멍도 이상하고."

호로는 촛불에 비친 구멍을 보며 시선을 모았다.

"어떻게 하면 이런 구멍이 되지?"

로렌스도 구멍을 새삼 들여다보지만, 호로가 무슨 말을 하는 건지 모르겠다. 쇠붙이를 개가 깨문 것처럼만 보이는 찌그러진 구멍 네 개가 나란히 뚫려 있는데.

그러나 종은 높은 종루 위에 매달려 있었을 테고, 깨물었다면 당연히 생겼을 일그러짐이나 균열도 없다는 지적은 무시할 수 없다.

"그냥 생각하자면, 이 종은 전설과는 전혀 관계가 없어 보이지만…"

합리적인 추론이지만, 호로 본인도 그다지 믿지지 않는 듯하다.

로렌스는 이렇게 물었다.

"온갖 이상한 점은 일단 제쳐 두고, 누군가가 깨문 흔적이라는 가정을 세워 본다면."

호로와 엘사가 로렌스를 바라본다.

"네가 어떻게 해 볼 만한 상대이긴 해?"

촛불이 바람도 없는데 순간 흔들렸다.

아니, 어쩌면 그건 호로가 활짝 웃어서인지.

"난 현랑 호로야. 달을 사냥하는 곰을 빼고는 그리 쉽게 지지 않아."

보리에 깃들어 있고, 우러러봐야 할 만큼 거대한 늑대의 화신.

그렇다면 다음 행동은 이미 정해졌다.

해가 저물어 밭에 나가 있던 이들이 집으로 돌아오고, 저녁밥을 먹은 후에는 초도 아까우니 내일을 대비해 잠자리에 든다.

그런 시각이 될 때까지 기다렸다가 호로는 늑대의 모습을 드러냈다.

「당신은 여기서 기다리면 된다니까.」

"멍청이. 너는 의외로 금세 싸우려 들잖아. 어떻게 맡겨만 둬?"

호로의 말투를 따라 응수하자, 불복하듯 거대한 꼬리로 로렌스의 몸을 쓴다.

　입장이 거꾸로 된 로렌스의 항의 따위는 귓등으로도 듣지 않는 호로. 그러자 곁에서 엘사가 말했다.

　"되도록 싸움은 피해 주세요. 누군가가 있는 게 맞다면, 그냥 두는 선택지도 있습니다."

　「상대가 누구냐에 달렸지. 말이 통하는 놈이면 좋겠지만.」

　엘사는 고개를 끄덕이고는 로렌스가 호로의 등에 올라타는 것을 도운 뒤 교회의 문장을 손에 쥐었다.

　"신의 가호가 함께하시기를."

　「너는 여전히 배짱이 두둑하구나.」

　고대의 정령 앞에선 교회의 신도 신참이다. 그저 습관적으로 그런 말이 나왔는지, 엘사는 호로의 지적을 듣자 눈을 껌뻑이고는 어색하게 웃었다.

　「그럼, 떨어져도 안 주워 줄 거니까.」

　"네가 짓궂게 굴지만 않으면 그럴 일 없어."

　말이 떨어지기가 무섭게 호로는 여봐란 듯이 몸을 털고는 확 튀어 나갔다.

　뒤를 돌아보니 엘사가 손을 흔들고 있었으나, 로렌스는 바로 호로의 털을 꽉 잡고 몸을 붙였다. 속도를 쭉쭉 높이며, 귓가를 가르는 바람 소리에 호로의 발소리마저 들리지 않게 된다. 밤 하늘은 구름 사이로 달이 나타났다 숨었다 하는 정도라, 로렌스의 눈에는 어둠 속의 억새밭이 새카만 호수처럼도 보였다.

그림자 속 세상을 질주하는 호로의 등에서 로렌스는 호로의 세계를 잠깐 엿본다.

서로를 속속들이 잘 안다고 믿고 있지만, 사실 로렌스가 사랑하고도 사랑하는 호로는 사람이 아닌, 늑대.

평소엔 별로 의식하지 않고 살다가도 이런 때는 서로의 차이가 강하게 와닿는다.

그래도 이렇게 털가죽에 힘껏 매달려 있는 게 의외로 나쁘지 않다는 소리를 하면 호로는 부끄러운 듯 싫은 듯, 씁쓸한 듯한 표정을 지으며 꼬리를 넘실넘실 흔들겠지. 혼자 그런 상상을 하고 웃으며 약간의 공포를 견뎌 냈다.

얼마나 그러고 있었을까. 이윽고 귓전에서 날뛰던 바람이 조금 온화해지더니 호로가 지면을 밟는 가벼운 소리가 들린 듯했다.

고개를 들자 어느새 잡목림 앞에 서 있고, 줄지어 선 나무들 너머로 구름에 걸린 달이 보인다. 산기슭에 도착했나 보다.

말을 타고도 몇 시각은 걸릴 거리라 들었는데, 과연 대단한 다리다.

"이렇게 남의 구역에 함부로 들어가도 돼?"

혹시 누가 있는 산이라면 조금 상황을 살폈다가 들어가야 하는 게 아닌지.

「보통 사슴 놈들 냄새만 나.」

호로의 등 위에 매달려 있으면 알기가 힘든데, 호로는 민첩한 걸음으로 웬만한 높이와 바위 정도는 거의 흔들림 없이 넘어간다.

이러니저러니 핀잔은 주면서도 등에 있는 나를 배려하는데, 이런 면에서도 호로는 참 솔직하지 못하다.

"그 얼굴이 그려진 산이 어디쯤인지는 알겠어?"

「일단 제일 높은 봉우리에 올라가 보려고. 높은 곳에서 바라보면 알 수 있을지도 몰라.」

"그렇겠네."

로렌스가 대답하자 호로는 약간 속도를 높인다. 산길로 들어서서 경사가 가팔라졌기 때문일 수도 있다. 걸어서 올라가려 했다가는 기진맥진했을 곳도 호로는 말이 평지를 달리는 듯한 속도로 거침없이 올라간다. 걸음, 호흡, 거대한 꼬리의 흔들림에서도 호로가 즐기면서 산을 오르고 있다는 게 잘 와닿았다.

원래 호로의 보금자리는 인간들이 사는 곳이 아니니.

깊은 숲속이야말로 호로가 있을 곳이라는 걸 로렌스는 안다.

「다 왔어.」

그러면서 호로가 걸음을 멈춘 곳은 나무가 드문드문 자란, 언뜻 보면 광장 같은 곳이었다. 생각했던 것보다 훨씬 더 털가죽에 꽉 매달려 있었는지 잔뜩 곱은 손을 편 뒤, 엎드려 있던 호로의 등에서 조심스럽게 미끄러져 내려왔다.

바닥에는 푹신푹신한 낙엽이 몇 겹이나 쌓여 있었다. 파 보면 좋은 흙이 나올 것 같다.

"원래 민둥산이었던 철광산으로는 안 보이네. 그래도 우물이 좀 있고 물도 나오는 건 이 덕분인가?"

낙엽을 가볍게 밟자 도토리가 툭툭 튀고, 어둠에 눈이 익숙해지자 곳곳에 어린나무들이 자라나고 있는 게 보였다.

「그렇지도 않아. 산 전체에 쇠를 품은 돌이 버려져 있어서 내 코에는 싫은 냄새 천지야. 해가 떴을 때 오면 당신 눈에도 이상한 점이 바로 보일걸.」

호로는 그러면서 커다란 코로 로렌스를 툭 친다. 익숙한 냄새가 그리워서 그런 것 같기에 주둥이의 콧등 언저리를 손으로 긁어 주자 꼬리를 파닥파닥 흔들었다.

"저주…가 뭔지는 모르겠지만, 녹슨 것들이 버려져 있다면 광독을 말하는 건가? 그런 것치고는 나무가 많고 평화로워 보이는데…."

그런 대신 망령이 불쑥 나타날 것 같은 분위기는 있다.

「흠.」

로렌스에게 어리광을 부리듯 코를 대고 있던 호로가 문득 고개를 들더니 예리한 눈으로 주위를 둘러본다.

「뭐가 있는 건지는 아직 모르겠지만… 뭔가가 있는 건 확실해.」

놀라서 호로를 쳐다보자 숲을 보라는 식으로 시선을 던져 온다.

「나무 종류가 묘해.」

"종류?"

「그냥 두면 이렇게는 안 돼. 여기에 자라고 있는 건 전부, 겨울에는 낙엽을 떨어뜨리고 열매를 맺는 것들뿐이야. 게다가 산자락에서부터 쭉, 어떤 나무든 대체로 규칙적으로 나 있고.」

열매를 맺는 낙엽수는 좋은 땔감이 되고, 버섯이 자라기도 좋다. 게다가 규칙적으로 나 있다면 짚이는 바는 하나뿐.

"일부러 심었다는 거야? 자연스럽게 녹음을 되찾은 게 아니라?"

「아마도. 그뿐 아니라, 눈에 들어오는 곳 전체가 다 그래. 이런 광경은 나도 처음 봐.」

몇 백 년이나 숲을 바라봐 온 호로에게는 이 산의 이상한 점이 눈에 들어오는가 보다.

「애초에 이렇게 광범위하게 녹음이 돌아오려면, 그냥 놔두는 상태에선 백 년 단위로 시간이 걸려. 민둥산이 된 게 고작 수십 년 전이라며? 누가 일부러 손을 쓴 게 틀림없어.」

"마을 사람들이 그랬을 가능성은?"

호로는 커다란 코로 로렌스를 향해 콧김을 뿜었다.

「개미 떼 같은 숫자가 필요하겠지. 게다가 사람은 좀 더 약았어. 이렇게 자기 취향인 나무만 심는 멍청한 짓은 안 하겠지. 같은 나무만 심는 건 별로 좋지 않아.」

'취향'이라는 말이 로렌스는 마음에 걸렸다.

"누가 심었을지 짐작 가는 건 있어?"

「서툴러 빠진 그 그림의 수수께끼 하나가 풀리긴 했지.」

호로는 불만스럽게 코웃음을 치더니 로렌스에게 나무라는 듯한 눈빛을 던졌다.

「역시 그 항구 도시의 그림은 다시 그려야 해. 제대로 그림을 그리지 않으면 후세에 제대로 된 이야기가 전해지지 않는다고.」

아직 그 그림 문제를 포기하지 않고 있었나. 로렌스는 약간 어이없어하며 호로에게 되물었다.

"풀렸다는 수수께끼는 산꼭대기에 있는 얼굴? 아니면 다른 거?"

「얼굴 옆에 있던 천사. 그건 당신들이 말하는 천사 같은 게 아니야.」

"하지만, 날개가 달렸는데?"

「멍청한 그림이라 그렇게 보일 뿐이지. 그건 날개가 아니야.」

신의 얼굴을 보좌하고 있는 자의 등에는 날개 같은 게 달려 있었다. 하지만 그게 날개가 아니라면?

로렌스가 호로를 바라보자, 숲의 왕은 말했다.

「다람쥐야. 다람쥐 등 위로 올라온 꼬리가 날개처럼 보이는 거지.」

그 순간, 로렌스는 이 숲의 상황도 이해가 됐다. 그리고 어째서 이렇게 단기간에 어마어마한 수의 나무가 자랐는지, 그것도 유실수 종류만 있는지도.

「구멍을 파서 나무 열매를 묻는 게 그놈들 특기니까. 입 안에 열매를 잔뜩 물어서 옮기는데, 작업이 어지간히 순조로웠었나 보네. 이 숲을 만든 건 다람쥐가 분명해.」

온통 수수께끼였던 전설의 일부에 서광이 비쳤다.

그러나 의문도 남는다.

"다람쥐라면, 그 종을 깨문 자국은 여전히 알 수가 없네. 아니, 다람쥐라면 발톱으로 그런 자국을 낼 수도 있으려나?"

「힘자랑 삼아 종을 꽉 쥐었다고? 다람쥐의 쪼그만 손으로 그런 구멍이 뚫릴 것 같으면… 몸집이 산만큼은 돼야겠네.」

상상이 잘 가지도 않을뿐더러, 그렇다 쳐도 종이 어떻게 찌그러지지도, 금이 가지도 않았는지는 모를 일이다.

"제일 빠른 방법은 다람쥐 본인에게 물어보는 거겠는데… 산에 있는지 어떤지는 알 수 없어?"

「사방팔방에서 쇠 냄새가 나서 코가 제대로 안 돌아가. 뭐, 이 정도로 자기가 좋아하는 것들로만 산을 채웠으니 틀림없이 어딘가에 숨어 있을 테지만. 포효해도 된다면 당장 나오라고 산 저쪽에까지 들리게 할 수도 있긴 한데.」

산기슭에서 조금 떨어진 곳에는 평범한 마을들이 있다. 물이 별로인지 밭이 적은 대신 풀이 많아 양과 산양을 기르고 있는데, 그런 곳에 늑대의 포효가 들려왔다가는 단박에 삶에 악영향을 미치게 된다.

"그건 최후의 수단으로 미뤄 두자."

「그럼 발품을 파는 수밖에. 뭐, 여기에서 자면 저쪽이 알아채겠지.」

어느 날 느닷없이 맛있는 음식의 낙원에 거대한 늑대가 나타났다면?

다람쥐가 무슨 일이시냐며 물어보러 올 수도 있을 것 같다.

"그럼 노숙? 아무것도 준비해 온 게 없는데… 으억?!"

로렌스는 말을 하는 도중에 호로의 꼬리에 걸려 벌렁 자빠졌으나, 푹신한 모피가 등을 받쳐 주었다.

「내 털 위에서 자는 게 불만이야?」

호로의 커다란 붉은 눈이 날카로운 이빨과 함께 로렌스를 향한다.

로렌스야 호로의 기분이 좋다는 걸 한눈에 알지만, 남이 봤으면 불쌍한 나그네가 당장에라도 잡아먹힐 듯이 보일 테지.

"그러고 보니 엘사 씨와 처음 만났을 때도 이렇게 밖에서 한밤을 보냈었지."

엘사네 마을 인근 도시에서 불화 끝에 일어난 싸움에 휘말려

도망친 숲속에서 노숙했었다.

그때 일을 생각하며 호로의 꼬리털을 쓰다듬자 털끝으로 얼굴을 얻어맞았다.

「내 털에 묻혀서 다른 암컷 이야기를 하다니, 배짱 한번 좋네.」

등을 기댄 호로의 옆구리 속에서 천둥 번개를 몰고 오는 구름 같은 소리가 울려온다.

"오늘 밤은 추울 듯하니 조금 더 뜨겁게 만드는 게 좋을 것 같아서."

「멍청이.」

그러면서 몸을 말더니 코끝으로 로렌스를 쿡 친다.

그렇게 한바탕 짓궂게 굴다가 만족스러운지 코웃음을 치고는 네 발로 편안히 엎드려 귀를 쫑긋쫑긋했다.

「진짜 오랜만이긴 하네.」

호로가 몹시 기뻐 보인다.

뇨히라에서도 이따금 용건이 생기면 늑대의 모습이 되어 산을 돌아다니지만 로렌스가 동행하는 적은 별로 없다. 게다가 뇨히라에서도 손님이 많고 산에 사람들이 종종 드나들기에 늑대 모습으로 자주 돌아가진 못한다.

로렌스를 품에 안고 기뻐하는 호로의 모습에 로렌스는 무심코 이렇게 말했다.

"넌, 이런 거 싫어하는 줄 알았는데."

사람은 사람. 늑대는 늑대.

엄연한 사실이나, 로렌스도 호로도 언급하길 피해 왔었다.

호로는 로렌스의 말에 고개를 들었다가 생각이 바뀌었는지 도로 힘을 빼고 낙엽 이불에 턱을 얹었다.

「그때그때 기분에 달렸지.」

약간 가늘어진 붉은 눈은 자조하며 웃느라 그런 것이리라. 호로는 뇨히라에서도 이따금 기분이 언짢을 때는 늑대 모습으로 돌아가 탕에 들어가 있곤 한다.

"변덕쟁이 공주님의 특권이지."

그러면서 호로의 털을 쓰다듬어 주자 즐거운 듯이 꼬리 끝이 살랑였다.

「하여간, 멍청이라니까.」

호로는 어이가 없는 것처럼 말하고는 눈을 감는다.

로렌스도 나직이 웃고는 긴장을 풀고 호로의 털에 몸을 묻었다.

숲 냄새가 나는 따스한 털 속에서 잠은 순식간에 찾아들었다.

산에서 자고 있으면 산에 있는 누군가가 알아챌 것이라는 호로의 생각이 맞았던 모양이다. 날이 밝아 호로의 안내로 광독이 스미지 않은 습지로 가서 그 옆에 불을 피우고 호로가 사냥해 온 산토끼를 잡아 굽고 있을 때였다.

거대한 꼬리를 흔들며 토끼가 구워지는 것을 지켜보고 있던 호로가 별안간 고개를 쳐들었다가는 로렌스가 뭐라 묻기도 전에 뛰어 나갔다. 로렌스를 태우고 산꼭대기로 왔을 때와는 완전히 달랐다. 바람처럼 낙엽을 휘감아 올리며 순식간에 사라지는 모습이 그야말로 숲의 사냥꾼다운 민첩함이었다.

한순간 얼이 빠져 있다가, 호로가 산에서 길을 잃을 일도 없고 고기를 굽고 있는 장소를 잊을 일도 없을 거란 생각에 다시 고기를 굽는 작업으로 돌아갔다. 토끼의 허벅지 부위에서 발치로 기름이 뚝뚝 떨어지는 것을 보고 혀를 찬 순간.

습지 옆 낭떠러지에서 호로의 귀가 불쑥 보였다 싶더니 단숨에 거대한 몸이 나타났다.

"아, 어서… 와?"

호로의 입에는 듣도 보도 못한 거대한 다람쥐가 물려 있었다.

「우리를 엿보려고 와 있었어.」

목덜미를 물린 다람쥐는 호로의 입에서 풀려난 뒤에도 둥글게 몸을 말고 있었다.

몸 정도 되는 특유의 꼬리를 덜덜덜 떨면서 머리를 끌어안듯이 하고.

바로 서면 로렌스의 키를 초월할 것 같은데, 지금은 그저 뭉친 털 덩어리로만 보인다.

"말은 통해?"

「어서.」

호로가 코를 불쑥 들이밀자 다람쥐는 움찔 고개를 들었다. 로렌스는 다람쥐와 눈이 마주친 순간 알았다. 지혜가 깃든 눈은 딱 보면 알게 된다.

"우리는 이 숲을 어지럽히려고 온 것이 아닙니다."

그렇게 말하자 몸에 비해 작은 입이 우물우물 움직였으나 말은 나오지 않는다.

"물론, 이 늑대가 당신의 목숨을 노리는 일도 없습니다."

다람쥐는 눈을 감았다가 호로를 힐끗 돌아보았다.

「하는 거 봐서.」

그러면서 호로가 이빨을 쓱 내보이자 바로 몸을 웅크린다.

"야."

로렌스가 나무라자 호로는 코웃음을 치며 로렌스를 사이에 두고 다람쥐와는 반대편에 내려앉았다.

그러자 다람쥐가 살짝 고개를 들고는 로렌스를 쳐다본다.

「당신은… 인간, 이시죠?」

어째서 늑대와 손을 잡고 있느냐고 묻고 싶은 눈치였다.

"전직 행상인이었고 지금은 온천장을 운영하는 그래프트 로렌스라고 합니다."

이름을 대면서 손을 내밀자, 다람쥐는 동그란 눈으로 로렌스의 손과 얼굴을 번갈아 보더니 쭈뼛쭈뼛 앞발을 내밀어 왔다. 몸에 비해 작은 손이긴 해도 로렌스의 손보다는 약간 컸다.

그리고 손톱을 슬쩍 확인했는데, 종에 뚫린 구멍 크기보다 약간 작아 보였다.

"처음 뵙겠습니다. 그리고 저쪽은⋯."

로렌스는 약간 멋쩍기도 하여 헛기침을 하고는 소개했다.

"아내인 호로입니다."

다람쥐도 어안이 벙벙한 표정을 지을 수 있다는 것을 그때 처음 알았다.

거의 기절하다시피 놀랐다가 화들짝 정신을 차렸다.

「인간과, 늑대가⋯ 인간과 늑대가!」

로렌스와 호로를 번갈아 보면서, 커다랗고 둥그런 다람쥐가 펄쩍 뛰듯 그렇게 말했다.

로렌스의 착각이 아니라면, 기뻐하는 것처럼 말했다.

「그럼, 인간과 다람쥐도 꿈은 아니란 거네요!」

이번에는 로렌스가 놀랄 차례였다. 얼결에 뒤를 돌아보자, 호로도 조금 흥미가 이는 표정을 짓고 있다.

「후후, 아아, 하지만 나 같은 게 스승님과, 주제 넘은⋯ 아니, 그치만⋯.」

양손을 비비적대고 꼬리를 말면서 그런 소리를 한다.

저주받은 산에서 구역을 지키면서 침입자를 망자로 만들고 있는 그 누군가.

도저히 그런 식으로는 보이지 않는데.

"저어."

하며 로렌스가 말을 걸자 다람쥐는 튕기듯 자세를 바로 하고는 눈을 껌뻑였다.

「시, 실례했습니다.」

몸을 웅크리고 머리를 숙이자마자 다시 확 쳐들었다.

「아, 마, 맞다! 이러고 있을 때가 아닙니다!」

다람쥐는 그 자리에서 몸을 위아래로 튕기며 꼬리를 자신의 몸보다 커다랗게 부풀렸다.

「어서 그 불을 끄십시오! 이 산의 천사님께서 노여워하십니다!」

산의 천사라는 말에 흥미가 일었으나, 다람쥐의 표정은 필사적이었다.

이야기를 들어야 하니 일단 따르기로 했다.

"알겠습니다. 호로."

로렌스가 이름을 부르자 호로는 귀찮다는 투로 한숨을 쉬고는 커다란 입을 벌려 모닥불에 걸려 있던 토끼를 한입에 먹어치웠다. 그런 뒤 앞발을 습지에 담갔다가 물을 끼얹어 모닥불을 껐다.

「이러면 돼?」

「예, 예, 됐을 겁니다.」

다람쥐는 안도한 듯 숨을 내쉬고는 미안하다는 듯이 로렌스를 보았다.

「그리고… 두 분도 산을 내려가 주시면 안 될까요? 천사님께서 노여워하실지도 모릅니다.」

또다시 그 단어가 나왔기에 이번에는 놓치지 않았다.

「그 천사님이라는 분은 수염이 달린?」

그러자 다람쥐는 멍한 표정을 지었다가 고개를 갸웃했다.

「아니요… 저는 천사님을 뵌 적은 없습니다. 두 분은 본 적이 있으신가요?」

"……."

뭔가 이야기가 어긋나고 있다. 이 산에 나무를 심은 것은 이 다람쥐가 거의 맞을 테고, 대성당에 그려진 그림 속의 으스스한 얼굴 옆에 있던 것도 틀림없이 이 다람쥐일 것이다.

그 얼굴이 이 산의 천사가 아니라는 건가?

"이 산에 나무를 심은 분이시지요?"

「와아, 맞습니다! 그렇습니다! 한때는 아무것도 없는 민둥산이 됐었는데, 이만큼 되돌아왔지요! 스승님께서도 분명히 칭찬해 주실 거예요!」

다람쥐는 기쁜 듯이 몸을 위아래로 쓰다듬으며 말했다. 어쩌면 본인은 나름대로 펄쩍펄쩍 뛰고 있는 것이었나, 하는 생각은 조금 뒤에야 떠올랐다. 도토리가 사방팔방 튄다. 온 산에 자기가 좋아하는 나무를 심어 놓고 사니 약간 비만인 편인 듯하다.

그건 그렇다 치고, 마음에 걸리는 부분이 있었다.

"아까부터 계속 말씀하시는 스승님이라는 분은?"

「스승님께서는 저를 제자로 받아 주셨습니다.」

다람쥐의 얼굴로도 기쁘게 웃을 수 있다.

게다가 상대를 따스하게 만드는 웃음이라 로렌스도 끌려들 뻔하다가 정신을 차렸다. 이 산의 수수께끼를 풀려면 다람쥐에게 정보를 얻지 않으면 안 된다.

"스승님이라는 분은… 인간이시지요? 직인, 이셨습니까?"

「예. 스승님은 연금술사라고 불리는, 굉장한 힘을 가진 분이셨습니다.」

기쁜 듯이 말하는 다람쥐를 앞에 두고 로렌스는 꿀꺽 숨을 삼켰다.

대성당에 남아 있는 전설이 영 지어낸 이야기는 아님을 알 수 있었다.

「당신도 연금술사님이신가요?」

천진한 물음에 순간 자세를 취했다.

명랑하고, 애교가 있고, 약간 맹한 구석도 있는, 사람이 아닌 자.

그러나 그것은 본인이 동료로 인정한 자를 대하는 태도일 뿐, 그게 아닌 자에게는 돌연 돌변해 공격하는 것은, 길을 잃은 숲속에서 우연히 만난 괴물 이야기의 흔한 전개 방식이다.

 연금술사가 아니라고 섣불리 대답했다가는 갑자기 저 발톱으로… 라고 생각한 직후.

「우린 바빠. 네가 아는 것을 낱낱이 고하지 않으면 아까 그 토끼 같은 꼴이 될 줄 알아!」

 로렌스의 앞으로 나온 호로가 무시무시한 이빨을 드러내며 다람쥐를 다그쳤다.

 검고 동그란 눈을 한 다람쥐가 기겁하고도 남을 박력이었다.

 "야, 호로."

 당황하여 호로를 나무라자 붉은 눈이 노려본다.

「멍청이. 이 산의 소문 알잖아? 산에 들어간 이들이 다시는 돌아오지 못했다면, 산에 사람을 묻어 버린 게 누구겠어? 여기에 구멍을 파서 먹을 걸 묻는 게 특기인 놈이 있는데!」

 사람은 사람, 늑대는 늑대인 것처럼, 사람이 아닌 자는 결국 사람은 아니다.

 로렌스의 염려를 호로는 더 심각하게 받아들이고 있었다. 왜냐하면, 호로는 사람이 아니니까.

 말하자면 호로가 지켜 준 것이지만, 로렌스는 그 점이 조금 서글펐다.

「저, 저는 그런 짓, 안 해요….」

낙엽 속에 머리를 묻고 있던 다람쥐의 음성이 들렸다.

「저, 저는, 그냥… 산에 들어오는 사람들한테 곰인 척을 해서 놀라게 하기만….」

머리만 묻었지 꼬리는 그냥 내놓은 채 덜덜 떨며 말했다.

호로는 사람의 거짓말을 가려낼 수 있는데, 그건 상대가 다람쥐라도 그럴 것이다.

"어때?"

호로에게 시선을 주자, 코로 한숨을 짓는다.

「늑대인 척했다고 대답했으면 머리부터 씹어 먹었을 거야.」

「그, 그런 짓은 절대….」

당장에라도 울음이 터질 것 같은 다람쥐의 눈에 로렌스는 보호 본능을 자극받고 만다.

"호로, 너무 위협하지 마."

「흥.」

일부러 악역을 맡은 것이겠지만, 호로의 이빨은 너무도 박력 넘쳐 숲에서 나무 열매를 모으며 사는 다람쥐에게는 효과 만점이다.

"아내가 실례했습니다."

「…….」

그러면서 다시 손을 내밀자 다람쥐는 난처한 듯이 로렌스를 봤다가는 호로를 봤다.

"우리는 교회 측의 부탁을 받고 왔습니다. 이 산이 저주받았다는 소문이 있는데 그 진상을 확인해 달라고요."

다람쥐는 로렌스의 손을 잡고는 주춤주춤 몸을 일으켰다. 여전히 불안한 표정은 로렌스가 교회의 사자로 왔다고 한 말 이상으로 호로가 겁이 나서 그런 듯하다.

「그럼… 저더러 이 산에서 나가라, 는 말씀이신가요…?」

작은 손을 가슴 앞에 모으고는 윗눈질로 로렌스를 본다.

로렌스는 이제야 비로소 호로의 심기가 불편한 까닭을 이해했다.

원래부터 호로는 이 산에 오는 것에 소극적이었다. 사람이 아닌 자가 산에 있어서 이상한 소문이 퍼지고 있는 거면, 이렇게 될 가능성이 크다는 걸 알고 있었기에.

호로를 돌아보자 그것 보라는 투로 못마땅한 얼굴을 하고 고개를 홱 돌린다.

그러나 로렌스는 여기로 오는 도중에 호로에게 이렇게 말했다. 우리 아닌 다른 사람이 오게 되면 일은 더 악화할 것이라고.

로렌스는 헛기침을 한 뒤, 불안한 표정인 다람쥐를 다시 바라보았다.

"마음 놓으십시오. 저기 있는 제 아내 호로도 몇 백 년 동안 살았던 마을의 보리밭에서 쫓겨난 적이 있습니다. 저는 세상

물정을 아는 상인이고, 호로는 현랑이라고까지 불릴 만큼 뛰어난 늑대입니다. 이 산에 얽힌 이야기를 조사해 최대한 당신의 편에 설 수 있기를 바라고 있습니다."

느닷없이 나타난 인간과 그 아내라는, 우러러봐야 할 만큼 거대한 늑대로 이루어진 묘한 조합.

과연 우리의 말을 믿어 줄까 불안했는데, 다람쥐는 별안간 코를 킁킁대더니 빙그레 웃었다.

「두 분의 사이가 좋은 것은 냄새로 알겠습니다. 나쁜 분들은 아니시네요.」

냄새로 그런 것도 아나? 하여 로렌스는 얼떨결에 자신의 옷 냄새를 맡아 봤지만, 잘 모르겠다. 밤새 호로의 털 속에 묻혀 있어서 호로의 냄새가 날 뿐인데.

그러고 있다가 로렌스는 냄새의 장본인인 호로에게 머리를 쿡 찔렸다.

「네 코도 꽤 쓸 만하구나.」

다람쥐가 눈을 껌뻑이더니 황송한 듯 어깨를 움츠리며 머리를 조아린다.

「허나, 사이가 좋은 건 아니야. 이 녀석이 나한테서 떨어지지 않는 것뿐이지.」

그러면서도 계속해서 로렌스의 머리, 등 할 것 없이 코끝으로 툭툭 치는 것이, 사이가 좋다는 말이 어지간히 기뻤나 보다. 호로의 꼬리를 본 로렌스는 하는 수 없이 호로가 하는 대로 가만 있었다.

「헌데, 네 이름은?」

한바탕 로렌스를 툭툭 치고는 만족했는지 호로가 다람쥐에게 그렇게 물었다.

다람쥐는 부산하게 눈을 깜빡이고는 고개를 끄덕였다.

「저, 저는, '타냐'라고 합니다.」

「이름 멋지네.」

로렌스도 참 귀여운 이름이라고 생각했는데, 다람쥐가 기뻐 하는 모습을 보니 역시 타냐라는 이름 말고는 다른 이름이 떠오 르지 않았다. 정말 잘 붙인 이름이다.

「스승님께서 지어 주신 이름입니다. 제 인간 모습을 보시고 는 그 이름이 딱 맞는다고 하시면서.」

사람으로 변신할 수 있었나, 하고 놀란 순간.

가볍게 바람이 불었다 싶더니 로렌스의 눈앞에 폭신폭신해 보이는 밤색 곱슬머리가 허리까지 닿는, 느긋한 표정의 아가씨 가 서 있었다.

"어떤가요?"

웃음은 천진했으나 로렌스의 얼굴이 얼어붙은 것은 타냐가 경계심이라고는 하나 없이 인간의 모습을 취해서가 아니다. 연 금술사가 타냐라는 말랑말랑한 느낌의 이름을 붙여 준 까닭에는 결코 다람쥐의 웃는 얼굴만 있었던 게 아니란 것을 알았기 때문이다.

그리고 뒤에서 호로가 험악하게 크크릉 소리를 낸 이유 또한.

「나는 호로, 현랑 호로다!」

이를 드러낸 호로를 보자 타냐는 다시 기겁하여 다람쥐의 모습으로 돌아갔다.

호로가 무엇에 화가 났는지는 알겠다.

타냐는 이 숲에서 나무 열매를 마음껏 먹으며 지내고 있나 보다.

풍성하게 달린 타냐의 그것은 호로에게는 없는 것이었다.

타냐는 호로에게 완전히 겁을 먹었다가, 사람 앞에서 이성이 옷을 입지 않은 모습을 보이는 것은 유혹에 해당한다고 로렌스가 설명하자 비로소 진정했다.

호로가 화를 낸 부분은 그것 아닌 다른 이유에서였지만, 호로도 자신의 분노가 너무 한심하다는 자각은 있는 모양이다. 유혹할 생각은 없었다며 타냐가 사죄하자 마지못해하면서도 받아들였다.

그것으로 일단락 짓고, 본론으로 들어가 산에 관한 이야기를 하게 되었다.

「스승님 일행은 어느 날 이 산에 훌쩍 나타나셨습니다. 산에서 사람들이 사라지고 오래지 않은 때라, 저도 열매를 막 심기 시작한 무렵이었지요.」

타냐는 앞장서 걸으며 로렌스와 호로를 전설의 뿌리가 된 것으로 보이는 곳으로 안내하고 있었다.

「그 무렵엔 아직 산에 남은 철을 파내는 사람들이 있어서 저는 애를 먹고 있었습니다. 애써 심은 묘목도 뿌리째 뽑혀 나갔으니까요….」

그러면서 타냐는 복슬복슬한 꼬리를 힘없이 늘어뜨렸다.

「그러자 스승님께서는 말씀하셨습니다. 제가 나무를 심는 일은 아주 좋은 일이고, 앞으로도 계속해야 한다고요. 왜냐하면 이 산중에는 하늘에서 떨어진 천사가 있는데, 지금도 잠들어 있긴 하지만 나무가 사라져서 몹시 노여워하고 있다고요.」

타락천사 이야기일 테지만, 나무가 사라진다고 화를 내는 천사라니 뭔지 모르겠다.

「그러니 여기에서 더 노여워하면 큰일이니까 사람들한테 그 점을 알게 해 줘서 산에 들어오지 못하게 하자고 말씀하셨습니다.」

타냐는 길 앞쪽의 바위를 조금 힘겹게 타 넘었다.

호로에게 금세 잡힌 것은 호로가 우수한 사냥꾼이어서 그런 것만은 아닌 듯하다.

「그리고 스승님 일행은 어딘가에서 숯을 가져오셔서 산에 남아 있던 돌에서 쇠를 뽑아내 커다란 문을 만드셨지요. 저는 그 문을 계속 지켜 왔습니다.」

"문?"

「예. 조금 더 가면 도착합니다.」

다람쥐 타냐는 물론 네 발로 산길을 가지만, 걸음을 내디딜 때마다 토실토실한 뒷모습이 실룩이는 걸 보자 아까 본 사람 모습의 나체가 떠올라 왠지 진정이 되지 않는다.

뒤에서 호로가 크르르 소리를 내는 것 같아 로렌스는 애써 시선을 피했다.

「스승님께서는 그 문에서 천사님을 불러내셔서 노여워하는 모습을 인간들에게 보여 주셨습니다. 저는 천사님을 직접 뵙지는 못했지만, 후후… 다들 허둥대는 모습은 참으로 대단했지요. 스승님은 위대한 연금술사님이십니다.」

그러면서 돌아보는 타냐의 얼굴은 기쁘게 웃고 있다.

타냐는 아득한 옛날부터 이 근방에서 살아온 다람쥐였는데, 산에서 철이 나오고 인간들이 밀려든 후로는 민둥산이 되어 가는 것을 가만히 보고 있을 수밖에 없었다.

그러다가 마침내 철이 나오지 않게 되고 사람들이 물러간 후로는 부지런히 산에 나무를 다시 자라게 하려고 열심히 일했으나, 남은 잔재를 가져가려고 종종 사람들이 들어와서는 타냐의 노력을 짓밟았다.

그러던 참에 연금술사 일행이 나타나 타냐를 도와주었다.

대충 그런 이야기였다.

"그 천사님께서 혹시, 교회에 있던 종에 무슨 일을 하셨습니까?"

그 물음에 타냐는 걸음을 멈추고 돌아보았다.

「예! 깜짝 놀랐습니다! 천사님은 문에서 나오시더니 천벌의 빛을 내려 주셨지요!」

천벌의 빛?

"깨문 게 아니라?"

「깨물다뇨?」

타냐는 고개를 갸웃하고는 코를 쨍긋거렸다.

「모르겠는데요⋯. 제가 몰랐을 수도 있고요. 다만, 스승님께서 문을 열자 천사님이 눈부신 빛과 함께 나타났고, 그러자마자 종 옆에 있던 인간들이 야단법석이 났던 것은 기억합니다. 그런 다음엔 교회의 높은 사람이 연금술사님 앞에 무릎을 꿇었습니다. 그 이후로 이 산에 다가오는 사람은 확 줄었고요. 스승님께서 말씀하신 대로.」

성인의 전설이 뒤섞인 옛날이야기처럼만 들린다. 예컨대, 동굴에서 빛과 함께 성인이 나타나 사람들 사이에 퍼진 역병을 낫게 했다는 이야기 같은.

그런 것처럼 연금술사가 만든 문에서 천사가 나타나 교회의 종탑에 천벌의 빛을 내리자 사람들이 무서워 벌벌 떨었다는 건가. 차라리 번개를 마음대로 부렸다는 이야기가 더 믿음이 가겠다. 그렇다면 적어도 하늘에서 떨어진 타락천사라는 표현은 가능할 테니까.

"참고로, 그 스승님께서는… 그러니까, 연금술사 분들은 왜 이 산에 오셨는지요?"

「스승님 일행은 하늘을 조사하고 계신다고 했습니다.」

"하늘을?"

「그래서 낮에는 천사님의 문을 만들고, 밤에는 계속 하늘의 별 모양을 조사하셨습니다. 천사님이 어디에서 떨어졌는지 알아보고 계셨던 거겠지요.」

그러면서 타냐는 천진하게 웃었다.

확실히 이야기의 앞뒤가 맞긴 하다. 그러나 로렌스는 여전히 기분이 석연치 않았다.

왜냐하면, 연금술사는 상인보다 더 신을 두려워하지 않으니까. 신이나 천사의 존재를 세상에서 제일 믿지 않는 이들을 꼽으라면 제일 먼저 연금술사가 떠오른다.

그런데 설마 그런 연금술사들이 정말로 천사의 소재지를 하늘에서 찾았을까?

"스승님 일행은, 지금, 어디에?"

로렌스의 물음에 타냐는 급히 표정이 어두워지고, 복슬복슬한 꼬리도 축 늘어졌다.

「모릅니다…. 스승님 일행은 온 세상 곳곳에서 하늘을 조사하고 계셨던 듯한데, 그 후로 얼마 안 있어 또 길을 떠나셨습니다. 저는 계속 여기 계시길 바랐지만…. 그렇잖아요? 하늘은 어딜 가나 똑같은 거 아닌가요?」

타냐는 그러고는 하늘을 우러렀다. 오늘도 약간 우중충한 하늘이 펼쳐져 있다.

타냐는 한숨을 쉬고는 다시 걸음을 내디뎠다.

「문은 저 앞에 있습니다.」

발밑에 쌓인 낙엽을 푹푹 밟아 가며 로렌스는 타냐의 뒤를 쫓아간다.

뒤를 따라오는 호로는 아까부터 내내 말이 없었다.

「도착했습니다. 잠시만 기다려 주세요.」

쪼르르 달려가더니 부지런히 낙엽을 치우기 시작한다.

그때, 호로가 로렌스를 불쑥 앞질러 거친 콧김을 내뿜었다.

「히익?!」

타냐의 부드러운 몸이 물결칠 만큼 강한 바람에 낙엽이 단숨에 날아갔다. 어휴, 살살 좀 하지, 하며 어이없어할 새도 없이 낙엽 밑에서 나타난 것에 로렌스는 눈이 휘둥그레졌다.

"이게, 문?"

그것은 커다란 원반이었다. 연한 먹색의 철판으로, 지름은 로렌스의 키만큼이나 되고 면 전체가 구부려져 있다. 거기에 훌륭한 조각이 되어 있는데, 이게 그 대성당에 그려져 있던 으스스한 얼굴의 정체인가?

하지만… 하고 로렌스가 단정하기를 주저한 것은, 거기에 새겨져 있는 것이 어떤 소녀의 모습이었기 때문이다.

「이게 네가 말한 천사야?」

문에 조각된 모습은 문의 크기와 솜씨가 어우러져 실제 소녀를 거기에 넣어 놓은 것처럼 보인다. 긴 머리에 상냥해 보이는 분위기, 조용히 잠이 든 것처럼 눈을 감고 있는 소녀는 천사라기보다는 성녀에 가깝다.

「아니요. 이분은 스승님의 첫 번째 제자님이십니다.」

타냐는 그러면서 거대한 원반의 옆을 잡아 바로 세웠다. 로렌스가 놀란 이유는 타냐가 뜻밖에 힘이 세서가 아니라, 문이라고 했기에 지하로 통하는 무언가를 뚜껑처럼 덮어 놓은 줄 알았기 때문이다.

그런데 그냥 원반인가 보다.

호로가 원반의 냄새를 맡듯 코를 가까이 대고 뒤로 돌아갔다가 눈이 휘둥그레졌다.

「당신.」

호로는 이름을 부르더니 타냐에게 눈짓을 해서 원반을 빙그르 돌리게 했다.

"앗."

거기에는 수염이 달리고 근엄한 표정을 짓고 있는 남자의 얼굴이 원반 가득 새겨져 있었다.

「이건 천사님을 부를 때 새긴 겁니다.」

타냐는 명랑하게 그런 말을 했으나 로렌스는 호로와 묵묵히 얼굴을 마주했다.

그림에 그려져 있는 이들은 대충 다 정리된 듯하다.

「하지만 그런 다음에는 문에서 천사님이 나오지 않게 해야 하니까. 반대편에는 첫 번째 제자님의 모습을 새긴 것이지요.」

"…천사님이 문에서 나오지 않는 것과 이 소녀의 모습이 무슨 관계가 있기에?"

「아, 예. 첫 번째 제자님은 인간의 모습을 하고 계십니다만, 저처럼 인간이 아니었습니다. 아득히 머나먼 남쪽, 모래밖에 없는 세계에서 오신 고양이님이시거든요.」

「호오.」

사람이 아닌 자라는 말에 호로가 약간 흥미를 보인다.

다만, 연금술사도 사람이 아닌 자와 함께 다녔다면, 확실히 타냐가 산에 있는 것에 놀라지 않고 도움을 주었을 법한 이야기다.

「천사님은 날개가 있어서 고양이한테는 약하대요.」

생글생글 웃는 타냐의 말은 흘려들으며 로렌스는 조각된 소녀의 모습에 감탄했다. 조각한 솜씨도 훌륭하거니와, 아름다운 것과는 또 다른, 본이 된 소녀의 행복한 분위기가 와닿았다.

사람이 아닌 자를 데리고 다니는, 사람인 연금술사.

그렇다 해도, 새의 날개를 단 천사를 견제하려고 고양이를 새겨 넣었다는 말은 너무 억지스럽게 들렸다.

로렌스는 자신의 안에서 조금 전까지 천사의 존재가 담긴 이야기에 일었던 흥분이 급속도로 식는 것을 느꼈다. 이 원반이 문이고, 그 너머에 천사가 있다는 이야기는 지어낸 이야기였구나, 하고.

연금술사가 첫 번째 제자라는 고양이의 화신의 그림을 새겨 넣은 데엔 훨씬 더 알기 쉽게 짚이는 바가 있으니까.

「그래서, 이 밑에 천사가 있나? 혹시 벌레인 거 아냐?」

호로는 원반이 놓여 있던 지면에 발톱을 박고는 질색하듯 말했다. 모닥불을 피울 때 앉아 있을 자리가 필요하다면서 무심코 돌을 뒤집었다가 꺅 소리를 지르기를 여러 번. 물론 마을 아가씨가 벌레를 싫어하는 이유와는 조금 달리, 꼬리에 벼룩이나 진드기가 붙었다가는 큰일이라는 이유에서였지만.

「아니요… 땅속에 있는 게 아닙니다. 이건, 이것만으로, 문입니다.」

「뭐?」

"고대 이교도 이야기에 종종 나오는 얘기야. 잘 닦은 청동 거울을 쳐들고 신의 세계로 이어지는 창이라고 하기도 했고."

로렌스는 그렇게 말하며 타냐를 보았다.

"그럼, 타냐 씨는 이 문을 계속 지키고 있는 건가요?"

「예. 매일 전체를 닦고, 그리고….」

하며 원반을 조용히 내려놓더니 근처 바위 틈새에 손을 찔러 넣어 낡은 누더기 자루를 꺼냈다. 안에는 정과 끌이 들어 있었다.

「천사님이 나오지 않도록 지키시는 첫 번째 제자님의 모습을 깨끗하게 하기도 하고, 요즘엔 주위에 꽃 모양을 새겨 넣기도 하고 있습니다.」

그러고 보니 원반에 새겨진 소녀가 왠지 모르게 화사해 보인 것은 꽃 같은 무늬에 둘러싸여 있는 덕이란 걸 알았다. 어찌나 세밀한지, 성질 급한 호로 같았으면 하루 만에 때려치웠을 거다.

그것과 동시에 로렌스의 머릿속에 또 하나의 점과 점이 연결되었다.

이 산에 남은 전설 중 하나.

밤이면 밤마다 울려 퍼지는, 망령들이 지금도 광산을 파내고 있다는 깡, 깡, 하는 소리.

"혹시, 작업은 밤에?"

「예. 인간에게 들키면 안 되니까요.」

자신 있게 말하는 타냐를 두고 로렌스는 호로에게 눈짓을 했다.

호로는 어이가 없다는 투로 콧방귀를 뀐다.

"그건 그렇고, 이 문을 여는 법은 모르시는 거죠?"

「예. 하지만 스승님께서는 정을 치는 제 솜씨가 좋아질 때쯤엔 꼭 다시 와서 가르쳐 주시겠다고 했습니다. 그때까지 이 문을 잘 유지하고, 산에 나무를 많이 늘리라고도 하셨고요.」

타냐의 손에 들린 정과 끌은 몹시 닳아 있다. 아마도 연금술사에게 받았을 터인 자루도 무언가를 넣는 용도로는 거의 쓸 수 없을 만큼 낡아 있었다.

여인숙에서 들은 이야기, 그리고 엘사가 대성당의 기록에서 찾은 종의 주조 기록에서 볼 때, 타냐가 연금술사와 만난 것은 50년이나 60년 전의 일이다.

인간의 생은 그리 길지 않다. 그 연금술사가 전설 속 현자의 돌을 손에 넣어 불로장생의 몸이라도 되지 않은 한, 이 산에 올 일은 아마도, 다시는 없다.

로렌스는 그 말을 하려다가 그만두었다.

호로의 앞이기도 하고, 타냐의 웃음을 해치고 싶지 않았기에.

"훌륭한 꽃장식이니 스승님께서도 꼭 칭찬해 주실 겁니다."

로렌스의 말에 타냐는 기쁜 듯이 꼬리를 세우고는 그 자리에서 팔짝팔짝 뛰었다.

그 후로도 타냐에게 이런저런 이야기를 들었으나, 알게 된 사실은 타냐가 연금술사에게 그다지 자세한 이야기는 듣지 못했다는 것. 그리고 원반은 역시 그냥 철 덩어리일 뿐 이상한 장치가 되어 있는 듯하진 않다는 것.

로렌스가 타냐의 작업을 지켜보는 사이, 호로도 주위의 냄새를 맡으며 다녀 봤으나 결국 아무것도 발견하지 못한 듯했다. 산속에 타락천사가 있다는 건 일단 맞지 않는 이야기인 것으로.

그런 까닭에 로렌스와 호로는 날이 저물기를 기다렸다가 산에서 내려왔다.

타냐는 로렌스와 호로를 배웅하러 산기슭까지 따라와서 나무껍질로 만든 바구니가 넘쳐 날 듯 수북이 도토리를 담아 선물로 주었다. 진짜 옛날이야기에나 나올 듯한 일이라 웃음이 났는데, 타냐의 입장에서는 향후 이 산의 처우를 로렌스와 호로에게 맡기는, 최소한의 인사 표시였나 보다.

깊은 밤의 한가운데, 혼자 산속으로 돌아가는 타냐의 뒷모습에 로렌스는 살짝 가슴이 아파 왔다.

타냐는 로렌스가 태어나기 전, 그야말로 로렌스의 할아버지 시대보다도 훨씬 오래전부터 홀로 이 산에서 살고 있었을 것이다.

하지만 지금의 타냐는 스승이라 부르며 따르는 연금술사가 돌아오기를 줄곧 기다리면서 한편으로는 이 산과 더불어 시간의 흐름에 농락되려 하고 있다.

「당신.」

호로가 산자락의 숲을 조용히 달려 나가다가 문득 로렌스를 불렀다.

"왜?"

로렌스가 되물었으나 호로는 아무 말도 없었다. 로렌스도 그 이상은 말하지 않았다. 호로와 함께한 지 꽤 오래이니, 둔하다 어떻다 호로에게 이런저런 핀잔을 듣는 로렌스라도 호로의 기분은 잘 안다.

하다못해 타냐가 저 산에서 앞으로도 조용히 연금술사를 기다릴 수 있게 해 주고 싶다.

호로가 말하지 않아도 로렌스는 그럴 생각이었다.

"다람쥐의 화신?"

대성당으로 돌아오자 엘사가 낮에 구웠다는 빵을 대접해 주었다.

로렌스가 짊어지고 온 어마어마한 양의 도토리를 보더니 가루로 빻아 빵에 섞으면 식비가 절약되겠다고 해서 호로를 떨게 만들었다. 도토리 가루가 들어간 빵은 얼마나 맛이 없는지, 늑대조차 겁을 낸다.

"그렇군요. 그 산에 그런 이야기가 있었군요."

엘사는 로렌스에게서 이야기를 다 듣고 나더니 조용히 말했다.

"하지만 그 그림의 등장인물은 대충 파악이 되었습니다만… 종에 얽힌 수수께끼는 여전히 모르겠습니다."

호로는 빵을 우물우물 씹어 어렵사리 넘기더니 말했다.

"너는 그 산을 어쩔 생각이야?"

지금 호로의 눈빛은 평소 엘사와 말을 할 때와는 달랐다.

화를 내는 것처럼 보이는데, 예리함 뒤로 무언가가 감춰져 있다.

그리고 그 무언가는 호로가 수도 없이 보아 온, 인간 세계의 빛이 닿아 보금자리를 잃어 간 달과 숲의 시대에 살았던 이들의 말로이리라.

"나는 그곳에 있는 존재를 눈치채지 못했다… 그런 것으로 하면 당신은 만족하겠습니까?"

인기척 없는 대성당 안의 내빈용 식당. 셋이서 넓고 긴 식탁 한구석에서 식사 중이다. 탁자 위에는 물이 담긴 유리 주발이 놓였고, 그 위에 뜬 초의 불빛이 유리 주발 전체를 번쩍번쩍 비춰 놀랍도록 밝다.

하지만 그 밝음과는 반대로 셋이 입을 다물면 침묵이 너무나 무겁다.

로렌스는 번쩍번쩍 빛나는 유리 주발을 바라보며 말했다.

"엘사 씨가 모른 척하고 마을로 돌아간다 해도 산이 사라지는 건 아니죠. 조만간 누군가가 문제로 삼을 겁니다."

그러자 엘사는 눈을 감고 한숨처럼 말했다.

"유감스럽게도."

호로는 그 이상은 덤비지 않고 빵으로 불만을 돌리고 있었다.

그 산은 타냐가 부지런히 일한 덕분에 어느 결엔가 초록이 무성한 산이 되었다. 저주에 관한 소문만 별도로 친다면 자산으로서 가치가 있는 것은 명백했다.

"그 산을 팔면 이 주교령 주민들의 생활이 편해질 수 있습니다. 새 우물을 파고, 산 너머 도시까지 길을 정비하고, 마을에서 경영하는 여인숙도 세울 수 있습니다. 그게 아니더라도 요즘 추세가 그렇지요. 영지 내에 저주받은 산이 있다는 불명예를 견디다 못해 이 성당의 성직자가 얼른 팔아 버리려 할 수도 있습니다."

교회에서 기강을 바로잡으라고 요구해 오면, 단순히 그간 쌓아 온 재산을 뱉어 내는 데서 끝나지 않을 것이다. 성직자로서의 품행, 명예, 올바른 신심 등등, 모든 면에서 개혁을 요구받고 있으니.

호로가 얼굴을 찌푸리고 있는 이유는 그런 세상의 흐름이 형성된 원인 중 한 자락을 콜과 딸인 뮤리가 맡고 있어서다.

"그럼 엘사 씨는 어디까지나 산을 매각하는 쪽으로?"

그 물음에 엘사는 로렌스가 뜨끔할 만큼 매서운 눈초리를 보내왔다.

"저를 얕보지 마십시오. 저에게도 인정은 있습니다."

고지식하고 완고한 소녀는 이제 없다.

하지만 오히려 지금이 훨씬 더 좋은 성직자로 보인다.

엘사는 순간 울컥한 자신이 부끄러운 듯 얼굴을 외면하더니, 한숨과 함께 어깨의 힘을 풀고 말했다.

"…하지만 윤택한 산이 있으니 사람들을 위해 혜택을 나누고 싶은 게 솔직한 심정입니다. 여러모로 조사해 보았습니다만, 이 일대는 오래도록 성당의 재산을 서서히 갉아먹으며 버텨 온 상황이니까요."

그 산의 상태를 보면 로렌스라도 당장 떠오르는 돈벌이 길이 몇 개나 있다. 도토리가 그토록 넘쳐 나니 돼지를 풀어놓고 키우면 쑥쑥 자랄 게 틀림없고, 땔감으로도 우수한 나무들이니 베어 내는 것도 괜찮다. 때마침 교역이 활발해 선박 건조가 늘어 목재며 숯의 가격이 폭등하고 있다. 수요도 많을 테고, 운반하기가 힘들면 숯으로 구워서 내다 팔아도 된다.

"하지만 그건 그 멍청이가 노력한 결과잖아. 인간은 아무것도 안 했어."

호로가 날 선 한마디를 한다.

"게다가 그 산에는 낙엽이 두껍게 깔려 있지만, 철을 품은 돌이 아직 여기저기 굴러다녀. 철이 아주 고갈된 건 아냐. 어디까지나 나무가 메마르고 물이 말라붙어서 인간 세상에서 말하는 저울의 균형이 맞지 않게 된 것뿐이지. 인간이 그 산에 다시 들어가게 되면 철이 있다는 걸 알아채는 건 시간문제야. 그러면 또다시 파내려 들겠지!"

정련용 목재도 충분하다. 그리고 타냐는 또다시 민둥산으로 변해 가는 것을 그저 바라보고 있을 수밖엔 없게 된다. 그뿐 아니라, 사람이 산에 들어가면 그 문도 언제까지 감출 수 있을지 알 수 없다.

이윽고 타냐는 한결같은 노력으로 되찾은 녹음을 잃고, 지금까지 지켜 온 문을 잃고, 연금술사와의 연결점을 모조리 잃고, 수십 년, 또는 수백 년 후에 또다시 홀로 민둥산에 나무 열매를 심게 될지도 모른다. 그저 오로지, 연금술사가 돌아오기만을 기다리면서.

그런 광경이 떠오르자 로렌스는 가슴이 옥죄는 기분이 들었는데, 먼저 눈물을 떨어뜨린 것은 옆에 앉은 호로였다.

"…그 멍청한 것이."

호로는 의자를 박차듯 일어나 식당에서 나가 버렸다.

빵은 먹다 말고, 술은 거의 입에도 대지 않았다.

로렌스는 벌떡 일어섰으나 더는 움직일 수가 없었다.

호로를 쫓아 나간다 해도 뭐라 말을 해야 할지 모르겠기에.

"저 자신의 무력함을 느낍니다."

엘사의 조용한 말에 로렌스는 엉거주춤하고 있던 몸을 도로 내렸다.

"…예에, 그러게요."

호로가 흔들린 탓인지 유리 주발이 내뿜던 빛도 일렁일렁 흔들리고 있다.

이런 무자비한 세계에서는 누군가가 소중히 여기는 무언가 따위는 별것 아닌 일에도 흔들리고 마는, 덧없는 빛에 지나지 않는다.

"다만… 저는 세상의 무자비함 외에도, 연금술사한테도 조금 화가 납니다."

빵을 찢으려던 엘사가 우뚝 멈춘다.

"로렌스 씨가요? 왜요?"

"타냐의 말에 따르면, 연금술사는 고양이의 화신을 데리고 있었습니다. 사람이 아닌 자들이 살아가는 시간은 사람과는 현격히 다르다는 것쯤은 알고 있었을 겁니다. 그렇다면…."

조금 더 타냐에게 해 줄 수 있는 일이 있었지 않겠는가.

엘사는 빵을 든 손을 힘없이 탁자 위로 내렸다.

"그렇다면… 그러게요. 그 산을 그린 으스스한 그림은 성당의 누군가가 그린 게 아니라 연금술사의 지시로 그려진 것일 수도 있겠네요."

로렌스가 눈길을 돌리자, 엘사의 시선은 로렌스가 아니라 식당 벽에 걸린 성전의 일부를 재현한 그림을 향하고 있었다.

"저주받은 산으로 연출한 것도, 그렇게 기록을 남겨 두지 않았으면 세대가 바뀌면서 까맣게 잊었을 수도 있습니다. 하지만 그림으로 그려 두면 몇 백 년 훗날까지 남지요. 그러니 그 씩씩한 다람쥐를 위해서, 산으로 되돌아올 수 없을 자신을 대신해 사람들이 산으로 들어오지 못하도록 작별 선물로 준 것이겠지요."

사람의 일생보다 너무도 기나긴 생을 사는, 사람이 아닌 이들.

타냐가 스승이라 부르며 따르는 연금술사는 이미 세상에 없을 테지만, 성당에 그려진 그림은 분명히 남아 있다.

"연금술사는 돌아올 생각이 없었던 걸까요?"

로렌스의 물음에 엘사는 고개를 가로저었다.

"그건 모르겠습니다만, 첫 번째 제자라 칭하는 고양이 소녀의 모습을 굳이 문에 조각해서 남겼잖아요? 그 이야기를 듣고 제가 받은 느낌으로는… 돌아올 생각이었을 겁니다. 적어도 고양이 소녀가 홀로 되었을 때, 돌아가야 할 곳으로 남겨 둔 것 같아요."

그 소녀의 조각상을 본 순간 로렌스도 같은 생각을 했었다. 호로의 그림을 아티프에 남기려고 한 로렌스 자신과 마찬가지로, 연금술사는 고양이 소녀를 위해, 세상의 흐름에서 남겨진 후에도 저 한없이 밝은 타냐와 다시 만날 수 있기를 바라는 마음에서 원반을 남긴 것은 아닐까.

그러니 천사 이야기는 지어낸 이야기일 거라는 생각도 들었다.

필시 연금술사가 산에 들어오는 사람들을 쫓아내기 위해 뭔가 기술적인 연출을 해 보였을 뿐인.

그러는 쪽이 훨씬 납득이 간다.

"하지만, 그 어떤 문제라도 만능인 해결책은 없게 마련입니다. 원래는 석판에 새겼던 성전조차 수없이 석판이 복제되고, 무수한 양피지에 필사되지 않았더라면 후세까지 길이길이 남지 못했겠지요."

"산에 남겨진 타냐를 구하려면 새로운 조처가 더해져야 한다는?"

"새로운 조처라기보다는 새로운 부대죠. 새 술은 새 부대에 담아야 한다고 성전에도 쓰여 있으니."

하기야, 섣불리 봉합했다가는 기껏해야 문제를 몇 년 뒤로 돌리기만 할 뿐이다. 이 주교령은 가난하고, 그 산을 팔면 돈이 될 거라는 사실은 분명히 있는 것이니까.

지금까지는 저주라는 소문을 씌워 어떻게든 버텨 왔으나 교회 개혁의 바람이 거세니 그 방법은 위태로워지고 있다. 그러니 그 산과 타냐를 지키고 싶다면 뭔가 다른 가리개를 씌워야 한다. 그 산을 지켜 내면서도 침입자를 막을 무언가.

로렌스는 의자에 깊이 앉아, 다시 한번 일렁일렁 흔들리는 유리 주발의 등불을 바라보며 생각에 잠겼다.

예컨대, 지금 뇨히라의 온천장 경영을 맡겨 놓고 온 세림 일행을 구해 냈을 때처럼 기적을 연출해서 오히려 성지로 인정을 받는다면? 하지만 오랜 세월 저주받은 산이라 불려 온 곳인 만큼, 별안간 성지로 바꾸기는 힘들 것 같다. 하물며 전설에 연금술사 이야기도 남아 있으니 더더욱 쉽지 않을 테고.

애초에 엘사도 이 근방 사람들은 그 산이 저주를 받았다는 이야기를 알고 있어서 매입자가 나오지 않을 거란 생각에 먼 아티프의 주교에게 도움을 청했었다. 저주 운운하는 이야기엔 아랑곳하지 않고 이해득실만 따져 거래에 나서 줄 상인은 없을까 하여.

거기까지 생각한 찰나, 로렌스는 문득 고개를 들었다.

"상인?"

하고 중얼거리자 엘사가 놀란 듯이 눈을 깜빡인다.

"상인… 상인."

"왜 그러십니까?"

엘사의 물음에 로렌스는 대답을 하려고 했다.

커다란 수차가 천천히 움직이기 시작하는, 그런 감각과 더불어.

"그 산을 예정대로 상인에게 파는 건 어떻습니까?"

"예? 그거야… 하지만, 갑자기, 왜?"

"잠시만요. 어, 그러니까…."

로렌스는 한동안 쓰지 않았던 뇌를 가동하기 위해 눈을 감고 이마에 손을 얹는다.

온천장 경영과는 전혀 다른, 거미줄처럼 뻗은 상인들의 이해 득실의 그물.

호로와 여행을 하던 시절에는 눈앞에서 잡힐 듯 말 듯 어룽 대는 실을 어떻게든 잡아 보려고 기를 썼었다.

하지만 지금의 로렌스는 수많은 경험을 해 오면서 나이도 먹 었고, 다시 길을 나서자 뜻밖의 장소에서 뜻밖의 인물과 만날 수 있을 만큼 인맥을 쌓아 왔다.

그렇다면 그 실을 이용해 천을 짜내서, 그 산을 뒤덮는 일도 가능할 것 같았다.

"그래요, 상인이요. 제게는 토끼의 화신이 경영에 관여하고 있는, 광산을 주축으로 한 상회에 연줄이 있습니다. 채산성이 있다면 매입에 관심을 보일 겁니다."

엘사의 벌꿀색 눈이 동그래지고, 지금도 약간 주근깨가 남은 뺨이 발그레해졌다.

"그분이라면 길 잃은 어린양… 아니, 어린 다람쥐에게도 신 경을 써 주시겠군요."

"단, 철을 채굴하는 것에 주안점을 두면 소용없습니다. 예를 들어, 산이 민둥산이 되지 않도록 유지하는 속도로 숯을 구워 낸다거나 하는 묘수가 필요한데, 그 상회, 데바우 상회는 자기 네가 보유한 광산에 쓸 정련용 숯이 아무리 많은들 모자랄 겁 니다."

엘사는 기특한 다람쥐 아가씨가 슬픈 일을 당하지 않을 수도 있다는 점에 얼굴이 환해졌다가는 돌연 표정을 흐렸다.

"왜 그러십니까?"

로렌스가 묻자 엘사는 괴로운 듯이 입술을 깨물었다.

"하지만… 숯을 만들려고 산을 매입한다면, 가격은 얼마나 될까요?"

머리는 바짝 묶어 틀어 올리고, 자세는 늘 똑바로 하며, 옳은 것은 옳다고 주저 없이 말한다.

그런 엘사가 지금 입고 있는 것은 일시적이나마 이 대성당을 책임지고 있는 사제의 복장.

"가격이 싸면 데바우 상회라는 곳에서 산을 사 주겠지요. 그리고 토끼의 화신이라면 소유권을 방패로 산에 들어오는 침입자를 막아서 다람쥐 아가씨를 지켜 줄 가능성도 클 겁니다. 하지만, 제게는 저의 임무가 있습니다. 이 주교령을 위해 되도록 재산을 비싸게 처분해야 하는 책임이 있습니다. 아직 철이 나는 산을 값싸게 팔아 치우는 건… 저는 그럴 수는 없습니다."

호로가 없어서 다행이라는 생각이 들었다.

엘사가 고지식한 소리를 해서 모처럼 생각해 낸 가능성의 싹을 밟아 버린 것에 호로가 길길이 뛸 것 같아서는 아니다.

무엇이 정의인지를 절대 잊지 않는 공정한 영혼을 가진 엘사에게 로렌스가 경의를 표하는 모습을, 호로가 여기 있었으면 오해할 수도 있었으니까.

"저는 행상인 출신 온천장 주인입니다. 장부와 씨름하는 게 특기죠."

로렌스의 말에 씁쓸한 표정이던 엘사의 미간이 약간 펴졌다.

"엘사 씨는 매각 금액을 얼마 정도로 기대하고 계시는지요?"

실무적인 물음에 엘사의 얼굴이 금세 생기로 넘친다. 근엄 성실한 면에서는 콜조차 존경해 마지않던 엘사다. 성당에 남아 있던 곰팡내 나는 장부를 모조리 조사했을 것이다.

"예. 큰 것엔 큰 그릇을, 작은 것엔 작은 그릇을 준비하라고 신께서도 말씀하셨습니다. 저는 어떻게든 비싼 금액에 팔고 싶은 것이 아니라, 공정하게 처리하고 싶습니다."

"그럼 계산해 봅시다. 산을 매각하기 위해 제 지혜를 모두 짜 겠습니다."

하며 로렌스는 담담히 웃었다.

"저는 그러려고 이곳에 불려 온 것이니까요."

엘사도 웃고는 바로 몸을 일으켰다.

"잠시만 기다려 주세요. 도구를 가져오겠습니다."

의기양양하게, 엘사는 호로가 나간 것과는 다른 문으로 나갔다. 발걸음이 멀어진 뒤로 로렌스도 자리에서 일어난다. 방을 뛰쳐나간 호로가 기다리고 있을 테니.

그러나 호로를 위로하러 가는 건 아니다. 이 계획에는 무력감에 빠진 호로의 지혜가 꼭 필요해서다. 로렌스는 그런 생각을 하며 자리 바로 뒤에 있는 문을 열었다.

호로의 꼬리에 배어 있는 장미향은 어둠 속에서도 똑똑히 맡을 수 있다.

호로는 문 바로 옆에 있는 벽에 기대어, 입을 삐죽이며, 발끝을 세우고, 뒷짐을 지고, 어깨를 움츠린 채 서 있었다.

"기다림에 지친 여자애 같네."

로렌스가 자기도 모르게 그런 소리를 하자, 어둠이 내린 복도에서 번쩍 빛나는 호로의 붉은 눈이 로렌스를 향했다.

"멍청이, 내가 상심해서 뛰쳐나왔는데, 왜 바로 쫓아 나오질 않아."

로렌스는 쓴웃음을 지으며 양팔을 벌려 호로를 껴안는다.

호로는 꼬리로 로렌스의 다리를 탁탁 치면서도 몸을 빼려 하지는 않았다.

"호로, 숲의 왕으로서 지혜를 빌려줬으면 해. 그 산을 민둥산으로 만들지 않으면서 나무를 베어 내려면 어느 정도까지 가능할까?"

그런 지식은 산에 드나든 지 50년 된 나무꾼도 호로한테는 어림도 없다.

호로는 로렌스의 품에서 고개를 들고는 흥 코웃음을 쳤다.

주교령 내에 잠들어 있는 재산을 금화로 바꿀 수만 있다면, 그 금화로 사람들의 삶을 개선할 수 있다. 그렇다면 나무가 울창하고 지금도 철이 날 것으로 기대되는 산은 그에 걸맞은 금액으로 매각해야 하는 것이 신의 정의에 합당한 행위이리라. 그런 관점에서 도출한 숫자였으나, 그 산에서 얻어질 것으로 기대되는 수익을 로렌스가 계산해 보기 시작하자 이내 이상과 현실은 멀다는 게 드러났다.

"나무 종류를 바꿔서 가꾸면 빨리 자랄 수도 있어."

숲에 관해서라면 몇 백 년 분량의 지식이 있는 호로가 곁에서 조언해 주었지만, 그래 봐야 밀랍을 바른 판에 쓰인 숫자는 약간 늘어났을 뿐이다.

여행 중이다 보니 숯이나 연료가 비싼 것에 기겁했고, 항구 도시 아티프에서는 목재 거래가 활발한데 또 가격마저 비싸서 놀랐었다. 여행 도중 목재 가격 상승이 원인이 되어 영지 안의 분위기가 흉흉해지자 난감해하고 있던 영주를 도와주기도 했었다.

하지만 막상 계산을 해 보자 철광산으로 계산했을 때와의 현격한 차이에 경악할 따름이다.

로렌스는 엘사가 보여 준 옛 장부에 쓰인 숫자를 보며 감탄의 한숨만 나왔다.

"광산은 이렇게나 돈이 되는 거였구나…."

엘사가 보물 창고에서 꺼내 온 장부에는 현기증이 날 정도로 엄청난 숫자들이 춤을 추고 있었다. 하기야, 철 한 주먹을 얻으려면 사람이 쑥 들어갈 만큼 큰 자루를 가득 채워야 할 정도로 많은 양의 숯이 필요하다고 하니, 철과 숯은 상품으로서의 격차가 커도 너무 크다.

"광산을 놓고 다투는 권력자는 있어도, 숯구이 오두막을 놓고 전쟁이 벌어지진 않으니까요."

엘사도 장부에서 고개를 들더니 낙담한 말투로 그런 소리를 했다. 손에 든 작은 유리 안경이 양피지 위에서 둔한 빛을 발하고 있다.

"돼지 방목도 푼돈벌이밖에는 안 될 테고, 버섯을 키우는 것도 여인숙에서 내놓는 식사를 조금 색다르게 할 뿐이죠."

로렌스의 말에 호로가 끼어들었다.

"과실수를 키우면 되잖아. 산 너머에는 보리 거래가 활발하다며? 빵에 얹는 과일은 인기가 많을 거야."

"과일 재배에는 손이 많이 가. 게다가 타냐는 다람쥐야. 너한테 양떼를 방목해서 키워 달라고 맡기는 거나 마찬가지라고."

호로는 반론하려다가 분한 듯이 입을 다물었다. 군것질을 하느냐 마느냐보다, 진수성찬을 앞에 두고 꾹 참아야만 하는 고통을 상상했겠지.

"철을 야금야금 채굴해서 파는 방법은 안 될까요?"

엘사의 말에 로렌스는 떨떠름한 표정을 지었다.

"제일 가까운 시장도 좁은 산길을 타고 험준한 산을 몇이나 넘어야 나옵니다. 광석을 그대로 짊어지고 운반하는 방법은 채산이 영 맞지 않고, 정련이 되어 있지 않은 상태로는 값을 후려칠 게 뻔하고요. 정련을 할 수 없으면 대량으로 배에 싣고 옮기지 않는 한은 계산을 맞추기가 힘들 겁니다."

"이곳엔 배를 띄울 만한 강도 없습니다."

엘사는 한숨을 짓고는 나직이 말했다.

"역시, 정련하는 수밖에는?"

"그러네요."

그리고 쇠를 정련할 만한 화력을 내려면 그에 상응하는 목재가 있어야 한다. 용광로를 만들어야 하고, 그것을 관리할 인원이 있어야 하며, 그들이 살 집 등등이 필요해진다. 게다가 사람들이 모여서 많은 목재를 태워야 하게 되면, 채산을 맞추기 위해 또 그에 상응하는 광석을 정련해야 하고, 그에 맞춰 광석을 채굴하게 되면 결국 산을 해치고 만다.

계산하면 할수록 로렌스의 계획은 그림 속의 빵이었음을 깨닫게만 되었다.

"산을 비싸게 파는 방법…."

금전 계산과는 가장 거리가 멀 것 같은 엘사가 그런 소리를 하며 머리를 끌어안는다.

장부에 쓰인 숫자를 노려보지만, 성전에 쓰여 있는 성구도 사람을 구해 내지 못한다면 그게 무슨 도움이 되겠는가.

꿍 소리를 내는 엘사와 로렌스의 곁에서 호로가 탁자를 쾅 내리쳤다.

"팔아야 할 상대는 그 토끼잖아?! 내 이빨로 위협해서 비싸게 팔면 돼!"

호로가 왈칵 짜증을 내며 그런 말을 한 거라면 그나마 낫다.

"그리고 내가 발톱으로 광석을 캐낸 다음에 짊어지고 멀리까지 운반하면 돼. 금세 원래대로 될 거야!"

호로의 발톱, 그리고 하룻밤이면 지평선 저 너머에 있는 산을 넘을 다리로는 그게 가능할지도 모른다. 그러나 그것은 힘으로만 지배하던 정령 시대의 이야기다. 광산 채굴은 훨씬 복잡한 문제다.

"광산의 광석은 산속에 고루 묻혀 있는 게 아니야. 광맥을 계속 찾아 가며 파내야 해. 지하수를 배출하고 갱도가 무너지지 않게 기둥도 세워 가면서 종횡무진으로 파 나가야만 하지. 그러니까 대량의 인원과 물자가 필요하지. 온천과는 이야기가 달라. 너의 힘만으로는 해결되지 않아."

속이 상해 앓는 소리를 내는 호로의 손을 잡고 로렌스는 말없이 위로했다.

힘 하나로 어떻게든 되는 세상은 진작 끝났다.

"좋은 계획인 것 같았는데…."

로렌스가 한숨을 섞어 중얼거리자 호로가 말했다.

"그러게! 항상 마무리가 약하다니까!"

호로는 로렌스를 타박하면서도 손을 뿌리치려고 하지는 않는다.

되레 꼭 힘주어 잡으며, 자기가 한 말을 부인해 주기를 바라는 게 느껴졌다.

"그 산에 무슨 특권이라도 붙어 있으면 좋았을 텐데."

그러자 엘사가 한숨을 쉬며 장부를 한 장씩 넘긴다.

"면책 특권 같은 거요?"

"그것도 있고, 예를 들면 제가 그간 봐 온 다른 교회의 땅에는 귀족의 칭호를 얻은 땅도 있었습니다. 작금의 활발한 교역으로 큰돈을 번 상인에게 상당히 비싼 값에 팔렸거든요."

아무개 백작으로 불리는, 특정 토지를 다스리는 인물에게 부여되는 칭호가 붙은 땅.

그런 곳이라면 불모의 땅이라도 매입자가 나타난다.

"네가 적당히 만들어 낼 순 없어?"

로렌스의 손을 잡은 채로 호로가 엘사에게 묻는다.

엘사는 호로와 로렌스의 손을 힐끗 보고는 지친 듯이 한숨을 쉬고 대답했다.

"논리적으로는 안 될 것 없습니다. 그 산을 사 주면 거기에 작은 교회를 세울 권리를 부여하겠다든가 하는. 하지만 데바우 상회 측이 이름뿐인 교회나 수도원장을 자청하고 싶은 마음에 돈을 내놓을까요?"

토끼의 화신인 힐데에게 그럴 마음이 있을 리가.

"우~…."

호로가 끙 소리를 내고는 꼬리로 의자 다리를 탁탁 치며 로렌스의 어깨를 잡았다.

"당신, 어떻게 좀 안 돼…?"

호로는 타냐의 산에 자신이 쫓겨난 보리밭을 겹쳐 보고 있는 것이리라.

그뿐 아니라, 로렌스도 눈치채고 있을 정도이니 호로 또한 연금술사가 다시는 그 산에 돌아오지 않을 거란 걸 잘 알고 있을 터.

앞으로도 몇 백 년을 살아갈 호로는 로렌스와 피치 못할 작별을 해야 한다.

타냐를 돕는 것은 자기 자신을 돕는 것과 같다.

"아주 희미한 가능성이기는 하지만, 한 가지 있기는 해."

"뭐라고?!"

놀라는 호로 옆에서 엘사가 의아한 표정을 짓는다.

"로렌스 씨?"

그 이야기를 왜 이제 하느냐는 표정인데, 로렌스는 애틋한 한숨과 함께 말을 꺼냈다.

"전설 속에 나오는 그 천사 말입니다. 그것과 함께라면 산을 비싸게 사 줄 가능성이 있겠죠."

로렌스의 말에 잠시 멍하니 있던 호로가 버럭 화를 낸다.

"지금 그 멍청이가 애지중지하는 걸 팔겠다는 거야?!"

"아니야. 철로 된 그 원반은 그냥 원반이었어. 하지만 성당에 그려진 그림은 그 대부분이 실제로 있었던 일이었지. 딱 하나 이해가 되지 않았던 부분은, 그 원반에서 나왔다는 천사와 이 성당 지하에 남은 종이지."

로렌스는 호로의 손을 잡고 가만히 흔들었다.

"이성적으로 생각하자면, 산에 사람이 접근하지 못하게 하려고 연금술사가 꾸며낸 허풍이야. 하지만 그게 실제로 일어난 일이라면?"

엘사는 눈을 깜빡이는 것도 잊은 채 말을 보탰다.

"…철 정련을 숯을 쓰지 않고도 행했다는 이야기, 인 거죠."

철이 고가인 것은 정련에 연료비가 들기 때문. 불을 쓰지 않고 철을 정련하는 천사가 있다면 광산주들은 혈안이 되어 탐을 낼 게 뻔하다.

"…그 천사인지 뭔지는 어디 있는데? 어떻게 하면 잡을 수 있는데?"

그게 문제다.

"천사라는 건… 혹시, 당신들 같은 새일까요? 이교의 신들 중에는 불을 뿜는 새도 있습니다만…."

엘사의 질문은 지극히 타당하게 들렸으나, 호로는 대신 로렌스를 돌아본다.

"당신은 그렇게 생각하지 않는 표정인데."

"저는… 천사라는 호칭은 연금술사가 남긴 방편이 아닐까 합니다."

수염이 달린 근엄한 얼굴을 원반 가득 새긴 것은 필시 과장된 연출을 위해서였을 것이다. 그 후에 제자라는 소녀를 새긴 것도 천사를 견제하기 위해서 한 일은 아니다.

연금술사는 신 같은 건 믿지 않고, 타냐가 한 말도 있다.

타냐가 정과 끌을 잘 쓸 줄 알게 될 때쯤이면 문의 비밀을 가르쳐 주러 돌아오겠노라고 했다고.

만약 천사 이야기가 거짓이 아니라면 생각의 폭은 한정돼 있다.

"천사 이야기는 연금술사의 특수한 기술을 눈속임하기 위한 것이 아닌가 합니다."

"기술이요?"

엘사는 미간을 찌푸리며 탁자로 시선을 떨궜다. 그 손에 들린 것은 유리 직인의 기술의 결정체라 불리는 깨끗한 안경. 저것이 있으면 눈이 나쁜 사람도 글을 확대해 읽을 수 있고, 그 외에도 여러 가지 사용법이 있다. 온천을 지키고 있는 세림에게 저런 안경을 사 주자 그야말로 마법을 본 것처럼 놀랐었다.

연금술사가 쓴 것은 아직은 아무도 모르는 신기한 기술이었고, 문이라 불린 그 원반이 비밀의 열쇠가 아닌지.

"문을 열자 천사가 나와서 종탑의 종에 구멍을 뚫었다고 했지요. 그런 일을 실현할 기술이 있다는 말씀인가요?"

지금의 로렌스는 아직 그게 뭔지 설명할 수가 없다. 하지만 돌파구가 있다면 그것뿐일 것 같다.

적어도 성직자와 상인, 늑대의 화신이 머리를 맞대고 천사를 잡으려 하는 것보다는 현실감이 있다. 그 순간, 호로가 문득 말문을 열었다.

"철을 정련했다고 했지… 그거, 굉장히 뜨거운 거지…?"

로렌스와 엘사가 바라보자 호로는 별안간 귀와 꼬리를 곤두세우고 소리쳤다.

"열쇠! 지하 열쇠 좀 줘!"

"예? 예에?"

당황한 엘사를 두고 호로는 이미 달려 나가고 있었다.

엘사와 로렌스는 식당을 뛰쳐나가는 호로를 멍하니 보고 있다가 "뭣들 하고 있어!" 하는 호통에 정신이 확 들어 호로의 뒤를 쫓았다.

보물 창고 앞에서 초조하게 기다리던 호로는 엘사가 문을 열자 바로 안으로 내달렸다. 그리고 종에 씌워진 덮개를 치우고 마루에 무릎을 댄 채 코를 바짝 갖다 댔다.

"역시 맞았어."

호로는 몸을 일으키더니 로렌스의 옷소매를 붙잡고 코를 푸는… 것이 아니라 오히려 숨을 들이쉰 뒤 말했다.

"이 구멍은 힘으로 뚫은 게 아니야. 이건, 그러니까… 치즈를 뽑아내듯 파낸 거야."

"치즈처럼…? 하지만 힘으로 뚫은 건 아니라고?"

수수께끼 같았으나 로렌스는 비로소 깨달았다.

"설마, 녹였다는 거야?"

"음. 구멍의 모양이 너무나도 매끄러워. 발톱도, 이빨도, 하물며 새의 부리로도 이렇게는 못 해. 그래서 난 이런 구멍이 어떻게 뚫린 건지 몰랐어."

호로는 다시 한번 종 옆에 매달리더니 손가락을 찔러 넣고 테두리를 쓰다듬었다.

그러나 이게 녹여서 낸 구멍이라 해도, 어떻게 이런 식으로 녹인다는 거지? 상식이 격하게 흔들리고 있었다. 만일 녹여서 이 구멍을 뚫었다면, 달군 쇠막대를, 그야말로 치즈에 꽂듯이

해서 녹였다는 건데.

하지만 시뻘겋게 달군 쇠막대를 댄다 해도 이렇게는 되지 않을 것이다.

무엇보다, 그런 게 전설로 남을 리도 없고.

"내가 아는 건 여기까지야."

호로는 안타까운 듯이 말하고는 자리에서 일어났다.

"기술인지 뭔지는 인간 세계의 것이야. 우리의 시대를 끝내고, 숲속으로 계속해서 내몬 당신네의 강력한 무기지."

인간은 그런 재기와 꾸준한 노력으로 다양한 도구를 개발해, 혼자서는 절대 쓰러뜨릴 수 없는 나무도 쓰러뜨리고, 강을 메우고, 산을 깎아 내 왔다. 호로가 들으란 듯이 말을 한 이유는 타냐를 구해 낼 방법이 혹시 있다면 그 또한 얄밉기 짝이 없는 기술일 것이라는 모순 때문이리라.

"뭐, 개중에는 그것처럼 도움이 되는 것도 있겠지."

호로가 어색하게 웃으며 가리킨 것은 엘사가 놀란 나머지 식당에서 그대로 들고 온 작은 유리 조각, 안경이었다.

"하지만 문에서 천사가 나와서 천벌의 빛을 내리고, 종을 녹이고, 쇠도 녹였다고? 그런 기술은…."

로렌스는 머리를 긁으며 고심했다. 타냐와 나눈 이야기 속에 뭔가 단서가 될 만한 것은 없을까. 연금술사의 말이 거짓이 아니라 정말로 타냐에게 천사의 수수께끼를 가르쳐 줄 생각이었다면, 타냐에게 맡긴 원반에 의미가 없을 리 없다. 틀림없이 그것은 천사를 불러내기 위해 있어야 하는 도구다.

문. 철문.

로렌스는 신음하듯 말했다.

"애초에, 어째서 문이지?"

그것부터가 이해가 되지 않는다. 타냐는 스승님이 문을 열자 천사가 나왔다고 했다.

문을 열면? 그러나, 그건 그냥 철로 된 원반이었다.

로렌스는 허리춤에 차고 있는 염낭에서 은화 하나를 꺼냈다.

한쪽 표면에는 그 원반처럼 근엄하게 수염을 단 인물이 새겨져 있다.

"당신은 무슨 비유인 것처럼 말하지 않았어?"

"그야 그랬지만….."

문을 열면 천사가 나온다. 게다가, 다 쓴 후에는 천사가 나오지 않도록 뒷면에 고양이 소녀를 새겨 넣었다고 한다.

그것이 정말로 아무런 의미 없는, 단순히 감상적인 이유에서였을까?

로렌스는 손가락에 끼운 은화를 문을 열 듯이 비틀었다.

"웃, 이건, 당신!"

하며 호로가 눈을 찡그리며 신음한 이유는, 엘사의 손에 들린 촛대의 불빛이 은화에 반사되어 호로의 눈을 스쳤기 때문이었다. 당황한 로렌스는 사과를 하려고 입을 벌렸다가 그대로 얼어붙었다.

눈을 연신 끔뻑이며 손으로 비비는 호로를 엘사가 걱정스레 보고 있다.

로렌스의 눈은 그런 엘사의 손에 붙박여 있었다. 은화보다 훨씬 더 반짝반짝 빛나는, 특수한 기술로 만들어진 유리 조각. 은화에 반사된 빛.

머릿속에서 모든 것이 이어지려 하고 있었다.

"당신…?"

"로렌스 씨?"

호로와 엘사가 나란히 걱정스럽게 말을 걸어온다.

그리고, 로렌스는 그 음성에 이끌리듯 천장을 우러렀다.

대답은 거기에 있었다.

"수수께끼가 풀렸다."

호로와 엘사는 나이 차가 나는 자매처럼 붙어 서서 천장을 올려다보고 있다.

거기에 있는 것은 그저 빛의 무늬. 엘사가 손에 들고 있는 초에서 나온 빛이 반짝반짝한 종에 반사돼 만들어진 빛의 무늬.

그리고 둥근 고리 무늬도 있다. 엘사의 손에는 또 하나의 중요한 것이 들려 있고. 글을 확대하는 도구이지만 다른 사용법도 있는.

또한, 타냐가 말했던, 천사가 나오지 않게 하려고 새겨 놓았다는 고양이 소녀의 조각상.

전설에 관한 모든 것에 의미가 있었다.

"엘사 씨, 천사를 찾았습니다."

"옛?!"

"지금 손에 들고 있는 것은 말하자면, 천사의 눈물인 것이지요."

멍한 표정으로 엘사가 손에 든 안경과 호로를 번갈아 본다.

먼저 움직인 것은, 호로.

"당신, 그럼 그 녀석을 구할 수 있는 거야?"

로렌스는 말했다.

"틀렸으면 머리부터 먹어."

호로는 눈이 휘둥그레졌다가 몸을 움츠리며 귀와 꼬리를 털더니 이를 드러내며 활짝 웃었다.

로렌스가 알아챈 것이 확실하다면, 그게 진실인지 아닌지 확인은 동이 튼 후에야 가능하다. 그 점을 호로에게 설명했으나, 한번 이렇다 정하고 나면 로렌스 이상으로 일에 집착하는 호로라, 로렌스가 잠깐 눈을 붙일 새도 허락하지 않았다.

뭐라 말할 틈도 없이 옷을 훌훌 벗고는 늑대의 모습으로 돌아가더니 네발로 엎드려 로렌스를 빤히 본다.

등에 올라타지 않으면 아침까지 그러고 있으려 했거나, 목을 내밀어 로렌스를 덥석 삼키거나 했을 것이다.

"조심하십시오."

호로가 벗어 던진 옷을, 늘 그랬던 것처럼 익숙한 손길로 주워 든 엘사가 걱정 반, 어이없음 반의 표정으로 그런 말을 건네 왔다.

「너는 그 산을 팔 편지나 쓰고 있어.」

호로는 엘사에게 그렇게 말하고는 로렌스가 등에 제대로 걸터앉기도 전에 달려 나갔다.

귀를 가르는 바람 소리는 어젯밤보다 더 굉장했다. 지면을 박차는 발의 기세에서도 호로의 급한 마음이 강하게 전해진다. 꽉 쥔 털 밑에서 뜨끈할 정도의 체온이 느껴졌다.

호로가 전력질주를 하는 것은 지금까지 남몰래 시간의 흐름에 삼켜진 이들을 위해서다.

호로는 점점 기억에서 사라져 가는 매일매일의 일을 필사적으로 일기에 담아 두고 있다.

그것을 쓸데없는 발버둥이라 비웃을 수는 있다.

그저 그런 것을 소중히 하자고 서로 약속하고, 로렌스와 호로는 여기까지 왔다.

그래서 산기슭 숲으로 뛰어든 호로가 등에 탄 로렌스를 잊기라도 한 듯이 나무들을 피하고, 바위를 뛰어넘고, 산의 경사면을 이를 악물며 날듯이 달려도 로렌스는 불평하지 않았다.

타냐는 철 원반을 감춘 곳에 있었다. 오랜만에 구름이 없는 밤이었기에 타냐는 달빛에 의지해서 작업을 하고 있었나 보다. 정과 끌을 손에 쥔 채 원반 위에서 잠들어 있었다.

그런 달도 지평선 너머로 사라지려는 시각. 온몸에서 김을 내뿜는 호로의 기척을 느끼고 눈을 떴다가는 기겁했다.

호로의 등에서 미끄러져 내려온 로렌스는 당황해 어쩔 줄 모르는 타냐에게 이렇게 물었다.

"이 문 말입니다만, 천사가 나온 건 이쪽이지요?"

가리킨 것은 타냐가 꽃 모양을 열심히 수놓고 있는, 고양이 화신인 소녀가 조각된 쪽.

「그, 그렇습니다. 하지만….」

짐작이 맞았다.

그렇다면 이 소녀상의 역할은 연금술사가 말한 대로 천사가 나오지 못하게 하는 것이다. 진실과 다른 것은, 이 상 자체가 천사를 봉인한 뚜껑이라는 점.

"그리고 이 소녀상이 새겨지기 전에는 깨끗한, 그야말로 아주 깨끗하게 닦여 있었지요. 맞습니까?"

타냐는 눈이 휘둥그레져서는 코를 쨍긋거린다. 뭔가 눈치챈 모양이다.

「그, 그랬습니다. 저어, 설마.」

자면서도 쥐고 있던 정과 끝이 몸에 비해 작은 손에서 툭 떨어진다.

그것을 부드럽게 받아 낸 것은 타냐가 수십 년에 걸쳐 키워 온 나무들의 낙엽 더미.

"예. 천사의 수수께끼를 풀었습니다."

로렌스의 말에 타냐는 조그마한 검은 코를 쨍긋거리며 우뚝 서 있다.

그 너머로 희끄무레해진 하늘과 산의 윤곽이 보였다.

"타냐 씨, 문을 열어 주세요."

「아, 예.」

타냐는 허둥지둥 원반을 잡아 훌쩍 세웠다.

눈을 감고 미소 짓는 소녀상이 새벽녘 푸른 빛 속에 떠 있다.

"이 기술 자체는 그다지 비밀인 것은 아니었습니다."

대성당에 그려진 그림과 똑같이 생긴 원반을 붙잡은 채, 타냐는 로렌스에게 의외로 강렬한 시선을 주며 수염을 바르르 떨었다.

「하, 하지만, 스승님이 천사님을 불러내자 수많은 인간이 놀랐습니다.」

"그렇지요. 하지만 그것은 숲속에서 다람쥐를 본 적이 있는 사람들도 당신을 보고는 곰으로 착각하는 것과 같은 겁니다."

「예…?」

로렌스는 담담히 웃고는 말했다.

"다들 이미 본 적이 있는 것이라도 엄청난 규모와 맞닥뜨리게 되면, 그것 하나만으로도 기적이 되는 것이지요."

로렌스는 자신의 발밑에서 짙은 그림자가 생겨나는 것을 바라보았다. 발밑의 그림자가 짙어지면서, 오늘이라는 하루를 축복하듯 근사한 아침 해가 솟으려 하고 있다.

타냐는 눈이 부신 듯이 눈을 찡그리고, 원반에 그려진 소녀는 미소 지으며 눈을 감고 있다.

앞으로 일어날 일을 예감한 것처럼.

"고양이의 화신이 있기에 천사님이 모습을 완전히 드러내지는 않겠지만."

로렌스가 그렇게 말한 직후 옆 산의 능선 너머, 이 지역의 곡물 창고로 불리는 대평원이 펼쳐진 지평선 그 너머에서 태양이 얼굴을 내밀었다.

좌악 소리가 들릴 것처럼 맹렬한 기세로, 거대한 원반의 굴절면으로 빛의 격류가 흘러든다.

「아, 앗!」

타냐는 동그란 눈을 있는 대로 크게 뜬 채 그 순간에 벌어진 일을 지켜보았다.

원반으로 흘러든 빛이 세상의 섭리에 따라 반사된다. 대단히 잘 조정된 원반의 굴절면은 소녀상 탓에 조금 흐트러지기는 하면서도 한 점을 향해 빛줄기를 내쏘았다.

"안경이었어, 호로."

로렌스의 말에 그때까지 네발 자세로 엎드려 있던 호로가 몸을 일으킨다.

"세림에게 주었을 때도 조심하라고 단단히 일러 뒀었거든."

로렌스는 뒤를 돌아보며 말했다.

"햇빛 아래 두지 말 것. 빛을 모으기 때문에 종이가 탈 수 있으니까."

호로는 날카로운 이가 돋아난 입을 반쯤 벌린 채 타냐가 날마다 광을 냈을 원반이 눈부시게 빛나는 모습을 바라보고 있었다.

그야말로 문이 열린 것처럼, 그 너머에 다른 세계가 있을 것처럼 빛을 반사해, 아직 햇빛이 닿지 않은 숲의 나무둥치를 눈이 아릴 만큼 밝게 비추고 있었다.

"안경도 깨끗이 닦지 않으면 글을 제대로 확대하지 못하고, 부싯돌 대신으로 못 써. 아마 이 원반의 굴곡도 직인의 기술로 세밀히 조정되어야만 제대로 기능할 수 있을 거야. 그래서, 쓰고 난 후엔 소녀상을 새겨 넣은 거지."

다시 빛을 반사해 불을 일으키지 않도록. 손바닥에 쏙 들어오는 안경으로도 종이를 태울 수 있으니, 이렇게 거대한 원반에

모인 햇빛이면 어떤 일이 벌어지겠는가. 생각만 해도 경직된 웃음만 나온다.

그야말로 청동으로 만들어진 종을 녹이고, 철을 정련할 정도이리라.

「아아, 아아….」

타냐가 오열을 터뜨리며 원반에서 손을 놓는다.

커다란 원반이 휘청해 로렌스의 다리를 칠 뻔했으나, 호로가 목덜미를 덥석 물고 끌어당긴 덕분에 화를 면했다. 원반이 바닥에 떨어지면서 화르륵 날아올랐던 나뭇잎이 반짝반짝 떨어져 내리는 가운데 타냐는 눈물을 뚝뚝 흘리며 그 자리에 웅크리고 앉았다. 문을 둘러싼 수수께끼가 풀린 것치고는 이상한 눈물이었다.

하지만, 타냐가 저러리란 것은 로렌스도 은연중에 눈치채고 있었다.

타냐는 조금 맹한 구석이 있기는 해도, 인간의 수명이 길지 않음은 잘 알고 있었을 것이다. 그냥 모르는 척하고 있었을 뿐이지.

연금술사는 다시 돌아오지 않을 거라는 것을.

수수께끼는 수수께끼인 채로, 그때의 추억은 그냥 추억인 채로, 다시 일어날 리 없다. 한 번 새겨진 과거는 다시는 새로운 색으로 칠해질 리 없다는 것을.

그런 저주의 굴레가 이제 풀려 버렸다.

한순간 로렌스는 문의 수수께끼를 풀지 말았어야 했나 싶었다. 그랬으면 타냐는 스스로를 계속 속이면서 영원한 기억 속에서 살 수 있었을지도 모르는데. 설령 이 산에서 쫓겨나는 일이 생기더라도 이 원반을 등에 지고 어딘가 다른 곳으로 가서 거기에서 남몰래 살아갔을 수도 있다.

수수께끼를 수수께끼인 채로, 과거를 과거인 채로, 연금술사가 언젠가는 돌아올 것이라고 자기 자신을 속이는 꿈을 꾸며.

로렌스는 그런 생각을 하다가 별안간 뒤에서 호로에게 쿡 찔렸다.

호로는 로렌스가 항의를 하기도 전에 타냐에게 다가가더니 커다란 혀로 다람쥐의 뺨을 거칠게 핥았다. 늑대가 사냥감의 맛을 본 것처럼 보였으나, 타냐는 고개를 들더니 호로의 앞발에 매달렸다. 호로는 그런 타냐의 등을 핥고, 네발 자세가 되더니 복슬복슬한 목덜미 털 쪽으로 끌어당겼다.

「우리는 긴 시간을 살아가지.」

호로는 그러면서 엉엉 우는 타냐를 내려다본 뒤 로렌스를 보았다.

「그러나, 무한히 기나긴 꿈을 꿀 수는 없어.」

네가 한 일은 잘못되지 않았다.

호로는 그렇게 말해 주었다.

로렌스는 그 말을 믿기로 했다.

옷에 붙은 낙엽을 털어 내고 지면을 보자, 원반에 새겨진 소녀가 눈에 들어온다.

행복한 듯이 웃는, 천사 같은 모습으로.

로렌스에게서 기술의 개요를 전해 들은 엘사는 안경을 보더니 약간 겁먹은 것처럼 당황하여 촛불에서 멀어졌다.

산에서 천사의 수수께끼를 풀어낸 후, 울음을 그친 타냐가 연금술사와의 추억을 이야기하는 것을 실컷 들어 주었다. 그리고 날이 저물자 성당으로 돌아왔다.

이번에는 로렌스만이 아니라 타냐도 등에 태워 함께 돌아왔다.

엘사는 거대한 다람쥐를 보고 눈을 껌뻑이기는 했으나 역시나 노련했다. 도토리 빵이라도 구울까요? 라고 해서 타냐를 기쁘게 했다. 그걸 차마 막지도 못하고 호로가 낙담하는 모습이 재미있었다.

그리고, 엘사가 쓴 매각 각서와 로렌스가 힐데 앞으로 보내는 서신을 호로의 목에 달아 준 것은 도토리 빵이 다 구워지기 전 한밤중의 일.

빵이 구워지는 걸 보고 가도 되는데, 라는 엘사의 말에 호로는 내뺴듯 출발했다.

호로의 걸음이면 떠난 지 한참 된 뇨히라에라도 하루면 갈 수 있을 것이다.

원반은 광산을 경영하는 힐데에게는 천금의 가치를 띨 게 확실하니 산과 함께 비싼 값을 쳐 줄 게 분명했다.

힐데가 만에 하나 그 원반과 비슷한 기술을 이미 알고 있다면 어쩔 것인가 하는 생각도 들었으나, 그런 걱정은 타냐 본인의 말로 해소되었다.

산이 어떻게 되든 자기는 계속 그 산에 있을 거라고. 원반에 새겨진 첫 번째 제자님이 언젠가 스승님의 추억과 함께 돌아올지도 모른다면서.

호로는 그런 타냐에게 자기가 힘을 써서라도 토끼가 반드시 금화를 내놓게 할 거란 소리를 했다. 호로라면 그럴 만도 하기에, 로렌스는 편지에 호로가 너무 강요하면 제게 알려 주십시오, 라고 써 두었다.

그런 여러 가지 생각들을 담은 편지를 가지고 호로는 눈 깜짝할 새에 어둠 속으로 사라졌다.

호로의 모습을 배웅한 로렌스는 한숨을 쉬고는 하늘을 우러렀다.

그림 속에 전설로 그려진 그들의 이야기는 이렇게 하여 아직 더 이어진다.

"로렌스 씨, 빵이 다 구워졌습니다!"

인간의 모습이 되어 빵 굽는 것을 돕던 타냐가 부르는 소리에 로렌스는 시선을 하늘에서 거뒀다.

그런 후 돌아보자, 호로와는 달리 훌륭한 몸집의 타냐가 손을 흔들고 있다.

로렌스는 마주 흔들어 주고는 이렇게 중얼거렸다.

"아내 사랑을 증명하기 위해 빵을 전부 다 먹어치울까."

쓰고 딱딱한 도토리 빵.

세상에 남몰래 남겨진 이야기 같은 것.

아니지, 하나쯤은 호로를 위해 남겨 둬야겠지, 하며 로렌스는 혼자 웃었다.

늑대와 꼬리의 윤무

그날 심야. 로렌스는 한기를 느끼며 문득 잠에서 깼다. 졸린 눈으로 이불을 어깨까지 끌어당기고도 모자라 이불 밑을 더듬었다. 이불과는 질적으로 다른 복슬복슬한 털이 있을 테니까.

게다가 그것은 엄연히 살아 있는 털이라서 주인장과 함께 품에 안으면 그보다 따스할 게 없다. 주인장의 잠버릇이 나쁜 것이 옥에 티지만 박치기를 당하지만 않으면 한겨울에도 아침까지 푹 잘 수 있으니.

그러나 로렌스가 어둠 속에서 아무리 이불 속을 더듬어도 잡히는 게 없었다. 밖에 물이라도 마시러 나갔나? 하며 어렴풋이 눈을 떴다가 그제야 깨달았다.

호로는 사흘 전 밤부터 나가고 없다.

로렌스는 갈 곳 잃은 손을 가슴 위에 얹었다. 천장에는 나무창 틈새로 들어온 달빛이 짐승의 발톱 자국처럼 빛나고 있다. 날이 밝으려면 아직 먼 것 같다.

손으로 얼굴을 문지르고는 나직이 한숨을 쉰다.

첫날은 혼자 자는 게 오히려 편했었다.

뇨히라의 온천장 밖으로 나온 이후로 여행이 주는 해방감 탓인지, 아니면 더 이상 딸 앞에서 어른인 척하지 않아도 된 덕인지 호로의 주량은 착실히 늘어만 갔다.

호로는 술기운을 느끼며 자는 걸 좋아하기에, 자기 전에 여러 모로 보살펴 줘야 하는 일이 잦다. 물론 로렌스도 그러는 게 싫지 않고, 아마도 호로는 반쯤 취한 척하면서 로렌스의 보살핌을 즐기고 있는 거겠지만, 어쨌든 매번 큰일이었다.

그러니 로렌스는 오랜만에 맞은 느긋한 밤을 안도의 한숨과 더불어 만끽했었다.

이틀째 밤에는 할 일이 없어 조금 따분했다.

로렌스가 지금 묵고 있는 숙소는 바런 주교령이라는 곳에 있는 대성당의 객실이다. 이곳을 관리하는 이는 엘사라는 오랜 지인이자 성직자로, 긴 밤 시간을 술과 잡담으로 허비하는 성격이 아니다. 해가 지기 전에 간소한 저녁 식사를 마치고 나면 그 후엔 길고도 긴 기도를 신께 바친 후 초가 아깝다며 일찍 잠자리에 든다. 잠들기 전에 하는 한마디는 '내일도 평온하게 하소서' 이리라.

호로는 그와 정반대로 술 마실 기회와 연회 시간을 소중히 여긴다. 오늘은 이동을 길게 했으니까 치하하는 뜻에서 마시자, 오늘은 아무 일도 없었으니까 듬뿍 마시자, 그리고 오늘 하루가 끝나는 게 아쉬우니 아직은 촛불을 끄지 마.

술기운 속에서 잠이 들기 전에는 내일 아침밥으로는 무엇무엇이 먹고 싶다며 중얼거리는 일도 적지 않다.

로렌스도 그런 호로와 보내던 밤이 당연했기에, 너무 일찍 잠자리로 내몰리자 뭔가 일을 덜 마친 것만 같아 기분이 뒤숭숭했다. 하는 수 없이 술을 마셔 봤지만 혼자 마시는 술은 맛도 없었다. 그냥 접고 일찌감치 잠자리에 드는 수밖에.

사흘째 밤은 타냐가 산에서 내려왔다. 바런 주교령에 전해지던 저주받은 산의 천사 전설에서 중요한 역할을 맡았던 다람쥐의 화신이다. 로렌스가 저주받은 산에 남겨진 비밀과 연금술사의 수수께끼를 푼 것이 불과 며칠 전의 일. 그 이후로 로렌스를 보는 타냐의 눈이 어찌나 반짝반짝한지 낯이 좀 간지럽다.

그런 타냐는 요 며칠간, 저주받은 산이라 불렸던 옛 철광산을 벌목과 숯구이의 거점으로 만드는 계획을 세우는 데 푹 빠져 있었다. 호로가 사흘 전부터 자리를 비운 것도 그 일 때문인데, 오랜 연줄인 데바우 상회에 바런 주교령의 산을 매각하기 위한 편지를 전하러 간 것이다. 철광산으로 산을 재개발하면 또다시 민둥산이 되고 말 것이기에 목재와 숯 공급처로 매입해 주지 않겠느냐는 내용으로.

긴 세월 헐벗었던 산에 녹음을 되돌려놓은 타냐는 초록빛 산을 유지하는 상태에서 최대한 수익을 올릴 만한 계획을 세우는 데 열심이다.

그런 까닭에 타냐는 어떤 종류의 나무를 심으면 되는지, 어느 정도 자란 나무가 값비싸게 팔릴 것인지 로렌스에게 열렬히 배움을 청해 왔다. 다람쥐의 모습으로 있을 때 가죽공처럼 둥글둥글한 타냐는 겉모습 그대로 약간 맹한 구석이 있는 순한 아가씨인데, 그런 만큼 끈기와 집중력이 이만저만이 아니다. 게다가 로렌스를 영웅처럼 바라보니 자칫 몇 시간이나 가르쳐 주게 된다.

아무리 가르쳐도 화폐의 종류를 외우지 못하고, 머리는 좋은데 쉽게 싫증을 내는 면이 있으며, 제일 재미있는 표정을 지을 때는 로렌스를 일부러 놀려 먹을 때인 호로와는 천지 차이. 하물며 그 피를 진하게 이어받아 더욱더 골칫덩이 왈가닥인 딸내미 뮤리에 비하면… 로렌스는 조금 한숨을 지으며 열심인 타냐의 상담을 들어 주었다.

주교령의 재산에 관련한 일이니 엘사도 함께하여 사흘째 밤은 오랜만에 늦게까지 깨어 있었으나, 일을 다 마치고 방으로 돌아오자 침묵과 어둠이 몹시 무겁게 와닿았다. 이런 느낌은 행상인 시절 이후로 처음이다. 우연히 들른 마을에서 축제에 끼어 한참 어울린 후, 내일도 일이 있으니 혼자서 여인숙 방으로 돌아왔을 때와 같은 느낌.

그리고, 나흘째.

낮에는 어젯밤에 이곳에서 묵은 타냐와 산에 어떤 나무를 심을 것인지 계획을 세우며 보냈으나, 날이 저물자 타냐는 그토록 좋아하는 산으로 돌아가고 엘사는 평소보다 일찍 잠자리에 들었다. 홀로 남은 로렌스는 맛없다는 생각을 하면서도 술을 꺼내 들지 않을 수 없었다.

조금 많이 따른 술을 한 모금 마시고, 소시지를 먹고 한 모금 더 마셨다. 이야기할 상대도 없으니 먹고 마시는 속도가 빨라 이내 취기가 돌자, 질주하는 말 등에서 뛰어내리듯 쓰러져 이불을 파고들었다.

그러나 술의 힘을 빌리고도 잠은 좀처럼 오지 않아, 엎치락뒤치락하다 간신히 눈을 붙인 것도 잠시. 술이 깨는 것과 함께 한기를 느끼며 일어난 것이 지금에 이른다.

로렌스는 인정하지 않을 수 없었다.

외로웠다.

호로가 없던 시절의 삶은 이젠 까맣게 잊었고, 겨울도 아니건만 이불 속이 너무 춥다.

데바우 상회가 멀기는 해도 호로의 걸음이라면 바로 코앞일 텐데. 호로는 길을 잃거나 사고를 당하거나 밤도둑을 맞을 일도 거의 없는데.

그렇다면 데바우 상회에서 매각을 둘러싸고 다투고 있다거나, 또는 이쪽이 더 그럴 법한 상상인데, 벌이가 좋은 데바우 상회의 본점에서 환대를 받아 뭉그적대고 있거나. 술과 고기를 즐기고 있는 모습이 눈에 선하다.

호로가 즐겁다면 그보다 나을 것이 없지만, 홀로 자리를 지키고 있는 로렌스는 혼자서 추운 밤을 버티고 있다. 상황이 이러니 부글부글 끓어오르는 게 있다.

침대 위에서 한숨을 푹 쉬고는, 자는 것은 포기하고 몸을 일으킨다. 나무창 틈새로 드는 달빛에 의지해 방을 둘러보자 책상 위에 놓인 두툼한 종이 다발이 눈에 들어왔다.

침대에서 내려가 집어 들고 첫 몇 장을 훌훌 넘기며 들여다보자, 독특한, 빈말에라도 잘 쓴다고는 못 할 글씨체로 매일매일 일어난 일들이 쓰여 있다.

요는, 아침에 먹은 빵이 딱딱했다. 낮에 먹은 보리죽에 고기가 없었다. 밤에 마신 포도주는 시었다.

"온통 먹는 얘기뿐이네."

로렌스는 쓴웃음을 지으며 중얼거리고는 호로가 쓴 일기를 읽어 나간다. 하찮은 일들만 줄줄이 쓰여 있는데, 이런 것은 그냥 살다 보면 쉽게 잊어버리는 일상의 기억이다. 하지만 호로는 바로 이런 것을 기록해 두려고 일기를 쓴다.

그리고 이렇게 쓰여 있는 글을 보니 도로 생각나는 게 꽤 많아 놀라웠다.

로렌스는 선 채로 일기를 읽다가 이윽고 한숨을 지은 후 호로의 글씨를 쓰다듬었다. 이것은 긴 시간을 살아갈 호로가 결국엔 오고야 말 로렌스와의 이별을 위해 준비하는, 이를테면 '약' 같은 것이다.

그 의미를 로렌스도 물론 잘 이해하고 있었다. 그러나 이렇게 홀로 방에 있어 보고 나서야 비로소 호로가 무엇과 싸워야 하는지 실감하게 된 것 같다.

나는 호로와 며칠 떨어진 것만으로도 이런데. 게다가 머잖아 꼭 돌아올 거라는 확신이 있는데.

하지만 이것이 다시는 만나지 못할 영원한 이별이라면?

로렌스는 천천히 심호흡하고 머리를 가로저었다. 상상도 못 할 만큼 힘들겠지. 호로를 기다리고 있는 것은 바로 이런 것이다.

내가 할 수 있는 일은 한정돼 있으나, 적어도 이 일기가 더욱 더 두터워질 수 있도록 하자. 평소 어리광은 가능한… 하다가 그런 마음은 서서히 쪼그라들었다.

그도 그럴 것이, 호로의 꼬리를 쫓아가듯 일기의 글씨를 쫓아나가다 보니 거기 있는 내용이라고는 온통, 로렌스가 이걸 안 사 줬다, 이걸 안 해 줬다, 눈치가 없다, 코 고는 소리가 시끄럽다느니 하는 불평불만투성이였기 때문이다. 그토록 열심히 뒤치다꺼리를 해 주었건만.

"엘사 씨 말마따나 어리광을 너무 받아 주었나 보네…."

로렌스는 일기를 팔락팔락 넘겨 가장 최근 것, 호로가 출발하던 날 밤에 쓴 부분을 본다. 거기에는 '맛난 술이 산더미처럼 있을 게 틀림없다'라고 쓰여 있었다.

여태 돌아오지 않고 있는 호로에 대한 의심이 또 한 번 든다.

데바우 상회는 북방 일대를 지배하는 대상회로 물류를 장악하고 있다. 맛있는 음식이 줄을 이을 거란 기대가 어긋나지 않았을 테고, 호로가 편지를 전달한 노고는 보답받아야 마땅하다.

그러나 혼자 맛없는 술을 홀짝이는 로렌스로서는 왠지 불공평한 기분이 든다.

자기가 없는 곳에서 호로가 즐거워하는 모습을 상상하며 기분이 뿌루퉁해진 순간.

"?"

문득 나무창 밖의 달빛이 가려졌다. 구름이 달을 가린 건 아니다. 그런 것치고는 다른 창에서는 달빛이 들어오고 있으니.

'뭐지?' 하며 나무창을 열었다가 비명을 지르지 않은 것은 로렌스가 배짱이 두둑해서는 아니다.

거기에 있는 것이 너무도 현실과 동떨어진 광경이었기 때문이다.

「뭐야, 이렇게 밤늦도록 깨어 있다니. 외로워서 잠이 안 와?」

달빛을 받으며 거대한 늑대가 짓궂게 웃고 있었다.

방은 숙소 2층에 있으나 늑대인 호로의 코끝이 나무창 언저리에 딱 온다.

이건 꿈인가 하여 로렌스가 아무 말도 못 한 채 우뚝 서 있자, 호로는 커다란 꼬리를 좌로 우로 흔들고는 코끝을 나무창 틀 안으로 들이밀었다.

그리고 코를 킁킁대더니 이번에는 커다란 눈을 나무창 틀에 바짝 붙인다.

「다람쥐하고 아주 친해졌나 봐?」

품에 다 들어오지 않을 만큼 커다란 눈이 로렌스를 노려본다.

사냥감의 일거수일투족을 놓치지 않는 호로의 붉은 눈과 그 어떤 거짓말도 가려낼 수 있는 늑대의 귀.

이게 꿈이라 해도 호로를 만난 게 너무 기뻐 얼굴이 절로 실룩이려는 것을 가까스로 참은 로렌스는 숨을 크게 들이마신 뒤 대답했다.

"앞으로 산을 어떻게 해야 할 것인지 의논할 일이 있어서."

「그렇다고 이렇게 냄새가 밸 정도로 가까이 있었다니, 무슨 생각이지?」

타냐는 순하고 사람을 잘 따르는 성격으로, 어딘지 모르게 염세적인 분위기의 호로와는 딴판이다.

거리가 가까웠던 것은 부정 못 할 일이나, 호로에게 부정을 의심 살 만한 짓은 하지 않았다.

그리고 로렌스도 할 말은 있다.

"그렇게 사냥감이 걱정됐으면 좀 더 일찍 오지 그랬어?"

반격당한 것이 뜻밖이었는지, 호로는 눈을 껌뻑이더니 콧등을 찡그렸다.

「멍청이. 내가 얼마나 전력질주로 달려왔는데.」

창틀 너머에서 호로가 크르르 소리를 낸다.

"그런 것치고는 술 냄새가 풀풀 나는데?"

늑대의 모습일 때의 호로는 털가죽이 덮여 있는 데도 의외로 표정을 읽기 쉽다.

어물쩍 넘어가려는 듯이 눈을 돌리는 것을 보아하니 데바우 상회에서 잔뜩 마시고 왔다는 걸 알겠다.

취한 듯해 보이지는 않으니 털에 술 냄새가 밸 정도로만.

「멍청이. 토끼 놈이 현랑 님께 경의를 표할 줄 알아서 그런 거지.」

호로는 그런 소리를 하고는 창틀에 목덜미를 꾹 눌려 붙였다. 뻣뻣한 털이 방으로 쑥 들어와, 그제야 거기에 짐이 묶여 있는 걸 알았다.

「벼룩이 붙은 것처럼 신경 쓰여. 어서 풀어.」

호로의 털에 묶인 편지를 풀어 낸 후 털이 구겨진 곳을 손으로 쓰다듬어 주었다.

그러자 개가 어리광을 부리듯 목을 자꾸 들이미는데, 벽이 끼익끼익 불길한 소리를 내기에 밀어냈다.

"하여간에."

몸을 뗀 호로가 씩 웃고는 꼬리를 한바탕 크게 휘두르고 모습을 감췄다.

마치 모든 것이 한순간의 꿈같다는 생각을 한 찰나, 로렌스의 손에는 편지만 남았다. 창틀에서 고개를 내밀고 아래를 내려다보자 인간의 모습으로 돌아온 호로가 창 밑에 서 있었다.

당연히 옷이라곤 걸친 것 없이 구슬 같은 살결이 달빛을 받고 있다. 비단실 저리가라인 머리카락을 살랑이며 조용히 달을 우러르는 호로는 그야말로 달의 정령인 듯하다.

　로렌스가 신비한 모습에 넋을 놓고 있자 아름다운 늑대 아가씨가 으엣취, 하고 아저씨 같은 재채기를 터뜨렸다. 분위기 깨는 데는 일가견이 있는데, 저건 저것대로 또 호로답다.

　로렌스는 쓴웃음을 지으며 의자에 걸쳐 두었던 외투를 집어들고 뭉쳐 창밖 호로에게 던졌다.

　"빨리 올라와. 감기 걸려."

　호로는 외투를 잘 받아 확 펼친 뒤 어깨에 둘렀다.

　그리고 앞으로 끌어당겨 냄새를 맡고는 크게 숨을 들이마셨다.

　"쿠후. 당신 냄새 나네."

　붉은 기가 감도는 눈이 기쁜 듯이 웃는다.

　로렌스는 뭐라 말을 하려다가 말았다. 무슨 말을 해야 할지 모르겠어서.

　호로에 대한 마음은 한마디 말로는 도저히 표현이 안 된다.

　그러니 코를 문지르고는 이렇게 말했다.

　"어서 와."

　호로의 눈이 동그래졌다가 기쁘게 웃는다.

　"음."

그럼 잘 다녀왔다고 해야 하는 거 아닌가 하며 어이없는 웃음을 짓자, 호로는 여유만만하게 턱을 쳐들고는 걸음을 내디딘다.

외투 밑에서 언뜻언뜻 보이는 호로의 꼬리를, 건물 그림자 속으로 모습이 사라질 때까지 지켜보고 있다가 로렌스는 창문을 닫으려고 시선을 거뒀다.

보름달은 아니지만 오늘도 달은 휘황하게 빛나고 있다.

로렌스는 달에게 공손히 인사한 후 나무창을 양손으로 잡았다.

우아한 걸음으로 방 안으로 들어선 호로를 힘껏 껴안은 것은 그러고 난 직후였다.

이튿날 눈을 뜨고 한동안은 호로의 잠든 얼굴을 즐긴 뒤에, 부드럽게 깨워 빵에 치즈와 소시지를 끼운 것을 공손히 진상하고, 공주님이 침대에 걸터앉아 발을 까불리며 빵을 잡수시는 사이에 꼬리털 손질을 해 주었다.

귀찮은 일은 모조리 로렌스에게 떠맡기려 드는 호로지만, 꼬리 손질만큼은 기분이 좋을 때만 허락해 준다. 식사 후에는 입가에 묻은 빵부스러기를 떼어 주게 하는 것까지가 정해진 의식이다.

아침 햇살 속에서 호로는 만족스럽게 웃고는 로렌스의 뺨에 입을 맞췄다.

"두 분을 보면 마치 우리 집은 금실이 별로인 것처럼 느껴집니다."

대성당 부지에서 키우는 약초에 물을 주고 있던 엘사는 나란히 손을 잡고 숙소에서 나온 로렌스와 호로를 보더니 어이가 없다는 듯이 그런 소리를 했다.

"관록의 차이지."

호로가 당당히 가슴을 펴자 엘사도 웃는 수밖에 없나 보다.

"일은 어찌 되었습니까?"

"나쁘지 않은 금액인 듯합니다."

그러면서 로렌스는 호로가 데바우 상회에서 가져온 편지를 내밀었는데, 엘사는 한창 밭일을 하는 중이라 손이 새카맸다. 로렌스가 편지를 도로 거두자 약초밭을 돌아본다.

"편지는 밭에 물도 다 주었으니 아침밥을 먹으며 확인할까요? 아니면, 혹시 이미 드셨습니까?"

"아, 그럼…."

"음, 좋은 생각이야."

로렌스의 대답을 가로막듯 호로가 그러자, 엘사는 대충 눈치를 챈 모양이다.

"안 먹었다고 거짓말하지 않은 점만은 칭찬해 드리지요."

나무통의 물로 손을 씻은 엘사는 익숙한 몸짓으로 허리띠에서 수건을 꺼내 닦고는 물은 버리고 농기구를 모아 옆구리에 끼었다.

　"손님에 대한 환대는 신께서도 장려하시는 일이니까요."

　그러자 호로는 꼬리를 크게 저었고, 로렌스는 엘사의 짐을 조금 나눠 들었다.

　데운 산양유와 함께 엘사가 내놓은 것은, 로렌스가 전해서 지금은 엘사네 고향의 명물이 된, 딱딱하게 구운 빵의 일종인 '쿠키'였다.

　"음, 식감이 아주 좋은데."

　와삭와삭 호로가 소리를 내며 쿠키를 먹고 있다. 부드럽게 사각거리는 것도 인기지만 요즘엔 딱딱한 것도 인기라고 한다. 엘사가 일부러 딱딱한 쿠키를 내놓은 것은 개가 뼈다귀를 씹는 것을 호로에게서 연상한 것일까, 그런 추측을 하면서 로렌스는 산양유에 찍어 가며 먹었다. 버터와 소금, 달걀, 그리고 사치스럽게도 설탕까지 넣은, 검소 절약을 노래하는 엘사 치고는 상당히 후한 대접이라서 로렌스는 놀랐다.

　"힐데 씨라는 분은 두 분의 결혼식 때 뵌 분이지요?"

　엘사는 힐데가 자기 앞으로 보낸 편지를 열며 물었다.

성대한 결혼식이었다. 로렌스와 호로가 지나온 여정에서 만난 이들은 대부분 와 주었다.

"그렇습니다. 토끼의 화신이신."

엘사는 고개를 끄덕이고는 딱딱한 쿠키를 즐겁게 먹고 있는 호로에게 눈길을 돌렸다.

"정말로 힐데 씨를 협박하신 것은 아닙니까?"

호로가 귀를 쫑긋 세우고는 짜증 나는 눈빛으로 엘사를 본다.

"멍청이. 그런 짓을 왜 해? 뭐, 나의 위엄에 토끼가 알아서 겁을 먹었는지는 모르겠지만."

흐흥 하며 가슴을 펴는데, 힐데가 그럴 리가 만무하고 호로도 그건 잘 안다.

"하지만, 그 대신 산의 상황을 엄청 캐물었고, 천사의 문 이야기도 집요하게 물었어. 얼마나 말을 많이 해야 했는지, 목을 축이는 것도 일이었다고."

말을 한 만큼 술을 마시고 왔겠지만, 힐데 측은 산의 가치, 그리고 천사의 문의 가치를 잘 따져서 계산한 뒤 금액을 제시한 모양이다.

또한, 천사의 문은 연금술사가 기술을 완성해 낸 도구로, 태양광을 모아 불을 일으키는 금속제 거울이다. 글자를 확대하는 유리구슬이 때로는 불을 일으키기도 한다는 사실은 잘 알려져 있으나, 거대한 금속판을 정밀하게 다듬어, 그야말로 철을 정련해 낼 만큼 고온을 일으킬 수도 있다는 것은 로렌스도 상상하지 못한 일이다.

늑대도 거대하면 신이 되듯, 널리 알려진 일이라도 규모가 달라지면 뜻밖의 무언가로 탈바꿈하는 한 예이리라.

"그럼 이런저런 것을 정리한 결과라는 뜻이겠군요."

엘사는 교양과 신앙심을 겸비한 이상적인 성직자답게 조용히 고개를 끄덕였다.

"저도 금액 면에선 나쁘지 않다고 생각합니다. 목재 가격은 올라가기는 해도 좀처럼 떨어지는 일은 없으니 산의 가치는 한동안 변치 않을 겁니다."

"그럼 이제는 저희 쪽에서 타냐 씨의 신변을 보장하기만 하면 되는 건가요?"

데바우 상회에 산이 팔리더라도 실제로 그곳에서 일하는 사람들은 적잖은 지역민들이다.

그들은 사람이 아닌 이를 옛날이야기에나 등장하는 존재로 안다. 물론 다람쥐의 화신인 타냐의 정체를 밝힐 수는 없다. 타냐가 그들과 일을 원활히 해 나가기 위해서는 인간 세상에 적응할 대책도 세워야 한다.

그런 점에서 광활한 영지를 소유하고, 사람을 출생에서 무덤까지 관리하는 교회가 나선다면 마을 사람의 신분을 새롭게 꾸며 내는 것쯤은 일도 아니다.

"제대로 잘되면 좋겠네요."

엘사는 편지를 내려놓은 후 로렌스를 보더니 한숨 돌린 듯이 미소 지었다. 엄격하나 다정함도 어우러진 그런 웃음이었다. 어릴 적 엘사는 엄격함만 내세웠는데, 나이를 아주 제대로 먹은 모양이었다.

"그런데, 이제부터가 좀 귀찮은데."

그 순간 끼어든 것은, 나무 그릇에 남은 마지막 쿠키를 집으려던 로렌스를 이를 드러내며 위협한 호로였다.

"귀찮다니? 무엇이 말인가요?"

마지막 쿠키를 먹고 만족한 호로가 손가락을 할짝 핥으며 대답한다.

"이제부터 또 그 편지의 답장을 가지고 북으로 올라가야 하잖아. 게다가 거기에 쓰여 있는 건 상당한 금액이고. 나도 이 멍청이와 여행을 해 와서 그 정도 화폐면 어느 정도의 양인지 대충 상상이 가. 그걸 그렇게 멀리에서 여기로 가져와야 한다면, 누가 그 일을 맡을 것이냐가 문제잖아."

그러면서 호로가 진저리를 내듯 의자 등받이에 털썩 기댄다.

엘사는 눈을 깜빡이고는 로렌스를 보았다.

두 사람이 시선을 주고받는 것을 알아채고는 호로가 로렌스와 엘사를 빤히 본다.

"뭐야, 그 표정들은?"

엘사는 다소 난감한 표정을 지은 후, 로렌스에게 맡긴다는 투로 양피지 한 장을 긴 탁자 위로 밀었다. 로렌스는 하는 수 없이 양피지를 받아 든 뒤 대답했다.

"네가 등에 산더미처럼 많은 화폐를 지고 움직일 필요는 없어."

그러자 호로는 한쪽 눈썹을 치켜세웠다.

"그럼 어쩔 건데? 짐마차를 줄지어 세워서 짐칸에 잔뜩 싣고 옮길 거야?"

"그럴 필요도 없고, 네가 답장을 들고 갈 필요도 없어. 힐데 씨가 우리를 신용했으니까."

"어? 뭐?"

"먼 곳에 있는, 한 번 본 적도 없는 산을 거금을 주고 사는 것인데도 주저 없이 돈을 지급했으니. 진짜 대상인의 귀감이야."

로렌스는 그러면서 엘사에게서 받아 든 양피지 한 장을 내보였다.

"뭐야, 이게?"

못마땅한 듯이 눈살을 찌푸리는 호로에게 로렌스는 설명했다.

"어음 증서야. 예전에 여행하면서 몇 번 본 적 있을 텐데."

"?"

"이것 한 장이 막대한 양의 화폐를 대신하지."

호로는 눈이 조금 커졌다가 마뜩잖은 눈초리로 어음 증서를 보았다.

"…당신네가 쓰는 마법이야?"

"엘사 씨 앞에서 마법 얘기를 하긴 좀 그런데."

그런 농담에 엘사는 물론 일일이 대꾸하지 않는다. 우아하게 산양유를 마시고 있을 뿐.

"현금을 옮기는 건 네가 말한 대로 너무 힘들고 위험하기도 해. 대신 이 양피지 조각에 힐데 씨가 서명해서 가치를 보증해 줌으로써 우리가 이걸 적합한 큰 상회에 들고 가면 거기에서 적힌 금액대로 받을 수 있지. 대단하지?"

상인끼리의 신용으로 이어져 있는 것이다. 멀리 떨어진 상회 끼리, 취급하는 장사에 따라 이어진 그물망에 신용이라는 돈이 유통된다. 단순한 양피지 조각이 번쩍번쩍한 금화를 대신하는 것이다.

집에 산더미처럼 많은 금화를 쌓아 놓는 구두쇠가 사람을 믿지 않는 추악한 인물로 그려지는 것은 그래서다.

신용을 이용하면 굳이 금화를 쌓아 놓을 일이 없으니.

"그리고 마법보다 더 대단한 건 힐데 씨의 상인으로서의 배포야. 이만한 신용을 쉽게 보장해 내다니."

데바우 상회는 북방 지역을 사실상 지배하는 대상회로, 독자적인 화폐까지 발행하고 있다.

그런 힐데와 알게 된 행운에 로렌스는 자랑스러움마저 느낀다.

그러나 늑대인 호로는 로렌스가 토끼인 힐데를 칭찬하는 게 마음에 들지 않는지 다소 못마땅한 표정을 짓고 있다.

"그러니까, 안됐지만 데바우 상회에서 술을 실컷 마실 구실은 사라졌어."

로렌스의 한마디에 호로는 울컥하며 귀와 꼬리를 곤두세웠다.

"멍청이!"

그러면서 아쉬운 표정을 짓는 걸 보니 기대한 건 사실이었나 보다.

하여간에 대단한 식탐이라고 웃으며 로렌스는 이렇게 말했다.

"화내지 마. 진정하고. 어쨌든 일은 잘 마무리됐으니 이제 슬슬 이곳과 작별하고 다음 도시로 가야겠지?"

긴 탁자 밑에서 로렌스의 발을 꾹 밟고 있던 호로가 로렌스를 미심쩍은 눈으로 본다.

"산 너머에 선 큰 장에 가 보지 않을래? 애들 일이 걱정되지만… 여기까지 와서 그 큰 시장을 안 보고 지나가는 것도 좀 그렇잖아."

호로가 늑대 귀를 두 번쯤 기민하게 쫑긋대더니 로렌스의 발등에서 발을 치우고는 생글생글 웃는다.

하여간에 타산적이라며 로렌스가 기막혀하고 있자 엘사가 말문을 열었다.

"그럼, 한 가지 부탁드릴 게 있습니다만."

힐데의 편지를 곱게 접더니 늘 차분한 엘사가 이렇게 말했다.

"저도 데려가 주실 수 있으신지요?"

로렌스가 그 말을 뜻밖으로 여긴 것은 엘사가 성당을 지키는 책임을 맡고 있고, 큰 시장에 가서 장 보는 것을 즐기는 성격은 아니기 때문이었다.

그러자 엘사는 한숨을 쉬고는 이라도 아픈 것처럼 오른쪽 뺨에 손을 얹었다.

"실은, 이 성당과 마을 사람들이 시장에서 문제에 휘말린 듯합니다. 도움을 청하는 편지가 그제 도착했는데, 이걸 어찌해야 할까 생각하던 차에… 이 또한 신의 뜻이겠지요. 두 분이 함께 가 주시면 마음이 든든할 테니까요."

짐짓 성직자다운 말투로 말한 뒤 로렌스와 호로를 바라본다.

엘사가 성직자로도 우수한 이유는 듣는 이로 하여금 절로 의무감이 들게 하기 때문이다.

엘사는 자신의 역할을 잘 분별하고 있다.

로렌스에게는 그런 명쾌함이 기분 좋은 것이어서, 웃음으로 대답했다.

"힘닿는 대로 돕겠습니다."

엘사는 그런 대답을 들을 거라 확신하고 지금 이 자리에서 이야기를 꺼냈을 터.

호로는 귀찮다는 표정을 지어 보였으나, 로렌스의 대답에 토를 달지는 않았다.

그 호로도 탁자에 놓인 바삭바삭 달달한 쿠키가 이 일을 부탁하는 복선이었음을 이해한 모양이다. 마지막 하나까지 먹어 치웠으니 뭐라 하지 못한다.

"고맙습니다. 신의 가호가 함께하시길."

신의 가호가 없어도 씩씩하게 잘 살아갈 것 같은 엘사의 말이었다.

엘사가 설명한 것은 큰 시장에서는 흔히 일어날 법한 이야기였다.

바런 주교령에 사는 이들은 가을에 수확한 것을 시장에 내다 판 대금으로 겨울을 날 물자를 구매한다. 오랜 세월 그렇게 살아온 모양인데, 매년 거래를 대행해 주던 상회가 어려움에 부닥쳤다고 한다.

이대로 상회가 파산하면 수확한 물건을 판 대금도 회수할 수 없고, 겨울을 날 물자도 구매하지 못한다. 그렇게 되면 비축한 게 없는 가난한 집에서는 심각한 문제가 일어날 수도 있다. 그러니 즉시 성당의 재산 목록을 가지고 와 달라는 이야기였다.

그리고 엘사가 지극히 엘사다운 점은, 이런 사태 앞에서 당황하지 않았거니와 로렌스에게 문제를 떠맡기지도 않았다는 것이다.

"상처 입은 짐승을 구할 것인지, 아니면 모른 척하고 자기네가 살아남을 길을 모색할 것인지. 그 멍청이도 꽤 머리를 쓸 줄 아네."

숙소 방에서 짐을 꾸리고 있자 호로가 감탄한 듯이 말했다.

엘사가 로렌스에게 한 상담은 '이걸 대체 어떻게 하면 좋을까요?'가 아니었다.

지금 손에는 산을 판 대금인 어음 증서가 들려 있다. 그게 있으면 상회의 자금 회전을 도와 그들을 궁지에서 구해 낼 수 있을지도 모른다. 하지만 과연 그럴 수 있을지는 미지수이고, 산을 매각한 대금을 전부 쏟아부었는데도 끝내 구하지 못할 수도 있다.

그런 한편, 상회를 저버리고 주민들을 위해 어음 증서를 쓰면 향후 몇 년 분의 물자는 사들일 수 있을 것이다.

그러나 상회와 주교령 주민들을 모두 구해 내는 것은 신이 아니고서는 불가능할 것이다.

엘사는 자비심 깊은 구제의 손길을 여기저기 내밀 수도, 그럴 여력도 없다는 걸 잘 알고 있다.

그런 점에서 판단은 자신이 할 테니 로렌스는 상회의 상황을 살펴봐 주었으면 한다고 부탁했다.

길게 보자면 이참에 상회를 도와서 생색을 내어 두는 것이 주민들을 위해서도 좋을 것이고, 확실성을 우선하자면 주민들을 위해 써야 할 것이다. 엘사는 매사를 현실적으로 생각하고, 현실적인 정보를 얻고 싶어 하고 있다. 자기 반려를 부려 먹는다고 호로가 화를 낼 줄 알았는데, 오히려 엘사의 그런 사고방식이 마음에 든 눈치다.

호로도 옛날에는 신으로 숭배받으면서 비슷한 선택을 해야 했던 적이 몇 번이나 있었을 테니.

"하지만 상회 문제는 이야기를 들은 바로는 뭔가 거래를 잘못했다기보다 다른 게 이유일 거야."

로렌스는 짐을 정리하며 일기 다발을 호로에게 내밀었다. 빵보다 무거운 것을 들기 싫어할 것 같은 호로이지만 일기만큼은 별도다. 얌전히 받아 든다.

"장사에 실패하는 것 외에 망하게 되는 일도 있어?"

"상회가 어쩔 수 없이 가게 문을 닫는 데는 여러 이유가 있지."

"호오."

호로는 짐 꾸리는 일을 도와줄 마음은 눈곱만큼도 없는지 침대 위에 편하게 앉아 일기를 펼치고는 깃펜을 손에 쥔다. 재미있을 것 같은 이야기면 써 둬야지, 라고 생각한 것일 터.

로렌스는 새삼 뭐라 하는 일도 없이 뒷말을 이어 나간다.

"하나는, 단순히 손실이 쌓인 결과. 또 하나는, 내부의 불화로

장사를 계속할 수 없게 된 경우. 그다음은, 장사에 필요한 허가
증 같은 것을 회수당해 장사 자체를 아예 하지 못하게 된 경우."

호로는 깃펜으로 턱을 쓰다듬고 있다. 일기에 쓸 만큼 흥미롭
진 않은 모양이다.

"그리고 또 하나는, 돈벌이는 돼서 이익은 나는데도 파산하고
마는 경우."

호로의 귀와 꼬리가 쫑긋한다. 호기심이 자극됐는지.

"무슨 소리야? 벌었으면 망할 리가 없잖아."

"그럴 것 같지? 하지만 장사는 주어야 할 돈과 받아야 할 돈
에 시간 차이가 생기는 게 보통이야. 물건을 매입해야 해서 금
화가 필요한데, 물건을 판 대금은 다음 주에나 들어오게 된다
면 어느 시점에선 금고가 텅 비게 돼. 그렇게 금고가 비었을 때
거금을 내야 할 일이 겹치면 끝장인 거지."

로렌스는 그러면서 자루의 입구를 꽉 쥐었다. 숨이 끊어지게
하려는 듯.

"약속을 지키지 못하는 건 상인으로서는 치명적이지. 거기에
서 바로 끝인 거야."

호로는 앉은 채로 등을 웅크리고는 알쏭달쏭할 표정을 짓고
있다. 아직 이해가 되지 않나 보다.

"하지만 수익은 나고 있잖아? 이해가 안 되는데."

"장부상으로야 그렇지. 그러니까 이런 거야. 어느 상품을 팔

긴 했는데 아직 내 손에 들어오지는 않은 대금이 있어. 이런 걸 외상, 또는 채권이라 부르는데, 이렇게 '받아야 할 돈'을 전부 회수해야 '주어야 할 돈'을 지급할 수가 있는 거지. 여기까지는 이해돼?"

"그건… 음."

"어느 상회나 기본적으로 '주어야 할 돈'보다는 '받아야 할 돈'이 많아. 요컨대 수익을 내고 있기는 한 거지. 하지만, 좀 전에도 말했듯이 '받아야 할 돈'이 들어오는 시기와 '주어야 할 돈'이 나가는 시기가 차이가 있으니까 금고가 비지 않도록 조심해야 해. 상회 내의 모든 거래를 파악하고 있는 누군가가 주의 깊게 금고가 바닥나지 않게끔 관리해야 하는데, 돌발적인 사고나 거래상 차질은 언제든 일어날 수 있거든. 이러면 괜찮겠다 싶어 한 일이 변덕쟁이 공주님의 기분을 해친다거나 하면."

그러자 호로는 "뮤리 그 멍청이가 딱 그렇지." 하며 잘 안다는 투로 고개를 끄덕였다. 로렌스는 웃으면서 아무 지적 하지 않고 다음 말을 이었다.

"그리고 막상 위기가 닥쳤을 때 문제인 건, 옆에서는 그 상회가 '받아야 할 돈'과 '주어야 할 돈'이 정말로 균형을 잘 잡고 있는지 알 길이 없다는 거지. 장부에 쓰인 숫자는 결국엔 그저 숫자일 뿐이고, 거래 내용을 모조리 일일이 조사해 보는 건 현실적이지 않고."

"으음… 그건 그렇겠네. 그래서?"

호로가 흥미진진한 듯이 이야기를 들어 주자 로렌스도 마음이 기쁘다.

"상회가 계속 살아남으려면 주위에서 신용을 얻는 수밖에 없어. 우리는 돈을 벌고 있어요, 괜찮아요, 라고 주위에 증명하려면 매일매일 갚아야 할 돈만큼은 제대로 갚아야 해. 그러니까 금고에 돈이 없을 때 지불 기한이 다가오면 문제인 거야. 지불을 제때 못 하면 아무도 신용하지 않게 되니까. 저 상회는 위험한 게 아닌가 하여 물건을 안 주게 되고, 그러면 거래가 막히고, 점점 더 지불을 못 하게 되면 장사가 완전히 멎고 말지. 심장이 멎듯이."

로렌스는 의자 등받이에 걸려 있는 호로의 외투를 집어 본인에게 던졌다.

"요컨대, 공물을 받을 만큼 받았는데 아무 인사가 없는 공주님은 결국엔 상대하기 싫어질지도 모른다는 거지."

"뭐?!"

"물론 너는 언젠가는 보답하려고 생각하고 있다 해도, 그건 네 마음속 장부에 있는 거고. 칭찬받지 못하는 나는 마침내 마음이 파산하고 말아. 참으로 교훈적인 얘기지?"

그러면서 로렌스가 웃자, 호로는 어깨를 치켜세우고 입술을 삐죽이더니 송곳니를 내보였다.

"멍청이! 받아야 할 게 계속 쌓이고 있는 쪽은 오히려 나거든?!"

"암요, 그러시겠지요."

버럭 하는 호로를 가볍게 응대하며 로렌스는 짐을 짊어졌다.

"현실의 장사도 지금의 너랑 나 같은 거야. 설상가상, 관여하는 사람 수는 더 많지. 너랑 내가 각각 열 명씩 한 지붕 밑에서 같이 지내면서 이건 받아야 할 돈이네, 저건 주어야 할 돈이네, 옥신각신한다고 상상해 봐. 언젠가는 큰일이 벌어질 게 뻔하잖아?"

"……."

호로는 그 장면을 상상했는지 꼬리를 신경질적인 고양이처럼 불규칙하게 흔들기만 할 뿐 반론은 펴지 않았다. 달랑 두 사람도 저녁으로 먹을 육포가 하나 더 많네 적네 하면서 다투니까.

"뭐, 어떤 이유에서건 상회를 구해 낼 수 있으면 좋겠지만 과연 어찌 될지…. 엘사 씨도 그다지 희망을 품고 있진 않은 듯한데, 그 점에선 다행이지. 신심은 두텁고, 그러면서도 현실적인 게 엘사 씨의 훌륭한 점이지."

"흥."

그딴 건 어찌 되든 신경 안 쓴다는 투로 침대에서 내려온 호로가 외투를 걸치기에 로렌스는 가슴 앞의 끈을 묶어 준다. 호로는 고맙다는 인사 한마디 없이 새침한 표정인데, 꼬리는 좋아하는 기색이 역력하다. 로렌스는 호로의 이런 점에 약해서 매번 수고를 아끼지 않게 된다.

호로는 빚은 별로 안 갚아도 이자는 듬뿍 내주니까.

"그런데, 이번 건은 좀 이상한 점이 있는 것 같아."

나비 모양으로 묶인 끈을 만족스럽게 손가락으로 매만지고는 호로가 말했다.

"그 상회가 망하면 원래 그 상회가 갖고 있던 '받아야 할 돈'은, 그건 어떻게 돼? 연기처럼 사라져? 예를 들어, 주교령 사람들이 그 상회에서 받을 예정이던 대금은 대체 어디로 가는 건데?"

"과연 현랑 님."

그러면서 머리를 흐트러뜨리며 쓰다듬자 어린애 취급을 당했다며 송곳니를 내보이고 크르르 소리를 낸다.

"상회가 망해도 바로 '받아야 할 돈' '주어야 할 돈'이 사라지는 건 아니야. 상회 창고에는 돈 될 만한 것이 남아 있을 테고. 그러니까 사실은 이 주교령 주민들을 위해 금전을 확보하는 더나은 방법이 있긴 하지."

호로는 로렌스의 어조가 변한 것을 알아채고는 늑대 귀를 쫑긋 세웠다.

"가장 이기적으로 움직이자면, 도움의 손길을 내미는 대신에 파탄 직전인 상회로 몰려가서 마을 사람들이 매각한 대금을 최대한 회수해야 하는 거지. 너희가 어떻게 되든 그건 내 알 바 아니라고 밀어붙이면서. 그렇게 해서 혹시 전부 다 회수된다면 산을 매각한 자금은 건드리지 않아도 되는 데다 올해 수확분도 고스란히 남아. 최고지?"

그러면서 로렌스는 짐짓 상인답게 잔혹한 웃음을 지어 보였다.

"상회에 남은 재산이 별로 없을 때는 전원이 대금을 회수할 수가 없지. 그러니 빨리 움직이는 놈이 이기는 거야. 꾸물대다가는 남들이 다 빨아먹고 난 뼈다귀밖에 안 남으니까."

"…좀 무시무시한 얘기네."

로렌스에게서 손을 떼고 옆구리에 일기를 끌어안더니 호로는 로렌스를 새삼스럽게 올려다보았다.

그 눈에는 두려움과 비슷한 빛이 어려 있다. 사람이 숲속 짐승을 두려워하듯, 숲속 짐승도 사람이 두려울 때면 같은 눈빛을 한다.

"그래. 게다가 복잡한 건, 그 약해 빠진 양이 적절한 처치를 받고 나면 나중에는 건강해질지도 모른다는 거지."

호로의 눈이 동그래진다.

"혹시 건강해지면 양털도 깎고 젖도 얻어서 두고두고 이익을 얻을 수 있잖아? 그럼 그 양에게 돈을 빌려준 이들도 언젠가는 돈을 다 받을 수 있겠지. 요컨대, 사안을 길게 보자면 지금 바로 잡아먹는 게 반드시 이득은 아니란 거지."

어디서 들어 본 논리 같지 않아? 하며 로렌스가 짓궂게 웃자 호로는 얼굴을 찡그렸다.

"당신 돈주머니에서 은화를 조금씩만 나오게 해야 하지. 다음 장사 밑천까지 다 써 버리면 끝이니까."

호로가 떼를 쓸 때는 늘 그런 점까지 다 고려하고 쓰는 것이다.

"옳지, 참 잘 했습니다. 그리고 엘사 씨는 다친 양을 앞에 두고 어떻게 해야 할지 판단하려 하는 거지. 그런데 엘사 씨가 정말로 대단한 건 그게 아니야. 그 어떤 선택을 한다 해도 상회를 무사히 구해 내지 않고는 반드시 어딘가에서는 피를 보게 되거든. 상처가 남지."

호로는 로렌스를 물끄러미 보다가는 숲속 늑대가 사냥감의 움직임을 확인하는 듯한 눈빛을 했다.

그러더니 한숨을 짓는다

"그 멍청이는 우리한테만이 아니라 자기한테도 엄격하니까."

"그래. 이 건에 관해 뭔가 판단을 내려야 한다는 건, 솔직히 악역이지. 엘사 씨는 그런 역을 떠맡게 됐다는 걸 잘 알고 있고, 그런 게 타지에서 온 사람의 역할이라는 것도 알아. 그러니까 우리한테 일을 맡기기만 하는 게 아니라 본인도 함께 가겠다고 나선 거지."

호로의 작고 예쁘장한 콧등 위로 주름이 잡혔다.

"당신이 딱 좋아하는 얘기네!"

"마음을 단단히 먹고 악역을 맡으려 하는 인물이 있어. 도와주고 싶어질 만하지."

하여간에 착해 빠졌다며 눈으로 비난하면서도 호로는 로렌스의 손을 잡고는 힘을 꼭 준다.

매사 귀찮아하기는 해도 호로 역시 착해서 로렌스가 성가신 일에 목을 들이밀 때마다 결국엔 돕는다. 그런 한편, 로렌스가 다른 사람을 구하려고 나서면 같은 무리의 일원으로서 자부심도 느낀다. 하지만 역시 귀찮다. 무엇보다, 엘사는 여자다.

그런 심정이려나 하며 로렌스는 여전히 얼굴을 찌푸리고 있는 호로를 보았다.

"야, 기분 좀 풀어."

로렌스는 호로와 잡은 손을 그대로 들어 올려 손등으로 호로의 뺨을 쓰다듬었다.

호로는 약간 우울한 듯이 눈을 가늘게 응시했다.

"내 활약과 멋진 모습을 보여 줄 테니까."

그런 말을 덧붙이자 호로는 눈이 동그래졌다가는 어이가 없는 듯이 쓴웃음을 지었다.

"흥. 일이 잘 안 풀리는 당신을 격려하고, 실패하면 위로하는 내 노고도 좀 생각해 보라고!"

그러면서 꼬리털 끝으로 로렌스의 다리를 톡톡 친다.

이것은 현랑 님의 허락.

로렌스는 다시 한번 손등으로 호로의 **뺨**을 쓰다듬은 후 방을 나섰다.

엘사는 믿을 만한 마을 사람에게 성당을 맡기고 로렌스, 호로와 함께 큰 장이 열리는 도시로 향했다. 엘사는 말을 탈 줄 모르고, 산길은 짐마차로도 충분히 지날 수 있어 함께 짐마차를 타고 가게 되었다.

짐칸에는 뇨히라에서 싣고 온 유황 등의 짐이 쌓여 비좁기는 하지만 엘사 혼자라면 별문제 없을 것이다.

그렇게 생각했건만, 짐마차 분위기가 약간 묘했다.

정확하게는, 짐칸에 엘사와 함께 탄 호로의 태도가 이상했다.

둘의 성격이 정반대이기는 하나, 호로 쪽이 매사에 의식하는 것이다. 그래서인지 엘사만 짐칸에 타면 뒤가 걱정돼 마음이 안정되지 않고, 그렇다고 해서 엘사가 마부석에 로렌스와 나란히 앉는 것은 있을 수 없고, 엘사에게 고삐를 쥐게 하고 호로와 로렌스가 짐칸에 들어가 앉는 것은 더더욱 말이 안 된다.

결국에 호로는 엘사와 함께 짐칸에 탔다. 물론 즐겁게 대화를 나누는 것 같진 않다. 대각선으로 최대한 거리를 떼고 앉았는데, 엘사는 전혀 신경 쓰는 기색이 아니고, 호로는 꼬리를 부풀리고 있다.

아마도 엘사가 싫어서 저러는 게 아니라 짐마차 위는 자신의 구역이라는 의식이 앞서서다. 게다가 엘사는 호로에게 하찮은 상대가 아니니 되레 더 신경이 쓰이는 것일 테지.

로렌스는 자주 깜박하지만 원래 호로는 늑대이니.

그렇긴 해도 호로 본인이 영역 의식에 휘둘리고 있는 느낌이라 괜히 놀리는 건 관두기로 했다. 그랬다가는 진짜로 화를 낼 거라는 걸 로렌스는 오랜 경험에서 잘 알고 있다.

묘한 긴장감이 싸인 채 짐마차는 그 후로 한동안 산으로 들어가 가을에서 겨울로 변해 가는 길을 사박사박 낙엽 밟히는 소리를 즐기며 나아갔다.

도중에 점심을 먹기 위해 마차를 세우자 엘사가 식사를 하는 김에 이번에 가는 시장에 관해 설명해 주었다.

바런 주교령에서 동쪽으로 산을 넘어가면 평야에 살로니아라는 시가 있는데, 그곳의 큰 장은 봄과 가을, 1년에 두 번 열린다. 봄철 큰 장은 연못 속 물고기가 튀어 오르는 기세, 가을철 큰 장은 돼지가 숲에서 도토리를 파내는 듯한 야단법석이 있다고.

엘사는 그 말을 바런 주교령 사람에게서 들은 모양인데, 그 비유가 무척 마음에 드나 보다.

행상으로 생계를 꾸렸던 로렌스의 입장에선 그 야단법석의 즐거움도, 어려움도 다 알기에 모호한 웃음을 짓고 만다. 그뿐 아니라, 호로가 그런 큰 장에 갔다 하면 또 이것저것 사 달라고 졸라 댈 게 뻔하니까.

그런 생각을 하고 있다가 문득 정신을 차리니 호로의 모습이 보이지 않았다. 짐마차 위에서 괜히 혼자 씨름을 하느라 지쳤는지 식사 중에도 묘하게 얌전했는데. 혹시 삐친 건 아닌지.

찾으러 가 봐야 하려나 싶어 로렌스가 막 몸을 일으키는데 호로가 돌아왔다. 어디 갔었느냐고 묻자, 산길에서 조금 떨어져 있는 나무에 타냐 앞으로 편지를 붙여 놓고 왔단다.

대성당을 맡긴 마을 사람에게 전언을 남겨 두었다는 엘사의 말에 호로는 이렇게 대답했다.

타냐가 있는 산은 꽤 멀리 떨어져 있지만, 우리가 이 산을 통과한 것을 분명히 알아챌 것이다. 더욱이 타냐는 오래전에 떠난 연금술사 일행이 다시 돌아오기를 줄곧 혼자서 기다린 사연이 있다. 로렌스 일행이 산을 넘어 어디론가 간 것을 알면 몹시 당황할 것이라고.

웬일로 저런 생각을 다 했나 하다가 이내 깨달았다. 엘사를 의식해서인지, 호로는 로렌스에게서 평소보다 주먹 두 개만큼 떨어져서 낙엽 위에 무릎을 세우고 앉더니 턱을 받치고 몸을 웅크렸다. 어깨는 맞대지 않았으나 꼬리는 로렌스의 등을 감고.

아무 일도 아닌 게 아니다. 친하게 지내던 누군가가 멀리 가 버리는 것은 호로 자신이 제일 두려워하는 일이다.

나이를 먹지 않아 생김새는 딸인 뮤리와 똑같은데도 엄마와 딸의 모습엔 말로 표현할 수 없는 차이가 있다. 그 원인은 아마도 호로의 이런 내면이 스며 나오기 때문이리라.

로렌스가 호로의 어린애 같은 행동에 약한 것도 그게 다소 어두운 내면을 가리려는 일종의 연기라는 걸 알기 때문이다. 호로는 언젠가 음악이 멎으리란 걸 알면서도 함께 춤을 추자며 손을 내밀고 있다.

겉으로 보이는 순진함 밑에 무엇이 가려져 있는지 알기에 로렌스는 그냥 버려둘 수가 없다.

짐마차에 엘사를 어떻게 태워야 할지 고민하는 바보 같은 호로와 오랜 시간을 살아와 슬픔과 희망을 한 상자에 담아 두는 현랑 호로.

기꺼이 자신의 평생을 걸 만한 것이 거기엔 있다.

대충 점심 휴식을 끝내고 다시 짐마차를 몰고 나아가자 이윽고 산등성이 너머 멀리 커다란 시가지가 눈에 들어왔다. 내륙 물류의 요충지 중 하나인 살로니아.

"흐음. 바람결에 밀 냄새가 실려 오네."

호로가 눈을 가늘게 뜨며 송곳니를 내보인다. 대하기 껄끄러운 엘사가 자기 구역인 짐마차 위에 있는 것도 이젠 익숙해진 모양이다.

"산더미 같은 빵에 술. 최고지?"

과식을 나무라는 엘사의 잔소리 따윈 들은 척 만 척.

평소 호로의 모습에 로렌스는 웃으며 고삐를 다시 잡았다.

살로니아는 우러러봐야 할 만큼 시벽이 높다란 곳은 아니었으나, 시를 빙 둘러싸고 구덩이와 흙벽이 설치돼 있고, 중심부에는 교회의 종탑도 눈에 들어왔다. 낙낙하게 조성된 시가지 곳곳에 광장이 있는 것도 옛날에는 인근 농촌의 물물 교환소 역할을 한 잔재이리라. 지금은 산더미처럼 많은 농산물이 쌓여 떠들썩하게 거래가 이루어지고 있었다.

어느 광장에는 어느 상품이라는 식으로 정해져 있는지, 거래를 관리하는 차림새 좋은 상인도 눈에 띄고, 필시 반년이나 일 년 만에 재회하는 것일 상인들이 친근하게 말을 주고받는 모습도 보였다.

그런 노천 거래소가 자꾸 더 생겨나다가 결국엔 일 년에 두 번 큰 장이 서게 되었으리라.

"여기에서 거래되는 밀은 좀 별로네. 저쪽은 말 먹이용 귀리야. 흐음, 저쪽은 갓 볶은 보리. 발효되면 좋은 술이 되겠어!"

살로니아로 들어올 무렵에는 엘사가 짐마차에서 내리기도 해서 그런지 호로는 평소의 모습을 되찾았다. 코를 쿵쿵대고는 어린애처럼 로렌스의 옷소매를 잡아당기며 난리다.

"엘사 씨, 주교령 분들이 계신 숙소까지 길은 아십니까?"

이런 곳에선 중심에 있는 교회로 일단 가면 거기에서부터 어디로든 갈 수 있다. 우선은 짐마차 방향을 그쪽으로 잡기는 했는데, 로렌스의 물음에 엘사는 단호히 고개를 저었다.

"모릅니다. 저도 이곳에는 처음 와 보니까요. 사람들에게 길을 물어보지요."

말이 떨어지기가 무섭게 지나가는 사람을 붙잡고 물어보려 했으나, 이놈이고 저놈이고 바쁜 듯이 뿌리치고 가 버린다.

심지어 다섯 번째로 붙잡은 상인인 듯한 행인은 엘사를 보자 놀란 눈을 하고는 종종걸음으로 내빼기까지 했다.

"…저분에게 신의 가호가 함께하시길."

엘사는 그렇게 말을 하긴 했으나, 다소 동요한 것 같기도 하다.

"너는 얼굴이 무섭게 보이거든. 설교를 듣게 될 줄 알았겠지."

호로가 묘하게 즐거운 듯이 그런 말을 하기에 로렌스는 머리를 쿡 찔러 두었다.

"이 시기에는 다들 바빠서 그렇겠죠."

엘사는 모호하게 고개를 끄덕이면서도 뺨에 가만히 손을 얹었다. 얼굴이 무섭게 보인다는 말에 의외로 신경이 쓰이는지.

로렌스는 다시 호로의 머리를 쿡 찌르고는 지나가는 아이를 마부석 위에서 불러 세웠다. 도제로 보이는 아이가 바쁘네 어쩌네 소리를 하기에 동화를 쥐여 주자 마지못해 가르쳐 주었다.

그리고 아이 역시 엘사를 힐끔거리며 신경 쓰고 있었다.

"여성 성직자가 귀해서 그런지도 모르죠."

로렌스는 말은 그렇게 했지만, 행인들의 반응이 그래서 그런 것만은 아니라는 걸 느끼고 있었다. 여행객이 모이는 큰 장이니만큼 좀 별난 사람들도 많다.

대체 왜들 저러나 하면서도 일단은 이곳에 체류하고 있는 이들과 서둘러 합류하기로 했다.

로렌스 일행이 도제 아이에게 전해 들은 여관으로 가자, 1층 술집에는 사람들이 넘쳐 나고, 적잖은 이들이 한쪽 손에 술을 든 채 여관 앞 바닥에 앉아 있었다. 껄렁해 보이기는 해도 건달패가 아니라 거래할 차례를 기다리고 있는 상인들이리라. 성직자 차림을 한 엘사를 보자 입을 딱 다물고는 손에 든 술을 등 뒤로 숨기는 이도 있다.

대낮부터 술을 마시는 것을 성직자가 봤다가는 잔소리를 들을 테니 그런 반응은 이해가 간다. 목을 움츠리며 몸을 웅크리는 그들에게 엘사는 나직한 한숨과 함께 "너무 많이 드시진 마십시오."라고만 하고는 못 본 체했다.

그러나 엘사를 본 이들의 반응이 너무도 이상하다. 술집 안도

별안간 조용해지더니 헛기침 소리 하나 내기도 주저될 만큼 무거운 침묵이 인다.

호로와 로렌스는 여관 앞에 세운 짐마차 위에서 그 모습을 보고는 서로 얼굴을 마주했다.

"엘사 씨 얼굴이 무섭게 보인다는 거, 농담 맞지?"

"…멍청이."

그 농담을 한 호로 자신도 영문을 모르겠다는 느낌이다.

여관 뒤편으로 돌아가 짐마차를 맡긴 뒤 안으로 들어가자 상인들은 목소리를 낮춘 채 소곤소곤 뭔가 말을 나누고, 엘사는 그 제일 안쪽에서 여러 사람에게 에워싸여 있었다.

"엘사 씨."

하고 부르자 엘사를 둘러싼 이들이 일제히 돌아본다.

평상복을 입은 성직자로 보이는 남자가 셋. 차림은 나름대로 괜찮으나 세련됨이 없는 것을 보니 영지의 마을 대표로 왔을 사람이 둘 정도. 나이는 하나같이 로렌스보다 열 살에서 스무 살은 위인 듯하다.

"이쪽 분이?"

"예. 저의 오랜 지인인 로렌스 씨와 호로 씨입니다."

"처음 뵙겠습니다."

하며 로렌스가 손을 내밀자 다들 약간 경계하며 맞잡는다. 한 사람은 마을의 본당 사제라며 이름을 댔다. 온천장에서 단골들만 상대해 잊고 있었는데, 예전에는 어딜 가나 대개 이런 느낌이었다.

"일단 방으로 올라가시지요."

위층에 있는 방으로 가자 짐 지키는 담당인 듯한 젊은 마을 사람 둘이 방 앞 복도에 앉아 카드놀이를 하고 있었다. 허둥지둥 카드를 치우더니 하나로 연결된 널찍한 방으로 안내했다.

"분위기가 그다지 좋지는 않군요."

엘사의 한마디에 나이가 한참 위인 이들이 너나 할 것 없이 면목 없다는 듯 낯빛을 흐린다.

"마을 사람 몇 명을 라우드 상회에 보냈습니다만 상황이 그렇게 좋다고는 할 수 없는…."

"이곳도 전체적으로 떠들썩하기는 합니다만 표면적으로만 평화로울 뿐입니다. 엘사 님께서는 그 차림으로 들어오시면서 무슨 말을 듣지는 않으셨습니까?"

성직자로 보이는 사람이 엘사에게 경칭을 쓰는 것에 다소 놀랐다. 엘사는 곳곳에서 일을 부탁받다가 바런 주교령으로 오게 되었다고 했으니 어딘가에서 고위급 인물과 알게 되었으리라. 교회 내에는 독특한 상하 관계가 있다. 엘사가 성직자로서의 등급은 임시 사제라 해도 교회 내에서 꽤 이름이 나 있는지도 모른다.

"딱히 별다른 점은 없었습니다만… 아니요, 그렇군요."

하며 엘사는 로렌스에게 눈짓을 했다. 로렌스는 엘사의 말을 받아 대답했다.

"다들 엘사 님의 성직자 복장을 보며 놀라는 기색이었습니다."

그러자 성직자로 보이는 사람이 대답했다.

"그랬지요? 며칠 전, 급기야 감옥에 갇히는 사람까지 생겼거든요."

"예?"

엘사뿐 아니라 로렌스도 놀랐다. 느긋이 창밖을 바라보고 있는 것은 호로뿐이다.

"게다가 성직자 차림을 경계하다니… 이단 심문관이었습니까?"

로렌스의 물음에 호로는 그제야 흥미가 생긴 듯했다. 사람이 아닌 이들에게 이단 심문관은 천적이니.

"아니요. 잡혀 들어간 것은 상인입니다. 저희도 잘 아는 사람이고, 성실하게 장사를 하는 분이었는데…."

"얼마 전부터 그렇게 되리라는 소문이 있긴 했지만, 지금은 그 바람에 이곳 사람들은 여차하면 무리에서 벗어난 늑대처럼 바짝 경계합니다."

그게 뭔 소리야? 하며 호로가 따지고 싶은 표정을 짓기에 등을 살며시 감싸 진정시킨 뒤 로렌스는 말문을 열었다.

"그럼, 잡혀간 이유는 뻔하군요."

그러면서 엘사를 보자, 신앙 문제에 정통하고 세상사도 잘 아는 여성 성직자는 이내 답을 내놓았다.

　"빚이 있었습니까?"

　빚을 갚지 못하는 것은 곧 상대의 신용을 배신하는 행위다.

　돈을 빌리고 갚지 않는 것은 신앙상 죄가 될 수 있다.

　"살로니아 시 자체는 이렇게 번창하고 있는데 다들 빚을 갚기에 급급합니다. 노상에서 수많은 사람이 술을 마시고 있는 것도 돈을 꾸어 간 놈이 도망칠까 봐 지키고 있는 거란 소문이 자자합니다."

　또는, 그런 소문이 그럴싸하게 들릴 만큼 수많은 이가 절박한 것인가.

　"우리가 맡긴 마을 상품도 진작 돈을 받아야 했을 것인데, 라우드 상회가 대금을 주지 않아요. 주교님과 촌장님, 그리고 이번 일을 돕는 사람들이 다섯 명쯤 상회로 가서 다그쳤지만 도통 좋은 답변이 나오지 않았습니다."

　"다른 마을 사람들도 같은 상황인지 서로 자기네가 먼저 돈을 받아야 한다면서 다투고 있다더군요."

　"마을에 얼마간 비축분이 있기는 하지만 이대로 가면 겨울에는 배를 곯게 될 겁니다. 엘사 님 쪽은 어찌 되었는지요? 성당에는 재산이 얼마나 남아 있던가요?"

　엘사는 주교령 재산을 정리하고 있었다.

그런 엘사가 표정 하나 변치 않고 품에서 어음 증서를 꺼낸다.

"저주받은 산을 데바우 상회에 매각하게 되었습니다."

"오오!"

"정말입니까?!"

전원이 흥분하는 가운데 엘사는 헛기침 하나로 일동을 진정시켰다.

"산의 비밀을 풀고 데바우 상회를 소개해 주신 분이 이쪽에 계신 로렌스 씨와 호로 씨이십니다."

엘사의 말에 그들은 조금 전에 보이던 경계심은 간곳없이 손을 아플 정도로 꽉 잡고, 열띤 포옹까지 청해 왔다.

"잘되었습니다! 그 돈이 있으면 겨울을 날 자재는 거뜬히 살 수 있겠지요! 아, 정말이지 눈앞이 캄캄했었는데, 이제 주교님과 촌장님도 마음이 놓이시겠습니다. 자, 어서 다들 오라고 해서 물건을 사러 갑시다."

정말 잘됐다, 이제 일은 해결됐다며 서로 안도하는 가운데, 엘사는 어음 증서를 도로 품에 넣고는 이렇게 말했다.

"아무래도 라우드 상회는 전해 들은 것보다 더 심한 곤경에 처한 모양이군요."

"예?"

당황하는 마을 사람들을 엘사는 싸늘하게 느껴지기까지 하는 눈으로 보았다.

호로는 그들을 번갈아 보고는 뭔 일이 벌어질 것 같은 분위기에 흥미진진해 한다.

"라우드 상회는 오랫동안 바런 주교령을 위해 애써 주셨던 듯한데… 설마하니, 산을 매각한 돈으로 우리만 살면 된다고 생각하는 건 아니시겠지요?"

주교령 사람들은 당황한 기색이 역력했다.

"하, 하지만 엘사 님. 섣불리 관여해 봐야 좋을 게 없잖습니까. 그 어음 증서로 라우드 상회를 도우시려는 것인지요? 우리한테 줄 돈도 못 주고 있는데요?"

"라우드 상회를 구할 방도가 있어서 돕게 되더라도, 그건 그들을 위해서 그러는 것만은 아닙니다."

"그게… 무슨 말씀이신지…."

엘사는 나직이 목을 가다듬었다.

"상회 측에서 대금을 받고 있지 못하다는 것은, 마을 사람들이 열심히 일해 수확한 것의 대가를 받지 못하고 있다는 뜻입니다. 그들을 도우면 수확의 대가도 돌아오겠지요. 그럴 수 있는데도 돕지 않고 저버린다는 것은, 주교령의 손해일 뿐 아니라 마을 사람들, 나아가 신의 어린양들의 노동에 대한 모욕 아닙니까? 손해를 본 구멍을 다른 수익으로 메우기만 하면 그것으로 되었다 하고 끝나는 겁니까? 여러분은 지금, 필사적으로 일한 이들의 노고를 업신여기고 있는 겁니다!"

엘사의 강철 같은 논리에 다들 어쩔 줄 몰라 했다. 그건 로렌스도 예외는 아니었다.

엘사가 라우드 상회를 돕고자 하는 뜻은 그간 신세를 졌기 때문이 아니다. 하물며 선심을 베풀어 두려는 것도 아니다. 주교령 사람들이 피땀 흘려 일한 노동의 대가를 지키기 위해서다.

그러나 돕기 위해 쓰는 비용이 마을의 수확 대금을 넘어설 수도 있지 않은가? 그러면 의미 없는 것 아닌가… 하는 생각이 로렌스도 바로 들었고, 주교령 사람들도 같은 생각이었으리라. 엘사가 현실을 제대로 보고 있지 못한 게 아니냐는 분위기가 감돌기 시작한 직후.

"장부를 전부 살펴보았습니다."

"……?"

엘사는 남자들을 노려보며 화살처럼 손끝으로 가리켰다.

"여러분은 근본적으로 금전을 다루는 법이 틀렸습니다! 낭비, 용도 불명, 계산 착오. 엉망진창입니다! 돈이 들어오고 나가는 것을 대체 어떻게 생각하고 계시는 겁니까?! 주교령이 풍족했던 시절은 그래도 됐을지 몰라도, 그렇더라도 신을 모시는 이들이 그런 태도로 일을 한다는 것은 용납되지 않습니다! 그런 여러분이 이럴 때만 눈앞의 이득에 급급합니까? 대체 무엇을 위해서요?!"

엘사의 질타에 그들은 몸을 잔뜩 웅크렸다.

바런 주교령이 금전적인 어려움을 겪게 된 것은 암염이 나지 않게 되고, 철광석이 고갈된 까닭만은 아닌 모양이다. 풍족했던 시절에 살던 대로 아무도 예산을 관리하지 않았고, 그런 태도는 대대로 이어져 대충 얼버무리며 살아온 것이다.

그리고, 엘사의 질타에 정신이 확 든 것은 로렌스도 마찬가지였다.

노동의 결과로 대가를 얻고, 그 대가로 살아간다. 그렇다면 손해보다는 이득이 크지 않고는 살아갈 수가 없는데, 엘사는 그 부분에서 '무엇을 위해?'라는 의문을 붙였다.

로렌스는 불현듯 정신이 들고 보니 호로를 보고 있었다.

자신도 돈을 버는 것 자체를 매우 좋아하는 것은 사실이지만, 거기에는 확고한 기준이 하나 더 있다. 이득 보는 쪽을 버리고 손해를 택하기도 하고, 살아가는 데 있어서 가치를 드높이는 행위.

엘사는 일류 성직자다.

로렌스는 솔직히 그렇게 생각했다.

"그러니, 이 어음 증서에 쉽게 의지하는 것은 용납할 수 없습니다! 여러분은 여기 계신 로렌스 씨께 가르침을 받아 지금 곧 라우드 상회의 상황을 조사하고 마땅히 취해야 할 조처를 취하세요! 모든 것은 마을 사람들의 노고에 보답하기 위해서, 그리고 신의 뜻을 받들기 위해서입니다!"

나이 차이도, 키 차이도 한참 나는 엘사에게 야단을 맞고는
다 큰 성인 남자들이 차렷 자세를 취한다. 엘사는 분명 고위 성
직자의 언질로 바런 주교령에 왔을 테지만, 저들이 엘사에게
고개를 들지 못하는 이유는 그것만은 아니다.

  "이상입니다! 신의 가호가 함께하시길!"

  엘사의 설교는 거기에서 끝이 나고, 혼쭐이 난 남자들은 쭈뼛
쭈뼛 로렌스의 앞으로 다가왔다.

  라우드 상회는 살로니아가 커지기 시작한 무렵 남쪽 지역에
서 올라온 일가족이 새로 장사를 시작해 일으킨 상회라고 한
다. 지금의 주인이 4대째로, 규모는 중간 정도이며 평판도 그
럭저럭.

  그만한 크기의 상회는 거의 그렇지만 기본적으로는 뭐든 다
취급하고 주된 상품은 포도주. 수요가 절대 끊이지 않는 주류
는 한정된 상회에만 취급 허가장이 발행되는 것이 일반적이다.
그런 점에서 라우드 상회는 그 지위도 나쁜 편은 아니라는 것
을 알 수 있었다.

  "이상한 투기에 손을 댔다거나 하는 일도 없는 것이지요?"

  방 앞에서 카드놀이를 하고 있던 마을 청년들이 내놓은 포도
주도 필시 라우드 상회가 취급하는 물품이리라. 약간 신맛이

나는 포도주를 홀짝이며 로렌스는 우선 그 점부터 물었다.

"저희도 혹시 장사를 하다가 실패한 것이 아닌지 의심했었습니다. 이곳은 보리와 농산물이 모이는 큰 시장이니… 도박 같은 거래가 많긴 합니다. 하지만, 다들 건너 건너 아는 사이입니다. 감추려 해도 감춰지지 않지요."

예컨대, 내년에 수확할 보리를 사고파는 선물 거래는 큰 돈벌이가 되는 대신에 큰 손해를 볼 수도 있다. 로렌스도 얼마 전 청어 알 거래로 쓴맛을 보았다.

"그럼 상회가 돈은 벌고 있는 듯하던가요?"

그렇게 묻자, 설명하던 성직자와 마을 사람이 얼굴을 마주했다.

"틀린 대답이라도 책망하지는 않을 겁니다."

엘사의 말에 비로소 안심한 듯 마을 사람이 입을 열었다.

"저희는 믿지 않지만… 라우드 상회 주인은 그렇다고 주장합니다."

그럴 수도 있다. 로렌스가 역시나 하며 고개를 끄덕이자, 장사꾼의 세계에 익숙하지 않은 이들은 그런 반응이 뜻밖이었나 보다.

"하, 하지만, 돈을 벌고 있다면 어째서 우리에게 줄 돈을 안 주고 있는 걸까요? 왜 경영이 어려움에 부닥쳐요? 앞뒤가 맞지 않는 것 같습니다."

나무창 앞에 진을 치고 앉아 거리를 내다보며 살랑거리는 가을바람 속에 술을 마시고 있는 호로를 곁눈질한 뒤, 로렌스는 주교령 사람들에게 호로에게 한 것과 똑같은 설명을 했다. 돈을 벌고 있는 상회라도 망할 수 있다는 것을. 장부상의 계산과 금고의 실제 내용이 달라 생기는 문제를.

설명을 듣고도 마을 사람들은 무슨 속임수 그림이라도 본 것 같은 표정들인데, 로렌스가 정작 신경 쓰이는 쪽은 곁다리로 나온 미묘한 이야기였다.

"라우드 상회에 가 보기 전에 확인하고 싶은 것이 있습니다만, 이곳 교회가 상인을 투옥했다는 이야기를 좀 더 들려주시겠습니까? 그 이유와 가능하면 분위기도요. 요는, 이곳 교회는 그런 일을 할 만한 곳인지, 아니면 여러분들이 생각하시기에도 뜻밖의 일이었는지."

바람결에 앞머리가 살랑살랑 날리는 것이 기분 좋은지 눈을 가늘게 뜨고 있던 호로는 술잔을 거꾸로 들어 빈 것을 확인하더니 비로소 방 안을 향해 자세를 틀었다.

호로의 귀는 사람의 거짓말을 분별할 수 있다.

엘사의 말은 믿을 수 있지만, 바런 주교령 사람들의 말까지 믿어도 될지는 알 수 없으니.

엘사가 미묘한 결단을 떠맡은 것처럼 외부인인 상인이 모양새 좋은 희생양이 되는 수도 있다. 뭔가 숨기는 것이 있거나 속이려는 게 있다면 그것은 좋지 않은 징조다.

섣불리 문제에 끼어들었다가는 내일은 로렌스 자신이 죄를 추궁당할 수도 있으니까.

그리고 어두운 숲속에서 벌어지는 싸움에서 호로의 눈과 귀를 속일 자는 아무도 없다.

"저, 저희가 아는 대로만 말씀드려도 된다면⋯."

호로와 로렌스의 시선에 압도됐는지, 바런 주교령 성당에서는 본당 사제직을 맡고 있다는 이가 설명하기 시작했다.

고리대금업은 지옥에서도 가장 밑바닥 지옥불로 떨어질 죄악이지만, 적절한 이자라면 용인된다. 그것과 마찬가지로 교회는 금전을 빌리고 빌려주는 것을 전면적으로 금지하고 있지는 않다.

불우한 이웃에게는 자신이 가진 것을 나눠 주는 게 최선인데, 예를 들면 나그네에게 하룻밤 이불을 빌려주는 것 또한 칭찬받을 일이고, 빌린 물건을 되돌려 줄 때 감사의 예를 표하는 것 또한 신앙에 적합한 행동이니까.

"그러니 적당한 빚은 신앙적으로 문제가 되지 않습니다. 이번 일은 이곳 상인들뿐 아니라 저희도 놀라서⋯."

"게다가 원래 이곳의 성당 참사회는 장사에 관대하다는 평가를 받아 왔기 때문에 더더욱 그렇습니다."

그 말투에 약간 날이 선 것은 신앙적으로는 결벽이 있을 엘사의 앞이라서인지. 장사에 열중하는 것을 성직자 동료에게 보이고 싶지 않다는….

그러나 정작 엘사는 별 흥미를 보이는 기색도 없이 가만히 이야기가 이어지기를 기다린다.

"장사에 관대한 것에는 무슨 이유라도 있습니까? 그… 예를 들면 기부가 많다든가."

로렌스가 에둘러 묻자 본당 사제도 다른 이들도 다소 주저하며 고개를 가로저었다.

"그렇지 않다, 는 건 아니지만… 적정한 수준이라고 생각합니다."

"그리고 이곳이 장사에 관대한 것은 역사적인 경위를 생각해 볼 때 자연스러운 일이 아니겠는지요."

그 말에는 호로와 엘사가 나란히 흥미를 보였다.

성직자들끼리 눈짓이 오가더니 결국 연장자인 본당 사제가 설명을 이어받았다.

"살로니아 성당의 기원은 이 일대가 아직 들판이었던 시절로 거슬러 올라갑니다. 주변 농촌에서 물물을 교환하거나 수확한 곡물을 상인에게 내다 팔기 위해 장이 서던 자리에 작은 예배당이 세워졌습니다. 거기에 곳곳에 포교하며 다니던 편력 사제가 눌러앉게 된 게 살로니아의 기원이라고 합니다."

로렌스의 경험이 맞다면, 누군가의 구역도 아닌 떠들썩한 곳에 눌러앉는 방랑 성직자는 끽해야 조금 튀는 자이거나 성직록 따위는 한 번도 받은 적이 없는, 그저 입만 산 자이거나.

"그 후에 오신 사제님의 노력도 있고 하여 부정기적인 시장에 찾아오는 상인들을 위한 여인숙이 세워지고, 사람들이 모여들면서 도시의 양상을 띠어 마침내 큰 장이 서게 되는 것에 발맞춰 정식 주교구가 되었습니다. 그러니 살로니아 교회의 역사는 상인과 함께 발전해 온 역사인 셈이지요."

"그렇다면 갑작스럽게 빚 문제로 상인을 체포한 건 작금의 시류 때문입니까?"

로렌스가 그렇게 질문하자, 호로가 약간 몸을 움츠린다.

지금 세상은 신앙의 형태를 두고 크게 요동치고 있다. 대개는 방만했던 교회 측의 자업자득이지만, 거대한 소용돌이를 일으키고 있는 중심에 다름 아닌 외동딸 뮤리와 콜이 있기에 로렌스와 호로에게도 남의 일이 아니다. 자신들 슬하에 있던 아이들이 세상에 나가 큰 영향을 주고 있다는 게 자랑스럽기도 하고, 한편으로는 두렵기도 하다. 게다가 오랫동안 창고에 방치돼 있던 커다란 나무 상자를 옮기면 알게 되듯, 무언가가 움직이면 엄청난 먼지가 일게 마련이다.

콜과 뮤리의 모험은 영향력이 대단한데, 그게 꼭 좋은 일만

일으키고 있지는 않다는 건 잘 알고 있다. 로렌스가 이렇게 멀리 엘사가 있는 바런 주교령까지 온 것도 원래는 그런 문제가 원인이었으니까.

아무튼, 설마 그 유명한 교회 개혁의 기수가 로렌스에게는 자식이나 다름없는 인물이라는 것은 까맣게 모른 채 본당 사제는 무겁게 고개를 끄덕였다.

"바로 그겁니다…. 여명의 추기경님이 잘못을 한 건 아닙니다만…."

성당에서 일하는 성직자의 한 사람으로서 무거운 한숨을 짓는다. 방약무인하게 보이지만 의외로 주변의 시선을 의식하는 호로는 그들의 난감한 표정에 고양이처럼 눈을 피했다.

"저희 주교령에도 대교구에서 통지가 왔습니다. 재산을 정리해 신의 뜻에 부합하라고. 그러려고 저희는 엘사 님의 도움을 받고 있는 겁니다. 그리고… 사제님까지 나서서 저희가 이렇게 줄지어 여기 와 있는 것도 실은 이 문제에 관련해 전부터 불온한 소문을 들었기 때문입니다."

"불온한 소문?"

로렌스가 되묻자 엘사가 말문을 열었다.

"거래가 활발한 시장이 서는 도시의 교회며 성당에 악덕의 온상이 될 만한 거래는 없애도록 하라는 특별 지시가 내려졌습니다. 로렌스 씨도 이미 겪으신 바가 있지 않습니까?"

아티프에서 청어 알 거래를 둘러싸고 벌어진 소동은 엘사에게도 이미 말했다.

로렌스는 "으으음." 하고 신음했다.

"그렇다면, 보리 같은 농산물의 선물 거래도 도박으로 간주해 금지할지 모른다는 얘기가?"

"그렇습니다. 저희도 겨울을 나기 위해 다양한 물자를 사는데, 가게에 늘어서 있는 물건만 살 수는 없습니다. 앞으로 수확될 보리, 기름, 고기를 예약하는 게 일반적이지요. 그것이 때로는 도박처럼 보이기도 하고요."

장사 수법은 대부분 필요에 따라 생겨나게 마련이다. 로렌스도 적극적으로 고개를 끄덕였다.

"만에 하나 선물 거래가 정지되면 대혼란이 벌어지겠지요. 그러하니, 그리 되기 전에 혹시 몰라 이곳에 와 봤더니 또 다른 문제가 벌어져 있더라?"

"예. 장사를 금지하면 대혼란이 벌어질 것은 불을 보듯 뻔합니다. 이곳의 주교님도 그건 알고 계십니다. 하지만 아무 조처도 안 취하고 있다가는 악덕한 일을 거드는 것처럼 비칠 테고요."

"그래서 살로니아의 주교님께서 계책 하나를 마련하셨는데… 놀랍게도 오히려 장사가 잘되라는 뜻에서 상인을 투옥하신 것이라고."

뜻밖의 한마디였다.

"잘되라는 뜻에서 상인을 체포했다는 겁니까?"

"예. 지금 이곳은 여기나 저기나 할 것 없이 빚 때문에 꼼짝 못 하고 있습니다. 장사는 저토록 잘되고 있는데 참 이상한 이 야기지요. 그러니 속을 태우시던 주교님이 신의 위엄을 빌려 장사가 원활히 돌아가도록 파문을 일으키신 겁니다."

다들 빚을 돌려받지 못해 고통받고 있는 것은 아무도 빌려 간 돈을 갚지 않기 때문이다. 그러니 빚을 갚지 않는 것은 죄악 이라는 것을 명확히 해서 빚을 잘 갚게끔 유도하려 했다.

논리적으로는 이해 못 할 바도 아니나, 로렌스는 떨떠름한 표 정을 짓지 않을 수 없었다.

"결과는 정반대로 나타나지 않았습니까?"

본당 사제와 마을 사람들을 얼굴을 마주하고는 마치 자기네 들이 잘못한 것처럼 고개를 숙였다.

"그랬습니다. 이대로 가다가는 우리도 투옥되는 게 아닌지 다들 겁을 내면서 점점 더 금고에서 금화를 꺼내지 않게 되고, 한편으로는 빚 독촉도 더 심해졌습니다. 주요 상회의 주인들이 머리를 맞대고 의논한 결과 어떻게든 거래가 중지되지 않도록 애쓰는 상황이라고 합니다. 하지만 은화 한 냥이라도 남에게 더 내어주지 않으려고 분위기가 험악하다지요."

얽히고설킨 실의 양 끄트머리를 아무 생각 없이 당기면 어찌 될까.

그나마 있던 여유마저 없어져 점점 더 꽉 묶이고 만다.

"대체 일이 왜 이렇게 된 것인지."

본당 사제가 난감한 듯 말했다.

"바깥은 저렇게나 장사가 잘돼 떠들썩한데."

열린 나무창 너머로 활기에 찬 시가지의 모습이 잘 보였다.

네거리에서는 장사가 활발하고, 여관도 술집도 사람들로 넘쳐난다.

"저희 사이에서는 이곳에 혹시 악마가 숨어 있는 게 아닌가 하는 소문까지 있습니다."

본당 사제의 곁에 있던 남자가 힘없이 그런 소리를 하자 엘사는 한쪽 눈썹을 치켜세웠고, 본당 사제는 남자의 말에 흠칫했다.

이 번화한 살로니아가 알 수 없는 이유로 삐걱거리는 것은 시장을 찾는 인파 속에 악마가 숨어들어 몰래 문제를 일으키고 있어서다.

그럴싸한 발상인데, 엘사의 눈빛은 뜻밖에 단호했다.

"그 이야기는 어디까지가 진심이십니까?"

엘사의 물음에 본당 사제가 당황하여 말문을 연다.

"살로니아 주교님을 포함해 다들 올바른 신심 속에 살고 계십니다. 뜬금없는 소문이지… 결코 악마 같은 존재는…."

저들이 당황하는 것은 교회 내에 고귀한 자와 연줄이 있는 듯한 엘사를 통해 이단 심문관이 불려 올지도 모른다 싶어서이리

라. 그렇게 되면 살로니아와 인접해 거래해 온 바런 주교령에도 불똥이 튈 게 눈에 선하다. 설상가상 현장에 와 있으니 무사할 리 없고.

그러나 엘사가 반응을 보인 것은 순수한 신앙심에서라기보다는 호로를 염두에 두었기 때문인 듯했다. 호로처럼 사람이 아닌 자가 섞여 있어 뭔가 불가사의한 힘을 발휘하고 있는 것은 아닌지.

엘사의 시선을 받은 호로는 '바보 멍청이!'라는 투로 입술을 삐죽이고는 고개를 홱 돌렸다.

로렌스는 사람들이 이런저런 말을 주고받는 것을 보며 천천히 숨을 들이마셨다가 크게 내쉬었다.

이 자리에서 얻을 만한 정보는 이제 다 얻은 듯하고, 대충 상황도 파악했다.

"어디 그럼, 그 악마를 잡으러 가 볼까요?"

모름지기 장사는 걸음을 내디뎌야 하는 일.

모두의 시선이 로렌스에게 쏠렸다.

수도복은 지나치게 시선을 끌 것이기에 평상복으로 갈아입은 엘사를 중심으로 로렌스 일행은 라우드 상회로 향했다. 네거리에서는 수많은 농작물이 거래되고 있고, 음식을 파는 노점들이

촘촘히 늘어선 가운데 거리 공연을 하는 앞에는 사람들이 구름처럼 몰려 있다.

언뜻 보기에는 1년에 두 차례 서는 큰 장이 평화롭게 번창하고 있는 듯한데, 그 이면에서는 크게 시달리고 있다면 악마의 존재를 의심할 만도 하다.

"저기, 당신은 뭔가 짐작 가는 게 있어?"

엘사와 본당 사제 일행이 앞장서 걸어가고, 로렌스와 호로는 그 뒤를 따라가는 모양새였다.

시내의 떠들썩한 모습에 흥미를 보이면서 호로가 목소리를 낮추며 물었다.

"악마가 있는지 없는지?"

엘사의 시선을 떠올렸는지 호로는 조금 언짢은 표정이 된다.

"저 멍청이는 나 같은 종류가 아닌지 의심하는 듯한데."

"역병을 두고도 종종 그런 소리를 하니까. 사람들은 그런 걸 좋아해. 어떤 곳에서는 역병에 이름을 붙이고 인형을 만들어서 매년 낭떠러지에서 떨어뜨리기도 할 정도고. 너도 그런 축제 하나둘쯤은 알잖아?"

행상인 출신인 로렌스는 신의 기적이나 악마의 존재를 믿지 않는 건 아니다. 종종 악마 역을 떠맡게 되기도 하는 타지인의 경험에서 말하자면, 그런 종류의 이야기는 좀 싸늘한 시선으로 보게 된다.

"그러니까 우리는 괜한 누명을 쓰고 낭떠러지에서 떠밀리지 않도록 조심해야 하는 건데…."

호로도 그 부분에 관해서는 잘 알고 있다. 신으로 떠받들다가도 자기네 사정에 따라 헐뜯고 멀리하고 쫓아낸다.

"그런 한편, 엘사 씨는 어음 증서라는 강력한 은 방망이를 갖고 있으니까. 정말로 악한이 있다면 그걸로 물리칠 수 있을지도 몰라."

그러자 호로는 다소 놀란 듯이 눈이 동그래졌다.

"토끼가 그 정도로 굉장한 걸 준 거였어?"

"굉장한 것…이라고나 할까, 그냥 단순히 금액이 굉장한 거지. 그저 야산이 아니라 생산성이 뛰어난 산이니까 당연한 얘기지만, 저 어음 증서에 쓰여 있는 것은 말 그대로 산더미 같은 금액이야. 금전적인 문제라면 저 양피지 한 장으로 왕후 귀족급과도 다툴 수 있지."

그런 금액과는 인연이 없는 로렌스로서는 전설의 검을 목격한 어린애처럼 가슴이 두근두근하다. 데바우 상회의 힐데는 자신의 판단 하나로 그 정도 금액을 움직일 수 있다는 것 또한 영웅담 속 영웅의 활약을 보는 것 같아 가슴이 설렌다.

"그럼 당신은 악당이 누군지 찾아낼 수 있어?"

들떠 있는 로렌스에게 호로는 싸늘히 그렇게 물었다.

여관에서는 로렌스가 호로의 게으름과 음주를 나무라고 뒤치다꺼리를 하는 쪽이지만, 가혹한 세상으로 나오면 늘 신중히 행동하는 것은 호로 쪽이다.

놀러 나온 거 아니라며 야단치는 눈초리에 로렌스는 자세를 바로 하고 대답했다.

"장사의 재미있는 점은 모든 것이 반드시 거래의 실로 연결돼 있다는 거야. 라우드 상회에서부터 거래 기록을 더듬어 올라가면 그 끝에 악마가 있을지 없을지 알게 되지. 단순한 논리야."

"흐응…? 하지만 당신네는 비밀 좋아하잖아? 그럼 이곳 놈들이 이미 확인하지 않았을까?"

옳은 지적이기는 해도, 이곳 사람들에 관한 한 로렌스는 단언할 수 있다.

아마도 저들은 조사하지 않았을 것이다. 아니, 조사할 수 없다고 말하는 게 옳으리라. 하지만 로렌스가 조사하고 싶다고 하면 입을 열 것이다.

호로에게 그렇게 말하자 반신반의했으나 그 부분은 전직 행상인으로서 솜씨 자랑을 할 부분이다.

그리고 라우드 상회에 도착하자 예상은 이내 확신으로 바뀌었다.

"누가 오든 못 주는 건 못 줘!"

엘사 일행이 라우드 상회의 주인을 만나고 싶다고 하자마자 날아온 것이 그런 고함이었으니까.

"우리가 돈을 아끼느라고, 욕심이 나서, 그래서 못 주겠다는 게 아냐! 줄 게 없다는 거지!"

얼굴이 시뻘게져서 버럭 소리를 지른 것은 대머리에 수염이 하얀 노령의 주인, 라우드 본인이었다.

사무실에는 상회 간부가 몇 명인가 있었으나 긴 책상 위에 산더미처럼 쌓여 있는 장부 다발에서 고개도 들지 않는다. 거기에서 어떻게든 황금 한 방울이라도 쥐어 짜내려는 것이다. 고함을 지르는 것도 일상다반사인지, 라우드가 소리를 질러도 듣는 둥 마는 둥.

"하지만 돈을 주고 있는 곳도 있지 않습니까?"

엘사가 그렇게 말하자 라우드는 이마에 솟은 핏대가 터질 지경으로 얼굴을 시뻘겋게 물들였다.

"당연하지! 장사가 뭔지 알지도 못하면서 끼어들기는! 우리가 지금 당신네를 위해서 어떻게든 이 가게가 망하지 않게 하려고 필사적으로 막고 있잖아!"

이기적인 상인이 남의 일에 신경을 쓸 리 있느냐고 엘사의 얼굴에 쓰여 있는 것 같다. 하지만 반쯤은 원래 엘사의 표정이 무서워서 그렇게 느껴질 뿐이리라.

어깨 너머로 로렌스를 돌아보는 것도 '정말로 그런가요?'라는 순수한 의문에서다.

"믿기지 않을지 모르겠지만, 다른 사람에게 주어야 할 돈이

지체되고 있는데 걱정하지 않을 상인은 없습니다. 혹시 진짜 그런 사람이 있다면 그자는 사기꾼이지요."

"그렇지!"

라우드의 목청은 여전히 컸지만, 상인으로 소개된 로렌스는 말이 통하는 놈이라는 생각이 들었는지 숨을 씩씩대면서도 다소 진정한 기색을 보였다.

"그렇다면, 대금 지급에 우선순위를 두는 것은 옳은 짓일까요?"

또다시 라우드의 이마에 조각 작품 같은 핏대가 돋아나기에 로렌스는 손을 내밀어 제지했다.

"불공평하게 보일지 모르겠으나, 현실적으로 기다릴 수 있는 대금 지급과 기다릴 수 없는 대금 지급이 있게 마련입니다. 여러분은 겨울이 오기 전까지만 물자가 들어오면 어떻게든 버틸 수 있으시지요. 아니, 좀 더 말하자면, 초봄에 이자를 붙여 갚는다 해도 사실은 버틸 수 있지 않으신지요?"

로렌스가 말을 건 것은 엘사의 뒤편에 있는 바런 주교령 사람들을 향해.

"아니 뭐, 그거야…."

"가난한 가정에는 성당의 비축분을 내줘도 되고…."

"그렇다면, 기다릴 수 없는 지급은 어떤 것을 말합니까?"

겁먹지 않고, 어디까지나 논리적인 순서를 명확히 하려는 엘사의 질문에 이번에는 라우드도 얼굴을 붉히지 않았다. 과연 큰 상회의 노련한 상인이라고나 할까, 엘사의 성격을 이해한 것이리라.

"기다릴 수 없는 대금 지급은 거래를 멈춰서는 안 될 지급이지. 그것도 규모가 큰 순으로 중요하게 마련이고."

라우드는 그렇게 말한 뒤 책상 위의 수건을 덥석 쥐더니 민머리를 거칠게 닦았다.

그 모습이 재미있었는지 호로가 놀라 눈을 깜빡인다.

"지금 이곳에는 산더미 같은 농산물이 들어와서 눈앞이 핑핑 도는 기세로 각 상인의 손에 넘어가고 있어. 반년 전, 일 년 전에 맺은 계약도 청산 중이고. 그건 살로니아 안에서만 끝나는 게 아니라 다른 시의 엄청나게 큰 상회와도 연결된 것들이야. 그런 거래는 절대 지체되어선 안 돼. 절대로."

라우드의 설명에 엘사는 입을 떼지 않는 대신 다시 로렌스에게 시선을 주었다.

"이곳의 문제라면 다들 아는 사이니 서로 대화가 됩니다. 하지만 거래처가 멀리 떨어진 도시에 있다면 그쪽 사람들은 이곳 사정을 알 길이 없지요. 혹시 속이려는 것은 아닌가 하고 경계하기도 하겠죠. 그게 아니더라도 시장이 서는 도시는 세상에 많고 많으니, 멀리 있는 상회는 다른 도시와 거래를 시작할 수도 있습니다. 그들의 신뢰를 잃지 않는 방법은 단 하나, 지급 기일을 제때 지키는 것밖에 없습니다."

엘사는 순순히 고개를 끄덕였다.

"그럼 그쪽의 지급 기일을 맞추기 위해 이곳의 장사가 어려워진 겁니까?"

그 질문에는 라우드가 인상을 찌푸렸다. 로렌스도 그 이유는 잘 모르겠다.

"숨도 계속 내쉬기만 하면 힘이 들지 않겠어?"

호로의 한마디에 로렌스는 비로소 깨달았다.

돈이 나가기만 하고 들어오는 수입이 없다면 이곳 사람들은 논리적으로는 점점 가난해진다.

"그건 아닐 겁니다. 이곳에 왔던 상인들이 빈손으로 떠나지는 않으니까요…."

이번에는 로렌스가 라우드에게 눈으로 물었다. 이 도시의 거래는 라우드가 더 잘 파악하고 있을 테니.

"그렇지. 예를 들어 우리 상회가 수입하는 포도주의 대금을 제때 지급하게 되면 상대에게 이 거래처는 내년에도 여전히 장사할 것이라는 신용을 얻게 되지. 그래야 타지에서 온 상인이 이듬해에 쓸 보리를 우리 상회에서 사서 고향으로 돌아갔다가, 이듬해에는 포도주를 가져오고, 보리를 받고, 그 이듬해에도 또 보리를 사 가지고 돌아가. 장사는 그런 식으로 숨 쉬듯 흐르는 법이야."

"그런데 그 흐름이 어떤 이유에서인지 당장에라도 막히려 하고 있고요?"

로렌스가 관심을 유도하며 슬쩍 묻자, 라우드는 한숨을 푹 쉬었다.

"우리가 보기엔 원인은 명확한데."

언짢은 표정으로 라우드는 내뱉듯 말했다.

"여관 조합 놈들! 그놈들이 지금 장사의 흐름을 틀어막고 있다고."

"여관 조합?"

다른 경쟁 상회 이야기가 나오지 않을까 하던 로렌스가 의외라 생각하고 있자, 엘사가 말했다.

"그럼 시내에서 소문이 돌고 있는, 악마인지 뭔지가 여관 조합에 있는 겁니까?"

순진하다 싶을 엘사의 질문에 라우드는 오히려 어이없어했다.

"하여간에 교회 분들은 꼭 이런다니까. 악마… 뭐, 악마 같다고 말할 수도 있겠지. 놈들은 우리한테서 포도주며 뭐며 대량으로 가져가 놓고는 동화 한 닢 갚질 않아. 손님이 그토록 넘쳐 나는데도 외상값 줄 돈이 없다니 대체 뭔 생각을 하는 건지!"

여관이 대성황인 것은 일목요연하다.

"그쪽에서 돈을 주지 않는 이유는 뭡니까?"

"못 주는 건 못 준다고 버티기만 한다니까. 하여간에 여관 조합 놈들은 그놈들 할아비 때부터 인색하기로 유명했어. 살로니아에서 장사를 하는 인간 축에도 못 낀다고. 우리 같은 상인들이 그놈들 때문에 얼마나 고생을 하고 있는지…."

울분을 풀 길이 없다는 말투에는 오랜 원한이 그득 담겼다.

이곳 사람들이 시내의 혼란을 제대로 조사하지 않았을 것이라고 생각한 건 이래서다. 조사하려 해도 조사할 수 없다는 게 맞을 테고.

도시 안에는 직업별로 조합이 수없이 많고 대대손손 얽혀 있다. 빵가게 조합과 푸줏간 조합의 싸움은 거의 신이 정한 운명 같은 느낌이라 연극으로 공연될 정도다. 명예와 실익이 얽히다가 싸움이 격화해 유혈사태로 번지는 일 또한 드물지 않다.

그러나 태어나면서부터 아는 사이인 데다 조상 대대로 다퉈온 탓에 서로 흉금을 터놓고 상황을 논의하거나 할 수가 없다.

라우드가 장사가 원활하지 않은 이유를 여관 조합을 가리켜 비난하고 있는 것 또한 그런 조합 간의 반목에서 기인한 것일까?

로렌스가 그런 생각을 하고 있자, 라우드가 퍼뜩 떠오른 듯 말했다.

"그래, 그래! 당신들한테 부탁할 게 있소."

라우드를 돌아보자 책상 위로 몸을 내밀고 있었다.

"당신들이 대신해서 그 얄밉기 짝이 없는 여관 조합을 좀 다그쳐 주지 않겠소?"

"예?"

당황한 엘사의 물음은 들은 체도 안 하고 라우드는 웃는 얼굴로 재빨리 엘사의 손을 잡았다.

"그래, 그러면 되겠네! 당신들은 타지에서, 그것도 바런 주교령을 도우러 와 있다고 하지 않았소? 여관 조합 놈들은 우리와 관계된 거면 개 꼬리라도 질색하거든. 그러니 대화는커녕 우리 말이라면 아예 들으려고도 하지 않지만, 당신들 말이라면 들을지도 몰라!"

호로가 몸을 움찔한 것은 개 꼬리 운운한 탓이리라.

"오히려 당신네 권위를 활용해서 놈들을 감옥에 처넣는다 해도 상관없소! 당신들도 우리한테 받을 돈을 재촉할 수 있으니 일석이조지. 그래, 그렇게 합시다!"

"옛? 아니, 잠깐."

"한스! 이분들께 우리 증서를 내드려! 놈들의 꼬리털을 확 뽑아 버리시게!"

엘사마저 정신없이 몰아붙이는 라우드의 태도에 밀려, 눈 깜짝할 새에 한스라 불린 상회 간부가 내민 양피지 다발을 받아 들고 만다.

엘사가 그걸 다시 내밀지 못한 것은, 한스의 죽을 것만 같은 눈빛 탓인지도 모른다. 이걸 돌려주었다가는 그 무게에 한스의 심장이 무너질 것 같아서.

"자, 이로써 바런 주교령 건은 해결됐네! 아아, 신께 영광 있으라!"

살로니아에서 포도주 장사를 하는 라우드는 상당한 수완가였다.

증서를 떠맡은 채 보기 좋게 쫓겨난 엘사는 라우드 상회에서 밖으로 나와서도 멍한 표정이었다.

"네가 당하다니 뜻밖이네."

엘사에게 당하는 일이 많았던 호로는 그게 불가사의하기까지 한 모양이었다. 라우드에게 당하는 엘사에게 당하는 호로의 엉덩이에 깔리는 로렌스는 약간 웃음이 났다.

"생쥐 부부의 사윗감 찾기 이야기 같네."

"뭐?"

"어느 생쥐 부부가 딸의 신랑감으로 세상에서 가장 센 자를 고르려고 하는 얘기야."

로렌스의 설명에 양피지를 손에 든 채 우두커니 서 있던 엘사도 얼굴을 들었다.

"그래서 고양이에게 사위가 되지 않겠느냐고 물었더니, 고양이는 허구한 날 자기 꼬리를 잡아당기는 하인이 자기보다 더 세다고 대답했지."

"흠."

"생쥐 부부는 장작을 패다가 쉬고 있는 하인에게 쪼르르 달려가 우리 딸의 신랑이 되지 않겠느냐고 하자, 하인이 말하기를 우리 주인님이 훨씬 세다고 대답해. 그래서 사슴 사냥을 하고 돌아온 주인에게 가서 물었더니, 주인은 또, 그게 무슨 소리냐, 너희가 끼치는 피해 때문에 내가 얼마나 골치를 앓고 있는 줄 아느냐, 닥치라며 버럭 소리를 질렀지."

"호오오."

재미있어하는 호로를 보며 엘사가 정신을 차린 듯이 덧붙였다.

"그리하여 생쥐 부부는 집으로 돌아가 결국 생쥐 중에서 사윗감을 골랐다는 거죠. 우리 아이들도 좋아하는 이야기입니다."

호로는 깔깔 웃으며 가슴이며 허리를 더듬다가 필기도구를 숙소에 두고 나왔다는 것을 깨달은 모양이었다.

"나중에 다시 얘기해 줘."

로렌스는 어깨를 으쓱이고는 호로가 기뻐한 것에 만족했다.

"인간 세상은 둥그렇게 이어져 있다…고들 하지만, 지금 이렇게 된통 당한 저에게는 아무런 위로도 되지 않네요."

라우드에게 양피지를 떠맡은 엘사는 다소 원망하는 투로 그런다.

"하지만 엘사 씨가 이 돈을 회수하면 문제는 해결되는 것이지요."

양피지를 보자 꽤 큰 금액이 쓰여 있다.

"우리가 받을 금액에는 약간 모자랍니다만… 그보다, 라우드 상회는 이것으로 돈을 갚은 것으로 할 작정일까요?"

"글쎄요… 이것도 화폐 대신이라고 볼 수 있긴 하니까요. 물론 이 증서로는 진짜 화폐처럼 보리나 고기를 쉽게 살 수 없지만요."

"그래서는 의미가 없습니다."

엘사는 그렇게 대답하고는 잠시 먼 산을 보며 생각에 잠겼다. 주위에는 이제 어찌할 것인지 초조하게 손을 비비고 선 주교, 촌장, 그리고 본당 사제가 있다.

그러자, 엘사는 평소의 엄격한 표정을 짓고는 이렇게 말했다.

"지금부터 저는 교회에 가 보겠습니다. 로렌스 씨는 이 대금을 받아 주실 수 있을까요? 만일 별일 없이 회수된다면 그게 제일 좋은 일이겠지요."

"그거야 상관없습니다만… 교회에는 왜?"

근엄, 성실, 정직, 그리고 신앙의 덩어리라 할 엘사가 양피지를 로렌스에게 내밀더니 촐싹대는 여자애처럼 어깨를 으쓱였다.

"라우드 상회가 어려운 것은 사실인 듯하나… 영 납득이 가지 않아서요."

성전 속에서는 도움을 청하는 자는 늘 진지하게 무릎을 꿇고 도움을 청한다.

상대가 정신없는 틈에 증서를 쥐어 주고 내쫓는 게 아니라.

"감옥에 갇혔다는 상인과 이곳 교회 분들에게 전후 사정을 물어보고 오겠습니다."

라우드 상회는 골치 아픈 인물에게 의문을 품게 한 모양이다. 엘사는 손익이 아니라 원리원칙으로 움직이는데.

"뭔가 결단하기 전에는 꼭 상인인 제게 의논해 주십시오."

엘사가 눈살을 찌푸린 이유는 이내 알았다.

"저는 광신도 이단 심문관이 아닙니다."

교회의 이름 아래 라우드 상회 주인을 다그쳤다가는 온 도시에 큰 소동이 일어나리라는 것은 일단 이해하고 있는 모양이다.

"알겠습니다. 그럼 저는 먼저 정공법으로 나가 보겠습니다."

"그럼 부탁드리겠습니다. 이곳에서 벌어지고 있는 일은 그야말로 이상한 속임수 그림 같으니까요."

엘사가 진저리를 치듯 그런다.

로렌스는 손에 든 양피지를 치켜들고는 먼지 냄새를 맡으며 입꼬리를 비틀었다.

바런 주교령 측에서 키가 큰 장년의 마을 사람 하나가 따라나섰다.

로렌스가 라우드 상회에서 받은 증서를 들고 혹시 도망이라도 칠까 봐 감시자로 붙은 것이리라. 촌장은 여관 조합에 얼굴이 알려져 있을 테니, 평소 짐을 옮기는 정도만 도왔을 뿐 살로니아에는 자주 오지 않던 이가 뽑힌 듯했다.

"저는 무엇을 하면 될지요?"

"글쎄요… 그럼, 호위인 척해 주십시오."

마을에서는 쟁기질을 하고 짚단을 날랐으리라. 볕에 탄 얼굴의 용맹한 생김새와 어깨의 탄탄한 근육은 입 다물고 가만있으면 오랜 세월 용병 일을 하다 손 씻은 지 얼마 안 된 이처럼 보이기도 한다.

"가만있기만 하면 될까요? 농사일이라면 몰라도 싸움은 젬병이라서요."

"그것으로 충분합니다. 인상은 찌푸리고 있어 주세요."

로렌스가 그러자 덥수룩한 수염을 쓰다듬으며 남자는 흥 하고 코웃음을 쳤다.

여관 조합으로 가는 도중, 호로가 뒤따라오는 남자를 힐끔힐끔 보며 신경 쓰더니 로렌스에게 살짝 "꽤 좋은 보리 냄새가나."라고 귀엣말을 해 왔다.

그것만으로도 기분이 좋아진 듯하여 앞으로 기분이 삐딱할 때는 보리 이삭 냄새라도 맡게 할까 하는 생각을 하다 보니 어느새 여관 조합 앞에 도착했다.

"이제 이놈들은 당신 동료가 아닌데?"

살로니아 여관 조합의 문장은 술잔과 나이프인지, 두 개가 교차한 철제 간판이 걸려 있었다.

"나는 지금도 상인이라 생각하고, 뇨히라 온천장은 말하자면 상회인 거지."

"흐응? 나는 아직 젊다고 주장하는 노인네 같은 말투인데?"

호로의 농담에 로렌스는 어깨를 으쓱였다가 다음에 이어진 말에는 조금 놀라 눈이 동그래졌다.

"근데, 난 당신 옆에 없는 게 낫겠다."

로렌스가 머리를 갸웃하자 호로는 기막혀하는 표정을 짓는다.

"멍청이. 전에 일어났던 일 다 잊었어?"

"전에?"

하고 되묻자, 호로는 짜증스럽게 얼굴을 찌푸렸다.

"당신이 손해를 크게 봐서 돈을 빌릴 데를 찾아다녔던 적 있잖아?"

호로와 알게 된 지 얼마 안 된 무렵, 병구류 거래의 함정에 빠져 자금 융통에 급급한 적이 있었다.

그때는 얼마간이라도 좋으니까 돈을 빌릴 수 없을까 하여 여기저기 가게를 찾아다녔었다. 주위를 살필 여유도 없어서 호로를 데리고 돈을 구하러 갔더니, 여자를 데리고 다니면서 돈을 얻으려 들다니 뭐 하는 짓이냐고 호통을 들은 일이 있었다.

"그때 당신이 뿌리쳤던 오른손의 아픔, 나 아직도 안 잊었어."

너만 없었으면, 하며 호로에게 괜한 화풀이를 하고 말았었다.

호로는 원망스러운 듯이 붉은 기가 도는 호박색 눈으로 로렌스를 올려다본다.

되도록 떠올리고 싶지 않은 쓰디쓴 과거.

"그때 일을 떠올리면 지금도 등줄기에 식은땀이 흐르는데, 나도 이젠 그때하고는 달라. 두고 봐."

로렌스의 말에 호로는 의심스러운 눈빛을 하면서도 어깨를 으쓱이고는 입을 다물었다.

로렌스는 숨을 한 번 크게 들이마셔 태세를 전환하고는 여관 조합의 문을 열었다.

1층은 조합원이 모여 회의를 하거나 밥을 먹고 술을 마시기도 하는 술집 비슷한 공간이었다.

지금도 사람들이 탁자에 드문드문 앉아 침울한 얼굴로 술을 마시고 있었다.

"저는 행상인 그래프트 로렌스라고 합니다. 조합장님 계십니까?"

로렌스가 이름을 대자 그 자리에 있던 이들 전원이 수상한 자를 보는 표정을 짓는 가운데, 안에 앉아 있던 뚱뚱한 남자 하나가 일어섰다.

"내가 조합장인데, 무슨 용건이시오?"

"아, 조합장님."

로렌스는 여봐란듯이 정중히 고개를 숙이면서 헛기침을 하고는 말했다.

"바쁘신데 죄송합니다만, 라우드 상회에서 증서를 받아서 찾아왔습니다."

비스듬한 뒤편에서 호로가 수상쩍어하는 시선이 느껴지고, 실내의 분위기가 단숨에 경직됐다.

그러나 로렌스는 기죽지 않고 미소를 지은 채 조합장을 주시했다.

물을 끼얹은 듯 침묵이 이어지는 가운데, 이윽고 조합장이 쓴웃음을 지었다.

"이런 얼빠진 상인이 있나. 늙은 여우한테 한 방 먹었구먼?"

"그런가요?"

태연자약한 로렌스의 태도에 조합장이 웃음을 거두더니 머쓱한 표정을 짓는다.

"뭐라 안 할 테니 그 증서인지 뭔지 가지고 어서 돌아가시게나. 라우드 상회에서 뭔 소리를 들었는지 모르겠지만."

일부러 분위기를 험악하게 만들어서 어쩌려는 거냐고 호로가 눈으로 묻는 것을 흘려 넘기며 로렌스는 말했다.

"아닌 게 아니라, 사실이 그랬던 듯합니다."

"으응?"

"증서를 강제로 떠맡겼습니다. 어찌나 능수능란하던지. 그러니… 돌려줄 구실이 필요해서요."

그러면서 비굴한 웃음을 짓자 조합장은 눈을 껌뻑이고는 다른 조합원들과 눈짓을 교환했다.

"뭐야… 그렇게 된 거였소?"

"예, 그렇다니까요. 농산물 대금을 못 받게 될 것 같아 라우드 상회에 갔더니 이걸 떠넘기고는 내쫓았습니다."

여전히 눈빛에 수상쩍어하는 기색이 남아 있기는 했어도, 조합장이 로렌스 옆에 있던 조합원에게 턱짓을 하자 의자에서 일어나 로렌스가 손에 든 양피지를 낚아채듯 가져갔다.

"…라우드 상회 증서 맞군. 그 욕심 사나운 영감탱이, 하여간에 하는 짓이 못돼 먹었다니까."

욕을 하면서 증서를 로렌스의 품에 난폭하게 떠민다.

뒤에 있던 호위무사로 가장한 마을 사람이 몸을 움찔하고, 곁에서는 호로가 입속에서 이를 으드득 물었으나, 로렌스는 이런 일로 일일이 화를 내지 않는다.

"그럼, 이건 어떠십니까? 여관 조합이 대금을 지불하지 않는 이유를 여쭙고 싶습니다만?"

약속을 지키지 않고도 태연할 사람은 별로 없다, 왜 너희는 빌린 돈을 갚지 않느냐, 무능한 거 아니냐는 소리를 타지인이 대뜸 해대면 대개는 두들겨 맞고 쫓겨날 것이다.

그러나 로렌스가 너무도 당당히 대놓고 물어서 그랬으리라.

조합의 명예와 이익을 지켜야 하는 조합장은 탁자에 손을 짚더니 한숨을 푹 쉬고는 말했다.

"이유를 말하면 그 증서는 라우드 상회에 돌려줄 건가?"

"어떤 이유냐에 달렸지요."

이내 조합원들이 눈을 부라리고, 몇 사람은 자리에서 일어섰다. 그러자 조합장이 손으로 제지한다.

"그럴 것들 없어. 태평하게 여자까지 데리고 왔잖나. 우리 쪽에도 무슨 이유가 있다는 걸 아는 거지. 안 그렇소?"

로렌스가 잠자코 웃기만 하자 조합장은 머리를 벅벅 긁었다. 이런 대화에는 익숙하지 않은지 호로는 어리둥절하기만 할 뿐. 전에는 호로가 있는 바람에 불성실하다는 소리를 들었는데, 이번에는 불성실한 면이 되레 유리하게 작용하고 있다.

"라우드 상회는 물론이고 다른 상회에도 설명했지만… 돈을 줄 수가 없는 상황이라고."

"증거를 보여 줄 수 있으신지요?"

이봐! 당신! 몇 사람이 목청을 높였으나 조합장은 입술을 뒤

튼 후 계산대로 걸어가 두툼한 종이 다발을 꺼냈다.

"우리 조합은 내부에서 주문을 받고 조합 이름으로 각 상회에 주문하는 형식이오. 무슨 말인지 알아듣겠소?"

"저도 다양한 도시를 다녔습니다. 무슨 말인지 압니다."

그냥 놔두면 자금력 있는 여관이 음식 같은 것을 사재기해 버릴 수도 있다. 포도주도, 고기도, 빵도 없는 여관은 설령 침대가 아무리 깨끗하더라도 손님이 들지 않기에 여관끼리 다투지 않도록 주문을 조합이 도맡는 것이다.

그뿐 아니라, 조합이 주문을 도맡으니 거래처에 강한 압력을 가할 수도 있다.

"라우드 상회에 줄 돈이야… 뭐, 보다시피 댁이 들고 있는 증서와 일치하오."

"그렇겠죠."

"그리고… 이게 지불이 늦어지고 있는 자들이오."

"조, 조합장님!"

몇 사람이 얼결에 소리를 지른다. 조합장이 내민 장부에는 여관 이름이 줄줄이 쓰여 있고 숫자도 빼곡히 적혀 있었다. 조합을 통해 물품을 매입해 놓고 대금을 주고 있지 않은 이들이다.

"한순간 수치를 당하고 기한을 유예받을 수만 있다면 그까짓 것 얼마든지 할 수 있지! 그게 아니면, 이 상인이 증서를 손에 들고 교회로 달려가는 걸 보고들 싶어?!"

라우드는 같은 살로니아 안에서 장사를 하는 상회지만 로렌스는 명백한 외지인이다. 조부 대부터 아는 사이인 라우드 상회는 알력이 있기는 해도 어쨌든 같은 곳에서 사는 사이라 최후의 선을 넘을 짓은 절대 하지 않는다.

그러나 외지인은 앞뒤 따질 것 없이 의지할 수 있는 권위에 의지하고도 남는다.

그리고 같은 이유에서, 오랜 세월 다퉈 온 라우드에게는 내보일 수 없는 조합의 수치를 외지인에게는 보일 수 있다.

"…상당한 금액인데, 이분들이 지불을 안 해 주시는 이유는 뭡니까? 여관들은 어딜 가나 대성황이던데."

조합장은 장부를 탁 덮고는 마지못해 입을 열었다.

"당신, 행상인이라고 했지? 여관을 이용하는 쪽에선 알 수 없을지 모르겠지만, 여관 장사도 여러모로 쉽지 않소."

뇨히라에서 온천장을 운영하고 있다고는 말하지 않았으니 로렌스는 신묘한 태도로 고개를 끄덕였다.

"살로니아에 오는 손님은 대부분 단골 상인들이지. 여기로 와서 지난번 큰 장의 대금을 정산하기도 하고, 새 물건을 매입하기 위해 오래 숙박하며 정보 수집도 겸해 동료들과 자주 먹고 마시고. 요컨대, 안정적으로 객실을 채워 주는 단골이긴 하나, 단골이라 문제인 점도 있지."

"후불 말씀이십니까?"

로렌스의 말에 조합장은 어깨를 으쓱였다.

"바로 그거지. 많이 먹고 많이 마시기는 하지만 모조리 외상. 그렇다고 계속 외상만 받았다가는 여관이 돌아가지 않으니 대개 큰 장이 서는 기간의 중간쯤에 한 번 정산하는 게 관례인데."

거기까지 들었으면 말하고자 하는 게 무엇인지 안다.

"그 지불이 막혔다?"

"그렇다오. 올해는 특히나 심한데, 다들 대금을 못 치르는 이유로 드는 것이…."

"받아야 할 돈을 나도 못 받고 있어서 그러는 것이다…?"

조합장이 고개를 끄덕이자 조합원, 요컨대 여관 주인들 몇몇이 로렌스 곁으로 모여든다.

호위를 부탁한 마을 사람이 진짜 호위무사처럼 바짝 경계하고, 호로도 목구멍 속에서 크르르 소리를 내기 시작했다. 그러나 로렌스에게 다가선 조합원들은 폭력이 아니라 구구히 불만을 토로하기 시작했다.

"우리도 대금을 갚고는 싶지. 라우드 영감과 다른 상회들이 세게 나오면 우리도 창피하다고! 하지만, 특히 올해는 지불 기일을 늦춰 달라며 울면서 매달리는 놈들이 많아서 이러지도 저러지도 못하고 있단 말이오."

"그래, 그렇다니까. 특히 올해는 그 왜 있잖소? 목재를 취급하는 상인 놈들이 특히나 더 심해. 들여온 목재를 팔기는 했는데,

사 간 놈들이 돈을 주지 않고 있으니 좀 기다려 달라는 거야. 목재 가격이 올라서 돈도 많이 벌었을 텐데 계속 앓는 소리만 한다니까!"

목재 가격이 오른 것은 알고 있다. 그 덕에, 라고 하기엔 좀 그렇지만 저주받은 산이 고가로 팔린 데에는 그런 이유도 있는 것이다.

"뭐, 특히 눈에 띄는 게 그런 상회라는 거지, 일일이 헤아리자면 대부분이 지불 기일을 늦춰 달라며 우는소리를 하고들 있다고. 그 사람들은 이듬해에도, 또 그 이듬해에도, 여차하면 제자 대에도 계속해서 여관에 묵어 줄 텐데. 울며 부탁하는 데야 기다리는 수밖에. 하지만 그러는 와중에도 계속해서 먹고 술도 마시지. 우리는 우리가 살아남기 위해서는 물품을 매입하는 수밖에 없고. 빵가게, 푸줏간에도 돈을 못 주고 있는 게 사실이긴 하지만, 속사정을 모르는 바보 같은 상회 놈들은 마치 우리가 악의 소굴인 것처럼 떠들어 댄다니까."

그 자리에 있는 모두가 찬동한다.

로렌스가 호로를 힐끗 보자 호로는 심드렁한 투로 어깨를 으쓱였다. 조합원들이 자리를 모면하려고 대충 둘러대고 있는 것은 아닌 모양이다.

"여러분이 어려우신 사정은 잘 이해했습니다."

로렌스는 그런 뒤 라우드 상회의 증서를 품에 넣었다.

"게다가, 조합장님께서는 융금을 털어 주시기도 하셨고."

장부를 보여 준 것에는 경의를 표할 만했다. 로렌스가 오기 전에도 여기저기 하도 시달려서 변명하는 데 지쳐서 그랬는지도 모르지만.

"아니, 사정을 이해해 줘서 고맙소."

조합장이 손을 내밀기에 로렌스는 굳게 맞잡았다. 그러자 다른 조합원도 속풀이를 해서 시원했는지 악수를 청해 온다. 현금으로 묵을 거면 꼭 자기네 여관에서 묵어 달라는 소리도 나와 쓴웃음을 흘렸다. 이들은 무뢰한도, 악인도 아니다. 외상값 결제가 지체된 이들에겐 자비를 보이고, 자기네들이 제때 지급을 못 하면 책임을 느낀다. 평범한 시중 상인들이다.

술잔과 나이프를 조합해 간판으로 매단 처마 밖으로 나와 로렌스는 나직이 한숨을 지었다.

"이제 어떡할 거야?"

호로의 물음에 로렌스는 대답하지 않고 마을 사람을 쳐다보았다.

"'건초와 낫'이라는 여관이 어디 있는지 아십니까?"

마을 사람은 어리둥절한 표정을 지었다가 "살로니아에서 제일 큰 여관이니까요."라고 대답했다.

"안내해 주십시오. 장부에서 제일 큰돈이 걸려 있는 곳이었습니다."

호로와 마을 사람은 나란히 뜻밖이라는 표정을 지었다.

"여기 놈들이 거짓말을 하는지 확인하러 가는 거야?"

어이가 없는 듯, 약간 화가 난 듯 말투에 날이 선 것은 '내 귀를 못 믿겠다는 거냐'는 뜻이리라. 여관 조합 사람들은 거짓말을 하고 있지 않았다. 정말로 외상을 갚지 않는 손님들 때문에 물품 매입처인 상회에 돈을 못 주는 것이다.

"거짓말을 확인하러 가는 거 아니야. 진실의 내용물을 보러 가는 거지."

"어? 뭐?"

의아한 표정인 호로의 어깨를 탁 친 후 마을 사람에게 안내를 부탁했다.

장사는 모든 것이 실로 연결돼 있다.

그렇다면 그 실을 따라가다 보면 이 모든 것의 원흉이 나올 테니, 이왕 나선 김에 확인하러 가 봐야지.

"자, 과연 정말로 악마는 있을 것인가."

근본적으로 돈을 틀어쥔 채 내놓지 않고 있는 것은 누구인가. 로렌스 일행은 번화한 시내를 걸어 '건초와 낫' 여관에 다다르자 모여 있던 상인들에게 말을 걸었다. 첫 번째, 두 번째는 빗나가고 세 번째에 비로소 찾고 있던 상인을 만났다.

"…정말로? 정말로 교회에서 온 건 아닌 거요?"

경계심을 고스란히 드러내며 그렇게 물은 것은 목재 상인이었다. 로렌스는 데바우 상회가 인근 산을 샀기에 목재 가격을 알아보려 한다는 핑계로 말을 걸었다. 역시 목재 상인답게 바린 주교령의 산이라는 것을 눈치챘나 보다. 빚을 졌다는 죄목으로 교회가 감옥에 넣은 불쌍한 상인 이야기를 바로 꺼낸다.

로렌스는 상인의 웃음을 지으며 "신께 맹세코."라고 말한 뒤 사정을 물었다.

목재 상인은 여관 조합과 라우드 상회와 똑같이, 기분 나쁜 투로 거래처에 관한 불평을 터뜨렸다.

거래하는 상회가 목재를 매입한 대금을 주지 않는 모양이었다. 로렌스에게 데바우 상회의 분노를 사고 싶지 않다면 이곳 상회에는 목재를 팔지 않는 게 좋을 거라는 조언까지 했다.

목재 상인뿐 아니라 여관에 묵고 있는 단골 상인들은 양모 상인, 기름 상인, 훈제 청어를 전문으로 취급하는 상인 할 것 없이 다들 엇비슷한 상황인 듯했다.

로렌스는 목재 상인에게 인사한 뒤 포도주를 한 잔 사 주었다.

호로와 마을 사람은 다음은 어디냐고 묻지 않았다.

의도를 알아챘는지 마을 사람은 이쪽이라며 앞장서서 목재상으로 안내했다.

나무 향이 그윽한, 높다란 천장의 하역장에서 또다시 불평을 잔뜩 들었다.

"직인들이 문제지! 다 그놈들이 나태한 탓이야! 재료를 있는 대로 사 가 놓고는 제품은 안 만들고 가격이 오르기만을 기다리고 있다고! 자기네가 어려웠을 때 지금까지 우리가 얼마만큼 원료를 미리 대 줬는데! 은혜도 모르는 것들 같으니라고! 그런데 당신은 대체 누구 편이야? 어엉?!"

한판 붙으려는 순간 마을 사람에게 도움을 받아 간신히 상회를 빠져나왔다.

"그럼 이번엔 직인들을 봐야지."

그러자 호로는 넌더리를 냈으나, 물론 로렌스는 걸음을 멈추지 않았다.

하지만 직인조합은 지금까지 다녔던 곳과는 성질이 다르기에 목공 직인 조합 회관 앞까지 다다르자 호로에게는 떨어져 있으라고 했다.

"어디서 그딴 멍청한 소리를! 우리 직인들은 그런 짓을 할 턱이 있어?! 이자가 맞고 싶어 환장을 했나!"

멱살을 잡힌 채 힘세고 다혈질인 장인들에게 몰려 벽에 처박히고 만다. 같이 온 마을 사람이 구해 주려 했으나 수적 열세.

"우리 직인들은 일류 상품을 꼬박꼬박 납품하고 있다고! 그런데 돈도 주지 않는 놈들 편을 들다니, 어디서 감히!"

무수히 채이고 위협을 당하다가 간신히 풀려나 호로와 합류하자, 무슨 일이 있었는지 단박에 알아챘다. 호로는 수상쩍은 눈초리로 직인조합 건물을 보며 이를 갈았으나, 이 정도면 오히려 얌전히 풀어 준 편이리라. 로렌스는 호로를 진정시키듯 양 어깨를 가볍게 다독인 뒤 웃음을 지어 보였다.

"장인들이 초조해하는 것도 진짜였어. 오면서 저쪽 직인 거리를 엿봤는데 확실해. 공방에서 직인의 노래를 부르는 게 들리고 나무 두드리는 소리도 나고 있어. 일을 게을리하고 있는 건 아냐."

"그런지도 모르지만…."

틀어진 옷을 바로잡는 로렌스를 보며 호로가 분한 마음에 끙 소리를 낸다.

"그보다, 대체 누가 악한인 겁니까?"

과묵해 보이는 마을 사람이 진력을 내듯 물었다.

무한히 이어지는 거래의 사슬.

다음에 가야 할 곳이 혹시 도검 직인 조합이라면 한쪽 귀 정도는 잘려 나갈지도 모른다.

"적어도 목공 직인들에게 대금을 주고 있지 않은 이들이 있기는 한 거죠."

마을 사람은 한숨을 쉬면서 체념하듯 머리를 긁었다. 호로는 로렌스가 여기저기에서 욕을 먹는 것 자체가 마음에 들지 않는지 잔뜩 불만스러운 표정이다.

그러나 로렌스에게는 거의 확신에 가까운 것이 있었다.

다들 일은 하고 있는데 그 대금을 받지 못하고 있다. 거래라는 것은 연결된 사슬이 길게 이어져 성립하는 것인데, 다들 대금을 받지 못하고 있다면 반드시 맨 처음으로 지급을 거부한 구두쇠 같은 놈이 있게 마련이다.

장사의 세계가 무한히 넓게 느껴져도 정말로 무한한 것은 아니다.

경험과 지식이 로렌스의 영혼에 속삭인다.

바른길에 다다르는 분기점이 눈앞에 있다.

아직 형태가 뚜렷이 잡히지는 않았으나, 거기에 있다는 확신은 자신 안에 분명히 있다.

나는 세상을 돌아다닌 행상인이니까.

"…당신?"

우뚝 서 있자 호로가 불안하게 말을 걸어온다.

붉은 기가 도는 호박색 눈은 강인하게도, 연약하게도, 불안하게도, 다정하게도 보이면서 다채롭게 바뀐다. 변화무쌍한 늑대의 눈.

포도주색과도 비슷한 호로의 눈을 보며 로렌스는 하늘의 계시를 얻었다.

"아아, 그랬구나. 거기였어."

장사는 하나로 이어진 사슬 같은 것.

복잡한 도시, 종횡무진으로 보이는 거래에도 실은 알기 쉬운 연결점이 존재한다.

"이 짓도 다다음이면 끝납니다."

마을 사람과 호로는 로렌스가 때아닌 일사병에라도 걸린 게 아닌가 하는 표정이다.

그러나 로렌스의 가슴속에는 이제 확고한 믿음이 섰다.

단서는, 시내에서 호로와 늘 함께 있는 것.

"다음은 말입니다…."

로렌스는 마을 사람에게 귀엣말로 안내를 부탁했다.

그리고 그 자리에 선 순간, 누가 악당인지는 따지지 않았다. 그저 악당은 이자였다고 확인했을 뿐. 호로와 마을 사람 둘 다 그 건물 앞에 서자 정답을 알아챘으니.

화가 난 호로는 외투 밑으로 꼬리를 확 부풀렸다.

목공 직인 조합에 이어서 로렌스 일행이 향한 곳은, 무수한 목공품 중에서도 가장 중요하고 수요도 많은 상품인 술통을 구매하는 곳이었다.

요컨대, 양조 조합마저 술통을 매입한 대금을 지불하지 못하고 있다면 그것은 누구의 탓이겠는가?

술을 취급하는 상회.

"그 대머리가 감히 우리를 속였어?"

라우드 상회 앞에 선 호로가 붉은 눈을 번뜩인다. 호위무사 대역인 마을 사람은 뛰어난 재주를 보고 감탄한 듯 머리를 긁고 있다.

모든 상인이 지불 기일을 맞추지 못해 난감해하고 있는 가운데, 그 거래를 하나씩 되짚어 올라가자 출발점으로 돌아왔다.

그렇다면 누가 원흉인지는 분명하다.

생쥐 부부는 사윗감을 찾아다니다가 결국 자기 집으로 돌아왔으니.

"그렇다고 말하고 싶다만, 과연 그럴까?"

로렌스가 모호하게 말을 하자 호로는 한순간 얼빠진 표정을 지었다.

"뭔 소리야? 당신은 여우 발자국을 따라오다 꼬리를 잡은 것 아냐?"

그 말에 마을 사람도 고개를 끄덕인다. 둘의 머릿속에는 '당신이 무슨 짓을 했는지 다 알아냈어!'라며 로렌스가 상회로 쳐들어가 라우드를 몰아붙이는 장면이 펼쳐지기라도 했었는지.

하지만 이 이야기는 그렇게 간단히 흘러가지 않는다.

"라우드 상회가 악당으로 보이는 건, 단순히 우리의 출발점이 여기였기 때문이야. 우리가 목재 상인이고, 목공 직인 조합에 대고 고함을 치고 있었다면 어땠을 것 같아?"

"으, 음."

그러자 지금까지 들른 곳을 쭉 떠올리다가 맨 마지막에는 다시 자기가 있던 자리로 돌아오는 것이 상상되었나 보다.

거래는 하나의 원이라 어디가 시작점인지 알 수 없다.

"뭐, 뭐야, 이거… 어떻게 된 건데?"

"꼭 자기 꼬리를 문 뱀 같네요."

마을 사람의 표현이 정확했다.

"그, 그럼, 이제 어쩔 거야? 그 대머리한테 당하고 가만히 있을 거야?"

호로는 완전히 엘사의 편인가 보다.

하지만 이 일은 라우드한테 쳐들어가 고함을 지르며 증거를 들이민다고 해서 끝날 이야기가 아니다.

"뭐, 전직 행상인의 능력으론 쉽게 감당할 수 있는 일이 아니지."

상황은 파악했다.

하지만 뾰족한 수는 없다.

적어도, 전직 행상인에게는.

로렌스는 짐짓 무력감을 드러내듯 어깨를 늘어뜨려 보였으나, 사실 대책은 이미 머릿속에 있었다.

전직 행상인은 짧고도 긴 여정에서 수많은 모험을 거쳐 희한한 자산을 쌓아 왔으니까. 그것을 활용하면 이 기기묘묘한 계단 그림을 거꾸로 돌려 풀어낼 수 있다.

자, 이제 슬슬 내막을 공개해 볼까, 하며 로렌스가 호로를 바라본 순간.

로렌스는 그 자리에 얼어붙었다.

호로가 우뚝 선 채 눈물을 뚝뚝 흘리고 있는 바람에.

"어? 어엇?"

손으로 닦아 내려 하지도 않고 눈을 크게 뜬 채로, 거의 표정도 없이 눈물만 뚝뚝 흘리고 있었다. 감정이 엿보이는 것이라곤 약간 깨문 듯한 입술뿐. 속상한 듯 깨문, 예쁘장한 입술뿐이었다.

"왜, 왜 그래, 호로."

당황한 로렌스가 끌어안듯 어깨를 감쌌으나 호로는 여전히 눈물만 뚝뚝 흘릴 뿐.

마을 사람도 당황한 모습인데, 주위를 둘러보더니 라우드 상회 옆에 골목이 보이자 그곳을 손으로 가리켜 알려 주었다.

로렌스는 눈인사만 하고는 호로를 감싸 남들 눈에 띄지 않는 조용한 골목으로 데려갔다.

"응? 왜 그래? 무슨 일이야?"

가까이 있는 나무 상자에 앉히려 하자 호로는 그것을 거부하며 고개를 젓는다.

당황한 로렌스는 하는 수 없이 자신이 할 수 있는 최대한의 행동을 취했다.

요컨대, 호로를 천천히, 자극하지 않도록 조심조심 품에 꼭 끌어안았다.

움츠린 채 울고 있는 호로의 몸은, 이렇게 작았나 싶어 놀라

울 정도였다.

"…미안해."

호로가 로렌스의 품에 안긴 채 그런다.

"아니… 사과를 할 것까지는…."

"아니야."

호로는 고개를 가로젓고는 로렌스의 가슴을 밀어내며 몸을 뗐다.

로렌스를 거부하는 뜻은 아니었다.

호로가 자책감에서 이런다는 걸 로렌스는 안다.

"그게 아니라…."

또다시 눈물을 흘리며 호로가 그런다. 로렌스는 호로가 우는 이유를 몰라 얼이 빠져 있었다. 그래도 지금까지 호로의 손을 잡고 긴 세월 다양한 곳을 돌아다녔기에, 호로의 얼굴을 보면 논리가 아닌 감정에서 어떻게 해야 할지 안다.

딸인 뮤리와 달리 너무도 오랜 시간을 홀로 살아온 호로는 울적한 어둠에 사로잡힐 때가 있다. 호로는 자신을 책망하고 있었다.

이럴 때 어떻게 하면 좋을지 로렌스는 잘 안다.

호로를 조금 과할 만큼 힘주어 꼭 안은 후 양어깨를 잡고 눈을 들여다본다.

"얘기해 줄 거지?"

눈물 젖은 붉은 눈이 어린아이처럼 보이게도 한다. 로렌스에게만 보여 주는 호로의 약한 면. 호로는 천천히 고개를 끄덕이고는 로렌스가 권하는 대로 나무 상자에 앉은 뒤 말했다.

"토끼를… 흑, 만나러… 갔었잖아?"

뜬금없는 이야기에 멍했으나, 토끼가 힐데를 말한다는 것은 안다.

"힐데 씨? 그건… 데바우 상회에 갔을 때 얘기지?"

호로가 고개를 끄덕이자 눈물이 또 무릎으로 뚝 떨어진다.

"그놈들은… 굉장했어. 큰… 아주 큰 상회였어."

데바우 상회는 북방 지역의 상권을 거의 지배하다시피 하면서 독자적인 화폐까지 발행하고 있다. 지리적 요인에서 큰 나라가 존재하지 않는 북방 지역에서는 사실상 최강의 지배자라 할 수 있다. 그런 데바우 상회 본점이니 이제는 성이나 다름없다 해도 놀랍지 않다.

"온갖 물건이 있고… 금화가 그야말로 산더미처럼 쌓여 있었어…. 토끼는 내 얘기를 듣자마자 똑똑해 보이는 놈들을 불러서 순식간에 판단을 내렸어."

우수한 이들이 얼마든지 있을 테고, 눈코 뜰 새 없이 바쁘니 하나의 사안에 긴 시간을 쓰지 못하겠지. 그렇다면 호로가 나흘이나 자리를 비운 이유가 궁금해진다.

정말 술과 고기를 받아 내서 먹고 마시느라 그랬을까?

"난 정신이 멍했어… 다람쥐가 소중히 가꿔 온 커다란 산이잖아. 그런 산을, 그냥 한순간에 결정해 버렸어. 진짜 눈 깜짝할 새에. 다람쥐 그 멍청이가 진심으로 소중히 아끼는, 넓고 넓은 좋은 산인데. 그런 걸, 토끼는 눈만 몇 번 깜빡이고는 살지 말지를 결정해 버렸어…."

데바우 상회에서 호로가 어떤 충격을 받았는지 로렌스는 쉽게 상상이 갔다. 목숨보다 중한 금화를 날마다 다루면서 장사 중인 로렌스조차 힐데 같은 대상인은 별세계 인물처럼 느껴지니까, 호로에게는 한층 더한 충격이었을 것이다.

하지만 기묘한 것은, 호로가 그걸 보고 놀라기는 할지언정 왜 울음을 터뜨렸느냐 하는 것이었다. 그것도, 지금 이때. 로렌스가 그 점을 의아하게 여기고 있자, 호로는 어둠 속에서 의지할 곳을 찾듯 로렌스의 손을 잡았다.

그러고는 힘을 꽉 준다.

"당신은… 당신은, 그 자리에 있었을지도 몰라."

"…뭐?"

얼이 빠져 되묻자, 호로는 고개를 들어 로렌스를 보았다. 후회에 찬 얼굴이었다.

"토끼가 당신한테 그랬을 거야. 자기네 상회로 오라고."

아, 하는 모양새로 입이 벌어지고, 로렌스는 호로의 눈동자 깊숙이에 무엇이 있는지 이해했다.

데바우 상회가 분열할 위기에 처했을 때 로렌스는 힐데 편에 서서 그들이 부활하는 데 일조했었다. 그때 힐데는 다시 태어나려는 데바우 상회에 로렌스가 합류하기를 권했었다. 그리고 로렌스는 그것을, 거절했다.

상인으로서는 그 이상 더 큰 망상을 할 수 없을 만큼 대단한 출세의 길을.

"아…."

로렌스는 갑작스러운 비를 맞은 것처럼 소리를 내며 하늘을 우러렀다.

호로의 말은, 다람쥐 타냐를 위해 산을 살지 말지 결단을 내리고는 '흐음' 소리 하나에 고개를 끄덕이며 결재를 하는 그 깃펜을, 로렌스가 쥐고 있을 수도 있었다는 이야기다.

엘사가 사제들을 질타했을 때가 떠오른다.

손해와 이득을 저울 위에 올려놓고 득을 택하는 것은 무엇을 위해서냐고.

그 물음에 답하며 로렌스는 황금의 길이 아니라 숲속에 첩첩이 쌓인 낙엽의 길을 택했다.

그 숲의 향기와 그곳에 사는 외로움쟁이 늑대를 위해.

"나는… 당신 앞길을 막고 말았다는 걸 알았어. 그렇게나 굉장한… 그렇게나 번창하는 장사판에서 수많은 무리를 이끄는 당신이 있을 수 있었는데, 난…."

진정돼 가던 눈물이 다시 철철 넘쳐 나는 것을 보며 로렌스는 호로의 뺨에 입을 맞췄다.

"아주 짠 눈물이네."

로렌스는 그러고는 웃었다.

"만약에 내가 데바우 상회로 가서 엄청 잘나갔다면 지금쯤 네 눈물에서는 술맛이 날 수도 있었겠다."

돈은 무한히 있다. 그러나 시간은 무한하지 않다. 데바우 상회 같은 곳으로 갔으면 수천 마리의 딱따구리와 사는 셈이었을 것이다. 편히 잠잘 날이 없었겠지.

빈둥빈둥 벽난로 불을 바라보며 호로를 무릎에 안은 채 멍하니 있는 것도 불가능했을 테고. 숲속 나무들이 색색 가지로 변하는 것을 보며 계절의 변화를 즐기고, 봄에는 산나물, 여름에는 버섯, 가을에는 나무 열매를 따러 숲으로 들어가는 일도 절대 못 했을 것이다.

그 대신 데바우 상회에서는 저녁 식탁에 온갖 산해진미 식자재가 줄을 이었겠지만 그런 게 즐거운 것도 처음뿐.

그러나 호로와의 반복된 일상에서 진력날 일은 절대 없다.

로렌스는 자신의 선택을 티끌만큼도 후회하지 않는다. 그러니 호로가 왜 나흘간이나 데바우 상회에 머물었고, 좀 전처럼 감정의 둑이 무너졌는지 도무지 이해가 되지 않았었다.

하지만 지금은 알겠다. 어음 증서의 금액에 로렌스가 어린애처럼 신나 하는 것을 보며 왜 호로의 기분이 삐딱해졌는지도.

그러다 라우드 상회와 이 도시의 기묘한 구도를 앞에 두고, 일개 전직 행상인의 능력으로는 쉽게 감당할 수 있는 일이 아니라고 하는 로렌스의 말을 들었다.

그 어떤 문제라도 바로 해결하는 대상인이 될 가능성을 로렌스에게서 빼앗은 것이 다른 누구도 아닌 자신이었다고, 호로는 생각한 것이다.

"현랑이라는 별명은 반납해야겠는걸?"

호로의 머리를 끌어안듯 하며 쓴웃음을 섞어 말하자, 호로가 로렌스의 손에 손톱을 세운다.

"내가 얼마나 행복한지를 모르고 있잖아."

그러자 호로의 몸이 딱 굳더니 또 울음을 터뜨릴 것처럼 코를 훌쩍 들이마신다.

로렌스는 호로의 머리를 쓰다듬고는 이마를 딱 부딪쳤다.

"게다가, 아까 내가 무슨 말을 하려다 말았는지 궁금하지 않아?"

"······?"

호로가 로렌스를 본다.

홀로 보리밭에 남겨진 어린아이처럼 로렌스를 보았다.

"일개 전직 행상인의 능력으로는 쉽게 감당할 수 있는 일이 아니지만, 나한테는 모험을 통해 얻은 자산이 있지."

그러면서 히죽 웃어 보인 것은 허세가 아니다.

로렌스 자신도 재미있어 죽겠는 계획이 머릿속에 있기에.

"너하고 함께해 온 모험 말이야. 그 결과, 내가 있고, 네가 있지. 내가 지금부터 하는 일은 네 손을 잡았기에 할 수 있게 된 일이야."

로렌스는 자리에서 일어나 호로 앞에 섰다.

"그리고 장사라는 건 말이지, 규모가 클수록 재미있는 건 아니야."

하며 손을 내밀자, 호로는 한순간 주춤하다가 로렌스의 손을 맞잡았다.

"장사의 마법을 보여 줄게. 틀림없이 날 다시 보게 될걸?"

그러고는 장난스럽게 호로의 뺨을 손으로 콕 찌르자, 그제야 호로는 어정쩡하게나마 웃음을 지었다.

"…멍청이."

로렌스는 호로를 보며 웃은 후 손을 잡고 걸음을 내디며, 예의 바르게 멀리 떨어져 서 있던 마을 사람에게 가서 이런저런 계획을 전했다. 주교와 촌장 등, 주교령의 재산에 결정권을 가진 이들을 교회로 불러와 달라고도 하고.

마을 사람은 곤혹스러운 표정을 지으면서도 거래의 수수께끼를 밝혀낸 로렌스의 말에 순순히 따랐다.

그리고 로렌스는 호로의 손을 잡고 마을 중심부로 향했다.

그곳에 있는 것은 훌륭한 교회. 그리고 그 안에는 오랜 지인인 엘사가 있다.

로렌스가 아는 한, 최강의 여사제.

"…두 분의 금실이 어쩌면 그렇게 좋은지 비결을 여쭤도 되나요?"

교회 안으로 들어가 엘사를 부르자, 웬일로 그런 농담을 해온다.

그렇게 묻고 싶어질 만큼 호로와 로렌스가 굳게 손을 맞잡고 있었으니.

"엘사 씨가 결혼식에 있어 주셨기 때문이지요."

엘사는 어이가 없다는 투로 웃고는 로렌스가 교회로 온 용건을 들었다.

그러자 차츰 얼굴이 바뀌더니 성전과 나란히 둔 교회법전을 집어 들었다. 엘사는 살로니아 주교와 함께 현재 이 도시의 난관에 교회의 권위가 어떤 식으로 도움이 될 것인지를 여러모로 의논하고 있었던 모양이다.

거기에 로렌스의 장사 지식과 경험이 섞여든다.

계획을 다 설명하고 나자 엘사는 타당한 말을 했다.

"…논리적으로는 이해했습니다만, 정말 뜻한 바대로 될까요?"

엘사의 물음은 주교의 물음이기도 하리라. 살로니아의 경제에 도움이 될 줄 알고 상인을 체포하자 오히려 더 혼란이 심해지고 말았으니.

그러나 로렌스는 확고한 자신이 있었다.

엘사가 협조한다면 틀림없이 해결된다.

"절 믿어 보십시오. 이곳에 부족한 것이 바로 그것이니까요."

뒤늦게 온 바런 주교령 사람들도 어리둥절한 표정이었다.

그렇다고 이대로 그냥 놔둬 봐야 상황이 좋아질 리 없다.

엘사는 결단했다.

"믿겠습니다."

엘사와 악수를 하려다가 여전히 호로와 손을 잡고 있다는 게 생각났다.

손을 놓으려 하자 호로가 딴 곳만 보며 놓으려 하지 않는다.

"설마 제가 채 가겠습니까?"

엘사가 어이없어하며 웃자, 호로는 점점 더 입술만 삐죽인다.

"그럼 가 볼까요?"

뒤엉킨 것을 풀어내려.

로렌스 일행이 줄줄이 교회 밖으로 나선다.

이제 하늘은 아름다운 가을 하늘이었다.

거래를 되짚어 올라가 보니, 다들 대금을 갚지 못해 애를 먹고 있었다.

누군가의 잘못인 듯하면서도 실은 아무도 잘못이 없다.

"그러니까 악당은 아무 데도 없는 겁니다. 절 믿으십시오. 바런 주교령의 재산은 동화 한 닢 훼손하지 않은 채로 라우드 상회의 빚을 없애 버리겠습니다."

엘사가 뭐라 하든 데바우 상회에 산을 매각한 자금은 바런 주교령의 것이다. 그것을 이용하려 하니 당연히 주교령 사람들의 결단이 필요한데, 또한 당연히 그들은 떨떠름한 표정을 지었다.

그도 그럴 것이, 로렌스가 제안한 것은 라우드 상회의 빚에 보증을 서는 것이었으니까.

"무슨 말씀인지는 알겠으나…."

로렌스가 설명한 계획은 기기묘묘했다. 라우드 상회의 빚을 산을 판 대금으로 보증을 서지만, 손톱만큼도 손해 보는 일 없이 도로 찾아오겠다고 호언장담하는 것이니.

그러나 결국엔 주교령 사람들이 물러섰다. 무한히 이어진 엘사의 설교, 그리고 무엇보다 라우드 본인의 약속이 있었기에.

"은혜는 반드시 갚겠소."

그들은 앞으로도 오래도록 함께할 사이이니.

"그럼."

하며 로렌스는 엘사와 살로니아의 주교, 그리고 허세를 좀 부리기 위해 열 명 정도의 사람을 줄줄이 달고 양조 조합으로

향했다. 양조 조합은 라우드 상회에 술을 팔았으나 받아야 할 대금을 받지 못해 곤궁에 처해 있었다. 거기에 데바우 상회의 어음 증서를 들이밀었다.

"이 어음 증서로 라우드 상회의 빚을 갚겠습니다."

어음 증서에 쓰인 데바우 상회라는 이름과 막대한 금액에 양조 조합 조합장은 눈을 희번덕거렸다.

교회 사람들까지 왔기에 감옥에 투옥되는 게 아닌가 했는데, 느닷없이 빚을 갚겠다고 하니 영문을 몰라 당황할 만도 하다.

"그, 그건, 저기, 고맙, 긴 하오만…."

대체 무슨 꿍꿍이속인가 하는 표정.

로렌스는 웃으면 이렇게 말했다.

"이 어음 증서를 여기에 맡기는 조건은 단 하나. 우리가 갚는 금액만큼 조합장님께서도 대금을 갚으셔야 합니다."

조합장은 멍한 표정을 지었으나, 밀려 있던 빚을 받을 수만 있다면 들어온 금액만큼 자신도 빚을 갚아 부담을 더는 게 딱히 나쁘진 않다. 하물며 돈을 받는 조건이라 하니 더더욱. 게다가 눈앞에는 신념이 투철해 보이는 성직자 엘사가 있고, 불과 얼마 전에 상인을 투옥한 주교까지 와 있으니.

어찌 거절하겠는가.

"아, 알겠습니다…."

조합장의 대답에 로렌스는 고개를 끄덕이고는 숫자와 신앙에 밝은 엘사에게 뒤처리를 맡기고, 한 사람을 남겨 두어 어음 증서를 잘 지켜보게 한 뒤 다음 장소로 향했다. 이 이상한 대화가 무엇이었는지 확인하려고 양조 조합에서도 몇 사람이 따라나섰다.

다음에 방문한 목공 직인 조합에서는 험상궂은 목공 직인들도 로렌스 일행의 위용이며 제안한 내용에 당황해 알쏭달쏭한 표정을 지으면서도 동의했다. 양조 조합에서 술통 대금을 받는 대신 그 금액을 그대로 외상 빚을 진 거래처에 갚겠노라고.

그 후 목공 직인 몇 사람이 일행에 동행해 '건초와 낫' 여관으로 향했다. 로렌스가 아까 말을 나눴던 목재 상인을 발견하자, 마침내 자기를 잡으러 온 줄 알고 절망하는 상인을 진정시킨 후 동료를 불러와 주기를 청했다. 그들이 받아야 할 대금을 계산해 지급해 주는 대신 그들이 갚아야 할 외상값은 갚도록 독촉했다. 다음 곳으로 향하는 길에는 물론 목재 상인들이 줄줄이 따라나섰다.

여관 조합에서는 조합장이 대낮에 용이라도 본 것 같은 표정을 하고 로렌스 일행을 맞이하고는, 목재 상인들에게 받아야 할 대금을 받는 조건으로 라우드 상회에 주어야 할 대금은 갚는 것에 동의했다.

그 자리를 떠날 때는 당연히 여관 조합 사람들도 따라나섰다.

바야흐로 엄청난 수로 불어난 일행이 라우드 상회로 가자, 라우드 본인이 부하들을 데리고 문간에 나와 안절부절못하며 기다리고 있었다.

그러다 로렌스 일행이 사람들을 대거 이끌고 돌아온 것을 보고는 기겁했다.

"이, 일은 어떻게 됐소?!"

여관 조합에서 받은 지급 증서를 엘사에게 보이자 라우드는 엘사를 힘껏 끌어안았다.

그리고 라우드까지 합류한 일행이 양조 조합을 다시 방문하는 것으로 모든 고리가 닫혔다.

"…오오, 신이시여…."

양조 조합 조합장은 기적이라도 본 것처럼 그렇게 중얼거렸다.

여관 조합에게서 대금을 받은 라우드 상회는 그 돈을 들고 양조 조합으로 갔다.

그런 후, 갚아야 할 대금만큼을 양조 조합 조합장에게 건네고, 로렌스 일행이 맡긴 데바우 상회의 어음 증서를 되찾았다. 이로써 라우드 상회가 양조 조합에 진 외상 대금은 말끔히 사라졌다.

그런데도 로렌스의 손에는 동화 한 닢이 더 들어오지도 나가지도 않았다.

그러기는커녕, 무수한 상회와 조합에서 갚아야 할 외상 대금만이 사라졌다.

그 광경에 한동안 침묵이 내렸다.

말문을 연 것은 로렌스.

"보시다시피 금화는 한 냥도 늘어나지 않았고, 줄지도 않았습니다. 모든 것은 이 어음 증서에서 시작해 펜과 잉크로 지급이 이행되었고…."

로렌스는 늘어선 면면을 둘러보았다.

"신의 가호 아래, 여러분이 갚아야 할 외상 대금은 깨끗이 사라졌습니다!"

그러자마자 귀를 찢을 듯한 환성이 터지고, 발을 구르는 탓에 조합 회관 자체가 흔들렸다. 누구 할 것 없이 경이로운 환희에 차서 살로니아 주교와 엘사를 높이 들어 올리며 신의 위대함을 찬양했다. 그렇게 떠들썩한 가운데 호로만이 역시 우두커니 서 있었다.

하지만 외로워서 그런 게 아니라, 여우에게 홀려 얼이 빠진 늑대 그 자체였다.

"어때? 이게 상인의 마법이라는 거지."

호로는 퍼뜩 정신을 차리더니 안개 속에서 사냥감을 발견한 것처럼 눈을 가늘게 떴다.

"대체 뭐가 뭔지…."

로렌스는 어깨를 으쓱이고는 잠시 생각하다가 이렇게 말했다.

"네거리 교차점을 생각해 봐."

"…어?"

"네 갈래로 갈라진 길에서 각각 긴 짐마차가 들어와. 서두르느라 주위를 제대로 살피지도 않고."

호로는 눈을 두리번거리고는, 그런데? 하며 턱을 쳐든다.

"그림으로 그려 보면 일목요연한데, 그렇게 네거리로 들어온 짐마차는 정면의 짐마차가 방해되어 앞으로 나갈 수가 없지. 게다가 뒤를 돌아보니 이번에는 다른 놈이 자기 짐마차 진로를 막았다며 노발대발."

"흠."

"설상가상 마차며 행인이 꾸역꾸역 밀려드니 오도 가도 못하는 신세."

"…여기가 그런 상황이었다고?"

로렌스는 고개를 끄덕인다.

"실은, 어떻게든 문제는 풀리게는 돼 있어. 다들 조금씩 뒤로 물러나고 간격을 벌리면 그 틈을 효과적으로 활용해서 더 크게 틈을 벌리고, 그렇게 풀어 나가면 돼. 하지만 유독 금전에 관한 한은 남을 믿지 못하고, 뒤엉킨 네거리 같은 상황을 둘러보기가 쉽지 않지. 나 혼자서만 남을 믿고 외상값을 갚아 봐야 그 돈은 다른 누군가의 외상값을 갚기 위해 쓰여서 허공으로 사라지고 말 거란 생각만 앞서서."

그러니 내가 진 외상값은 갚으려 하지 않고, 누군가 남이 외상값을 갚게 하려고만 든다.

"이 혼란을 해결하려면 네거리가 한눈에 들어오는 여관 창문에서, 당신은 이쪽, 당신은 저쪽으로 가라며 명령을 내릴 수 있는 사람이 있어야 해. 장사에서 그런 역할을 하는 것은…."

로렌스는 호로의 자그마한 코를 꾹 쥐었다.

"두 다리로 돌아다니며 돈을 버는, 세상이 얼마나 넓고 복잡한지를 아는, 행상인뿐이지."

호로는 코를 잡힌 채로 로렌스를 빤히 바라보았다.

"뭐야, 이런데도 여전히 내가 너 때문에 변두리 온천장 주인밖에 되지 못했다고 할 거야?"

로렌스는 호로의 코를 쥐었다 놓았다 하며 말했다.

"나는 내가 좋아서 온천장에 있는 거고, 네 비위를 맞추고 있는 거야. 기분 내키면 언제든지 마법을 쓸 수 있지만."

호로는 눈을 가늘게 뜨며 당장에라도 울음이 터질 듯이 입술을 바르르 떨었다.

하지만 나오는 것은 눈물이 아니라 기가 막힌다는 웃음.

"멍청이."

로렌스는 어깨를 으쓱이고는 호로의 눈꼬리에 어렴풋이 번진 눈물을 손가락으로 닦아 준다.

그러자 호로는 로렌스가 하는 대로 기쁜 듯이 가만히 있다. 이러다 엘사가 보면 또 뭐라 하겠구나 하고 로렌스는 생각했다.

그리고 호랑이도 제 말 하면 나타난다는 말을 입증하려는 것은 아니겠으나, 실제로 엘사 본인이 나타났다.

"아아, 로렌스 씨, 얼른 이쪽으로 와 주세요!"

"예?"

몹시 시달렸는지 엘사는 꼭 묶은 머리가 흐트러지고 뺨이 빨갰다. 손에 쥐고 있는 것은 증서 다발.

"외상 대금의 고리는 이 도시에 아직 산더미처럼 남아 있어요! 같은 방법으로 해결할 수 없느냐며 엄청난 수의 진정이 밀려들고 있습니다! 어서요, 빨리!"

엘사가 로렌스의 손을 잡아끄는데, 이번에는 호로가 막지 않았다.

"뭐야, 안 막아?"

로렌스가 너스레를 떨며 묻자 호로는 재미있다는 듯 어깨를 으쓱였다.

"그럴 필요 없어."

그러고는 늑대처럼 사뿐한 걸음으로 로렌스의 곁에 와 섰다.

"난 쭉 당신 곁에 있을 거니까."

처음 만난 뒤로 쭉 그랬다.

그러니 앞으로도 쭉. 그렇게.

로렌스는 웃고, 호로도 웃는다.

살로니아의 이 소동도 천국에서 보면 사소한 일이겠지.

그러나 로렌스의 가슴속에는 보물이 있다.

"호로."

이름을 부르자 호로가 눈을 깜빡인다.

약간 외로움쟁이인 늑대는 눈을 가늘게 뜨며 즐겁게 웃었다.

늑대와 향신료

늑대들의 결혼식

어린 시절, 신학을 공부하겠다는 뜻을 세우고 태어나고 자란 고향 마을을 나섰다. 돈도 연줄도 하나 없이 대학 도시로 가서 이곳저곳 떠돌며 방랑 학생으로 살았다. 무계획도 그런 무계획이 없었으니, 아니나 다를까 암초에 부딪혔다가 그야말로 신의 인도하심으로 인생의 스승이라 할 이들을 만나 지금까지 살아올 수 있었다.

그 이후로는 일을 열심히 하는 한편 공부도 게을리하지 않으려 노력했다.

물론 미흡한 부분은 있으나 전진한 느낌 또한 확실히 있었다.

그러다가 마침내 때가 되어, 라고 하기엔 좀 그렇지만, 온천 마을 뇨히라를 떠나 또다시 길을 나선 것이 두 달 전쯤의 일.

세상은 교회를 둘러싼 문제로 혼란했고, 나의 여행도 단박에 온갖 시련을 맞았다. 그래도 신의 가호로 무사히 헤쳐 나와 주변에서 기대 이상의 평가를 받게 되기도 했다. 되레 그런 높은 평가에 당황해 짓눌릴 뻔했다가 최근에야 비로소 이 빈약한 등짝에 그 막중한 책임을 짊어지기 시작했다.

이제 남은 일은 오로지 신앙의 길을 정진하며 자신을 갈고닦는 것.

나의 이름은 토트 콜.

신의 길을 나아가려는 어린양, 이나….

"으으…."

가슴이 눌리는 느낌에 눈을 떴다.

마침내 내게도 신앙을 시험하는 악마가 나타난 것인가, 그간 쌓은 신앙심으로 맞설 것이다! 하며 설핏 뜬 눈과 코 앞에 나무 창 새로 희미하게 스며든 새벽빛에 비쳐 침입자의 윤곽이 보인 다.

바짝 긴장한 어깨에서 맥이 풀렸다.

거기에 있는 것은 어떤 의미에서는 신의 어린양들을 현혹하는 악마인지도 모른다. 가슴 위에서 쌕쌕 숨소리를 내며 편히 잠들어 있는 것은 나이 어린 소녀였으니까.

가녀린 체격에 허리선이 높은 탓인지 기분 좋게 걷고 있는 걸 보면 복슬복슬 솜털처럼 보이기도 하는데, 막상 가슴 위에 올라와 있으니 그간 얼마나 성장했는지가 진하게 느껴진다. 혀 짤배기 어린 시절에야 이런 행동이 이루 말할 수 없이 사랑스러웠지만, 이만큼 자라서도 여전히 같은 짓을 하니 여러모로 마음이 무겁다.

누누이 말했건만 아랑곳없이 지치지도 않고 여전히 한밤중에 이불 속으로 파고들어 잠이 든 뮤리의 모습을 보며 코로 한숨을 쉬었다.

뮤리는 크나큰 은혜를 입은 전직 행상인 로렌스와 현랑 호로의 외동딸로, 태어난 때부터 돌봐 와서 내게는 여동생이나 다름없는 존재다. 왈가닥 뮤리는 태어난 고향 마을을 나가 바깥

세상을 보고 싶다며 늘 노래를 했는데, 내가 길을 나서자 멋대로 따라 나와 버렸다.

아버지를 닮아 신비한 색 조합을 띤 뮤리의 은빛 앞머리가 살랑이고, 감고 있는 긴 속눈썹이 움찔움찔한다. 입속으로 무슨 말인지 중얼대더니 고양이가 자다가 몸을 뒤척이듯 등을 웅크리고는 이불 속에 얼굴을 묻으려 든다.

그런 천진한 모습에 이끌려 빙긋 웃다가 문득 깨달았다.

뮤리가 얼굴을 이불 밑에 묻고 있는 탓에 머리 언저리가 내 코끝에 와 있다. 날마다 빗질을 게을리하지 않는, 뮤리의 자랑스러운 머리카락에서는 향유와는 또 달리 묘하게 달달한 향기가 난다.

그러나 묘하게 코가 간질간질한 것은 그 살랑살랑한 머리카락 탓이 아니었다.

뮤리의 머리 위에 달린 커다란 세모꼴 늑대의 귀 때문에.

뮤리는 늑대의 피를 이은 소녀이기에 어엿한 늑대 귀와 꼬리가 달렸다. 때로는 그 귀 끝이 콧속으로 들어와 잠에서 깨는 일도 있는데, 잠든 뮤리가 새근새근 내쉬는 숨결에 맞춰 기분 좋게 쫑긋쫑긋하는 늑대 귀 끝을 보면서 나는 꿀꺽 숨을 삼켰다.

귀여운 소녀에게 달린 귀여운 늑대 귀와 무방비하게 잠든 모습. 그 모습에 군침을 삼켰던⋯ 것이 아니라 불길한 예감이 들어 소리를 지를 뻔한 것을 필사적으로 참느라.

"설마!"

이불을 확 젖히자, 가슴 위에서 뮤리가 추운 듯이 몸을 웅크린다. 그 직후 못마땅한 듯 파닥이는 늑대 꼬리가 평소보다 훨씬 더 복슬복슬, 나무창 틈으로 들어오는 아침 햇살을 받아 반짝반짝 빛난다.

정확하게는, 그 꼬리에서 날아오른 무수히 빠진 털들이.

"…아아, 신이시여."

들었던 머리를 베개 위로 도로 내린 후 힘없이 천장을 바라본다. 아침 햇살 속에 날아오른 털 색깔이 재를 섞은 듯한 은색이라 마치 눈이 내리는 것 같다. 예쁘다고 할 수 있겠으나, 세상에는 예쁜 일만 있는 것이 아니다.

"뮤리, 뮤리."

정작 당사자인 뮤리는 벗겨진 이불을 찾아 태평하게 꿈지럭대고 있다. 그 어깨를 잡아 흔들자, 잠꾸러기 뮤리는 시끄럽다는 투로 귀를 덮고는 꼬리로 내 손을 탁 때린다. 그럴 때마다 은빛 털은 빠져 날아오르고.

"뮤리!"

"으으~… 오라버니, 더 잘래~…."

그러면서 마침내 손에 잡힌 이불을 뒤집어쓰려고 드는 뮤리에게 이렇게 말했다.

"지금 당장 이 털 청소해요!"

뮤리는 늑대의 피를 이은 소녀. 올해도 털갈이 시기가 돌아왔으나 이곳은 뮤리의 집인 뇨히라 온천장이 아니다. 우리는 한창 여행 중이라 오늘 잔 이곳도 여행지에서 잠깐 빌린 귀족 저택의 한 방.

　뮤리가 늑대인 것이 알려져서는 절대 안 된다.

　"…흐엉?"

　잠이 덜 깬 눈으로 목을 내민 뮤리는 콧속에 털이 들어가기라도 했는지 엣취 재채기를 터뜨렸다.

　바닥과 책상 위는 닦으면 되지만 이불에 붙은 털은 털어 낸 후 손으로 일일이 집어내는 수밖에 없다. 그렇다고 손님이 우물가에서 이불 빨래를 한다면 그것 자체가 아주 이상한 일이고, 설령 그렇더라도 뭔가 마땅한 이유를 있어야 할 것이다. 그래서 뮤리에게 이불 빨래를 하기 위해 연극을 좀 해 줬으면 한다고 했더니 눈을 치켜뜨며 시뻘건 얼굴로 노려보았다.

　"이제 나도 어른인데, 내가 그런 짓을 할 리가 없잖아!"

　응석 부리는 버릇이 여전하면서도 어른이라고 주장해 봐야 설득력이 없건만, 뮤리가 너무 화를 내기에 이불에 실수했다는 변명은 쓰지 않기로 했다.

　그러니 하는 수 없이 뮤리와 나란히 나무창 옆에 걸터앉아 일

일이 집어내는 작업을 하기로 했다.

"하아… 이 시기를 까맣게 잊고 있었네요…. 지금쯤 온천장에서 로렌스 씨도 고생이 심하시겠네…."

뮤리의 모친인 현랑 호로는 뮤리와 달리 귀와 꼬리를 감추지 못한다.

이 시기에는 털갈이 중인 늑대의 털이 온천장을 날아다니는 것을 피할 수 없기에 방 안에 틀어박혀 있을 터.

그래도 온천장에서는 서로 사정도 알고, 밤에는 남의 눈을 피해 탕에 몸을 담글 수도 있다. 그렇기에 귀와 꼬리를 자유자재로 넣었다 뺐다 할 수 있는 뮤리의 털갈이는 지금까지 별로 신경 쓰지 않았었다.

하지만 여행지에서 이런 일이 벌어지면 전혀 다른 이야기가 된다.

"아우우~… 손 저려~…."

뮤리는 앓는 소리를 내지만, 짐승의 피를 잇는 자들은 악마가 들렸다고 하여, 교회 관계자에게 발각됐다가는 대번에 화형이다. 그것을 생각하면 무슨 고생인들 마다하랴.

"오라버니~"

기진맥진한 듯 무릎 위로 이불을 내던진 뮤리에게 잠자코 어서 움직이라고 말을 하려는 순간.

"만약에 말인데, 나랑 털 색깔이 같은 떠돌이 개를 주워 오면 해결되지 않을까?"

"네? 아니, 그건…."

하며 반박하려다가 멈칫했다.

"꼬리털을 아무리 씻어도 이 시기엔 완벽하게 속일 순 없단 말이야. 게다가 자는 동안에는 귀와 꼬리를 제대로 감출 수 있을지 나도 자신 없고."

뮤리는 귀와 꼬리를 자유롭게 넣었다 뺐다 할 수 있지만, 기본적으로는 내놓고 있는 쪽이 더 자연스러운가 보다. 그래서 깜짝 놀라거나 화가 나면 멋대로 튀어나오기도 한다.

그건 잘 때도 마찬가지인데, 그렇다면 이 작업을 허구한 날 반복해야 한다는 뜻이니, 뮤리의 제안을 최소한 검토라도 해 보는 게 나을 것 같다.

"내가 순진한 여자아이인 척하면 저택 안에 강아지 한 마리쯤 데리고 들어와도 뭐라 하진 않을 거야."

그런 소리를 아주 태연자약하게 하는데, 뮤리가 강아지를 안고 뻔뻔하게 연기를 하는 모습이 눈에 선하다. 오라버니 대신인 입장으로서는 그다지 반갑지 않은데, 뮤리는 그런 일엔 또 묘하게도 뛰어나다. 모친인 현랑 호로 역시 위엄과 애교를 능숙한 솜씨로 발휘하며 남편인 로렌스의 고삐를 쥐었다가 쥐어 줬다가, 휘둘렀다가 하는 것이 아주 자유자재이니 뮤리도 그 피를 이어받은 것일 테지만.

실제로 이불에 붙은 털을 제거하는 작업을 하고 있자니 한도 끝도 없다.

"…하지만, 그렇게 데려올 강아지가 있을까요?"

하고 묻자, 뮤리는 이불을 확 던지고는 벌떡 일어섰다.

"밖에 나가서 찾으면 되지! 오늘도 날씨 좋잖아!"

설마 그것이 목적이었나… 싶지만, 어쨌든 마침 오늘은 웬일로 아무 예정이 없는 날이다.

한동안 폭풍처럼 바빴고, 또 며칠 후에는 그 폭풍이 다시 온다.

뮤리가 어린애처럼 이불 속으로 기어들어 어리광을 부린 것도 요즘 별로 상대해 주지 못해서 외로웠던 탓일 테고.

"그럼, 그렇게 할까요?"

뮤리는 이내 눈을 반짝이며 외투를 집어 들었다.

"야호! 노점에서 꼬치구이! 소시지! 설탕 과자!"

불길한 주문을 외우는 뮤리의 모습에 한숨을 쉬며 일어나 외투를 걸친다. 계절은 봄. 이제 슬슬 이것도 필요 없어지겠지. 뮤리가 저렇게 들뜬 것도 이런 날씨 때문이리라. 길고 힘들었던 겨울이 끝나 좋은 계절이 오고 있다.

눈을 찡그리고 나무창 밖을 보자 탁 트인 푸른 하늘이 펼쳐져 있다.

"오라버니! 가자!"

뮤리가 팔을 잡아당기며 낑낑댄다.

하늘을 쳐다보며 계절의 변화에 미소 짓는 참한 여자아이.

뮤리가 그런 모습으로 자라 주기를 바라기도 했었지만, 이렇게 씩씩한 것 또한 맞는 모습인 것 같다. 게다가 뮤리는 얕잡아볼 수 없다. 마음만 먹으면 참하고 얌전한 여자아이인 척도 얼마든지 할 수 있으니.

"응? 왜애?"

내 오른팔에 매달리듯 하고 있던 뮤리가 어리둥절한 표정을 짓는다.

"아무것도 아니에요."

왼팔로 머리를 쓰다듬자 목과 어깨를 움츠리고는 기뻐한다.

"단, 꼬치구이는 딱 하나만 먹는 거예요."

"어~!"

"어는 무슨 어예요?"

"좋아, 그럼. 이~따만큼 큰 꼬치구이 집으로 갈 거니까!"

어깨가 빠질 지경으로 양팔을 크게 벌렸다가는 상어가 입을 딱 닫듯 또 내 팔을 확 붙들었다.

"약속한 거다?"

"그런 게 어디 있어요? 아, 쇠꼬치는 안 돼요. 나무꼬치로."

"오라버니 못됐어!"

항의하면서도 뭐가 그리 재미있는지 웃으면서 내 팔에 얼굴을 문지른다.

즐거운 듯도 하고 지긋지긋한 듯도 한, 어쩌면 평소 그대로인 하루가 시작되었다.

우리가 지금 묵고 있는 곳은 윈필 왕국의 남쪽 도시 라우즈번 안에 있는 어느 귀족의 저택이다. 여행 중 신세를 지고 있는 왕족 하이랜드의 임대 저택에 우리도 방을 하나 얻어 쓰면서 하이랜드가 맡기는 일을 하고 있다. 오늘은 하이랜드가 공적 업무로 자리를 비웠기에 오랜만에 맞은 휴일이다.

하이랜드가 돌아오면 또 격무가 시작될 것이다.

요 며칠간 사람들의 출입이 극심했던 저택 내부도 휴일이라서인지 조용했다.

고용인에게 잠시 외출하겠다고 알린 뒤 밖으로 나섰다. 혹시 몰라 방에 중요한 서류를 작성하다 말았으니 아무도 들어가지 않게 해 달라고 부탁해 두었다. 서류가 있는 것은 사실이니 신께서도 용서하시리라.

저택 밖으로 나오자 아직 점심 전인 라우즈번 거리는 평소와 다름없었다. 불과 얼마 전까지만 해도 폭풍 속에 큰불이 난 것처럼 야단법석이었는데 이제는 완전히 일상을 되찾은 듯하다.

덮개 달린 마차가 우아하게 지나다니는 귀족의 저택 지대를 벗어나 떠들썩한 번화가로 나선다. 닭과 오리가 꽉꽉 들어찬 광주리가 지나가더니 다음에는 돼지를 가득 실은 짐마차, 멍에로 줄줄이 연결된 육우 떼까지 지나갔다. 대체 몇 사람분의 식탁을 장식하게 될지 생각만 해도 현기증이 나는데, 겨우내 소금에 절인 고기와 청어, 맛없는 딱딱한 빵으로 버텨 온 사람들의 위장을 채우기에는 저것으로도 부족하리라.

사람들의 활기찬 모습에 신의 가호가 있기를 기도하고 있자, 곁에 쭈그리고 앉아 있던 뮤리가 일어섰다.

"응, 그럼 부탁할게. 그럼 오라버니가 맛있는 거 상으로 사 줄 거야."

뮤리의 말에 대답하는 것은 짙은 갈색 털이 다소 볼품없는 노견.

멍, 하고 힘없이 짖고는 골목 안쪽으로 터덜터덜 걸어간다. 뮤리의 발밑에는 색이 다른 떠돌이 개 세 마리가 앉아 있다. 숲의 왕인 늑대의 혈통인 뮤리는 라우즈번으로 들어오자마자 떠돌이 개들을 부리기 시작했다.

뮤리 앞에 앉은 개들도 털이 좀 거칠어 보인다. 뮤리와 마찬가지로 털갈이 시기라 저럴 텐데, 아닌 게 아니라 비슷한 털 색깔을 가진 개를 찾아내면 정말 눈속임이 될 것 같다.

"찾을 수 있을 것 같아요?"

"음~ 나처럼 멋진 털은 없지만, 비슷한 색깔이 모인 곳이 있으니까 가서 보고 오겠대."

떠돌이 개들의 사정은 알 수 없지만, 비슷한 개들끼리 모이는 습성이 있는 건가?

"여기는 배들이 많이 들어오잖아? 그 배를 타고 여러 지방에서 이주해 온 사람들은 같은 고향 사람들끼리 모여 산대."

큰 도시에는 꼭 있는, 어디어디 사람들의 거리라 불리는 집단 거주지를 말하는 것일 텐데, 거기까지 듣자 납득이 갔다.

"고향에서 데리고 온 개들도 같은 곳을 구역으로 두는 것이로군요?"

"응. 예를 들어 얘네들은 다들 대륙 동쪽에서 왔대."

듣고 보니 색은 달라도 체형이 비슷해 보이긴 했다.

뮤리가 머리를 쓰다듬자 다들 반갑게 꼬리를 친다.

"그럼 아까 그 개는 은빛 털을 가진 개들이 모이는 지역에 간 거예요?"

"아마도. 뭐, 내 털에는 한참 못 미치겠지만."

뮤리는 머리털 손질에는 여념이 없으나 꼬리털은 별로 신경 쓰는 편이 아니다.

그래도 자부심은 있는지 허리에 손을 얹고는 가슴을 편다.

"그럼 오라버니, 할아버지 개가 찾아올 애들이 모이기 전에 우리는 상으로 줄 음식을 사러 가자!"

"그래요, 그래. 그러는 김에 떠돌이 개를 이끄는 늑대한테도.

278

맞죠?"

"에헤헤."

장난스럽게 웃는 뮤리를 보며 쓴웃음을 짓고는 나란히 인파 속에 몸을 맡겼다.

라우즈번은 원래부터도 크고 번화한 항구 도시지만, 부둣가로 가자 어찌나 혼잡한지 거대한 통으로 바다에서 사람들을 퍼내 길에 쏟아붓고 있는 것처럼 느껴질 지경이었다.

이 지역의 바다는 겨우내 북서쪽에서 습하고 찬 바람이 불어오기에 그간 항해가 가로막혔다가 본격적인 봄을 맞자 배가 밀려들고 있는 것이리라.

"뮤리, 길 잃지 않도록 조심해요!"

"내가 하고 싶은 말이야, 오라버니!"

키도 작고 몸무게도 가벼운 뮤리는 부딪쳤다가는 탈 없이 끝날 리 없을 거대한 짐을 진 힘센 하역 인부를 훌쩍 피하고는 큰소리로 흥정을 하며 걸어가는 뚱뚱한 무리를 슬쩍 돌아, 어깨에 양을 짊어지고 가는 목축업자를 재미있게 쳐다보면서 길가 양옆에 빼곡하게 늘어선 노점을 구경하며 걸어갔다.

이렇게 혼잡한 인파 속에 넘겨졌다가는 바로 밟혀 크게 다칠 것이라 안절부절못하고 정신이 하나도 없었지만, 방해된다고 하역 인부에게 호통을 듣고, 상인들에게 냅다 떠밀리고, 목축업자 어깨 위의 양 꼬리에 얼굴을 얻어맞은 것은 뮤리가 아니라 나였다.

비척비척 어떻게든 간신히 뮤리의 뒤를 따라잡자, 노점에서 한창 물건을 사는 중이었다.

"오라버니, 머리가 왜 그래?"

"……."

뮤리는 말짱한 얼굴로 허리띠에서 나무 숟가락을 꺼내 잘근잘근 씹으며 먹을 것이 다 되기를 기다린다.

"그렇게 씹는 버릇, 예의에 어긋나요."

간신히 그 말만 하자, 이가 근질근질한 강아지처럼 숟가락을 씹고 있던 뮤리는 혀를 쏙 내밀고는 노점 주인이 다 됐다고 하는 말에 가서 음식을 받아 들었다.

"…뭐예요, 그건?"

어린 시절엔 방랑 학생으로 살았고, 자란 후에는 뮤리의 부친인 행상인 로렌스를 도우며 여러 나라를 돌아다니다가 신학을 공부하기 위해 엘사의 인맥을 타고 이곳저곳 다니기도 했다.

나름대로 세상을 봐 왔다고 자부하는데, 들뜬 얼굴로 뮤리가 받아 든 음식은 난생처음 보는 괴상한 것이었다.

"에헤헤~ 저택에 왔던 돌 쌓기 직인 아저씨한테서 들은 거야! 지금 라우즈번에서 엄청나게 유행이래. 해적들이 먹는 거!"

뮤리가 손에 든 것은 딱딱한 싸구려 빵으로 만든 그릇에 이런저런 것들을 볶아서 잔뜩 쌓아 올린 것이었다.

"이건 돼지 내장하고 양 내장. 이쪽에 있는 건 관절에 있는 부드러운 뼈. 이걸 같이 볶은 다음에 속까지 잘 튀긴 생선뼈를 넣고, 소금을 착착 뿌리고, 마늘을 또 듬뿍 얹고, 겨자씨와 향신료, 기름을 듬뿍 넣어서 볶은 엄청난 건데…."

하며 뮤리가 설명하는 동안에도 손에 들린 음식에서 바람결을 타고 강렬한 마늘 향이 날아와 눈이 아렸다. 힘쓰는 일을 하는 돌 쌓기 직인들이 참 좋아할 만한 일품 음식인 듯한데, 뮤리는 나무 숟가락을 푹 꽂아 한 숟갈 떠먹더니 당장에라도 귀와 꼬리가 튀어나와 파닥파닥 댈 것처럼 눈을 질끈 감았다가 뜨고는 정신없이 퍼먹기 시작했다.

예의라고는 티끌만큼도 없었으나, 큼지막한 빵 그릇에 얼굴을 들이대며 열심히 퍼먹는 모습이 재미있지 않을 수 없다. 잔소리는 한숨으로 대치하고, 하다못해 앉아서 먹으라는 뜻에서 인적이 드문 골목으로 소맷자락을 잡아끌며 데려가 나무 상자 위에 앉혔다.

뮤리는 간이 센 해적 음식인지 뭔지를 여행의 길동무인 나무 숟가락으로 퍼먹다가 이따금 그릇을 대신한 빵을 덥석덥석 베어 물었다.

"헙, 흐업… 꿀꺽. 후우. 오라버니도 먹을래?"

반쯤 퍼먹은 뒤에야 생각난 것처럼 물었다. 그런 뮤리를 보고 웃으면서 그릇 대신인 빵을 조금 뜯고 내용물을 한 숟갈 떠서 얹었다. 기본적으로 육식을 삼가고 있는데, 사실 고기를 먹지 않으려 하는 데는 조금 다른 이유가 있다.

　그렇긴 해도 자극적인 이 냄새는 위험한 매력으로 가득했다. 한입 넣자 맛이 폭발하면서 관자놀이에서 정수리 언저리가 저릿할 만큼 강렬한 자극이 일었다.

　"힘이 솟지?"

　송곳니를 내보이며 씩 웃는 뮤리와는 달리, 너무 매워 기침이 날 지경인 것을 간신히 씹어 삼켰다. 입속에선 여전히 불이 나는데, 그렇다고 결단코 맛이 없는 것은 아니다. 오히려 착 달라붙는 느낌에 군침이 넘어간다. 이것만으로도 이 음식은 먹어선 안될 것 같다.

　"맥주가 당기네요⋯."

　"나도!"

　무심코 중얼거린 말에 뮤리가 장단을 맞춘다.

　어이없어 노려보자 혀를 쏙 내민다.

　그러고는 또 바삐 손을 움직이기에 "좀 천천히 먹어요."라고 잔소리를 하자 우물우물 내장을 씹다 말고 뮤리가 말했다.

　"숟가락이 작아서 그래."

　그러면서 비꼬듯 입을 쩍 벌리고는 숟가락을 넣는다.

여행을 떠나면 다들 지참하는 식기인데, 허세가 심한 상인은 모자에 은수저를 꽂고 다니기도 한다.

"이것도 다 망가졌으니까 새 걸로 바꾸고 싶은데."

"자꾸 씹는 버릇을 못 고치니까 그렇죠. 그냥 쇠숟가락으로 사 줘요?"

"히익!"

늑대라서 쇠는 질색한다. 그러고 있자, 인근 떠돌이 개들이 뮤리를 발견했는지 어디서랄 것도 없이 몇 마리가 다가왔다. 늑대인 뮤리를 흠모해서인지, 손에 들린 좋은 냄새가 나는 음식에 이끌린 건지는 모르겠으나.

"안 줘."

뮤리가 그러면서 해적 음식을 끌어안듯 하기에 머리를 쿡 찔렀다.

아낌없이 나누라고 성전에도 쓰여 있고, 며칠 전 휘말린 소동에서도 이 거리 떠돌이 개들에게 도움을 받았으니 인사는 해야마땅한데.

그러나 뮤리는 여전히 불만스러운 표정이었다.

"푸우~…. 얘네는 없으면 알아서 빼앗아 먹으며 살아왔다고. 사냥꾼을 챙겨 줄 것까진 없는데…."

투덜대며 숟가락으로 내장을 뜨더니 아까운 듯 들여다보다가 발밑에 내려놓는다. 개들은 꼬리가 떨어지라 흔들고는 앞다퉈

달려들었다.

"하기는, 나도 옛날에 여행을 다녔을 때는 떠돌이 개한테 몇 번인가 먹을 것을 빼앗긴 적이 있긴 해요."

그렇게 말하자, 뮤리는 또 숟가락을 질겅질겅 씹다가 멈칫하더니 짓궂게 웃었다.

"오라버니가 멍… 하고 있으니까 그렇지."

"부정은 못 하겠네요."

내 대답에 즐겁게 웃고는 다시 음식을 먹으려던 뮤리가 별안간 눈을 휘둥그렇게 뜬다. 무슨 일인가 하여 시선 끝을 따라가자, 딱 보기에도 여행객인 무리가 줄줄이 걸어가는 중에 이상야릇한 짐을 짊어진 이들이 보였다.

"오라버니, 저거 뭐야?! 저기 저 커다란 거!"

그러면서 나무 숟가락을 꽉 쥔 손으로 내 소맷자락을 잡아끈다. 빌려 입은 옷이라 얼룩이 질까 봐 기겁했건만 뮤리는 그런 것엔 아랑곳도 없다.

"저건…."

여행객의 차림새도 가지가지인데, 눈앞 행렬의 옷은 이 근방에서는 보지 못한 것이었다.

아마도 남방에서 온 이들이리라. 왠지 모르게 세련된 느낌에 걷는 걸음에도 자신이 차 있는 것을 보면. 그중 한 사람이 거대한 식기 다발을 등에 메고 있다.

"식당 같은 곳에서 쓰는 거… 아닐까요?"

사람 팔뚝만한 숟가락, 소고기 덩이를 꽂는 데 쓸 것 같은 두 갈래 나무 창. 그 외에도 낯선 모양의 식기들 여럿.

"아~ 근데, 여행객이 왜 저런 걸 갖고 있지? 여기에 가게라도 차리려는 건가?"

나무 숟가락을 질겅질겅 씹으며 뮤리가 그런 소리를 한다.

"어느 저택에 남방에서 온 이가 있는지도 모르죠. 봐요. 가구 같은 것도 있어요."

"와아, 진짜네."

뮤리는 행렬을 재미나게 지켜보다가 남은 음식을 떠먹고는 불쑥 말했다.

"나도 저런 거 있었으면 좋겠다! 저게 있으면 많이 먹을 수 있고, 여차할 때는 무기도 될 거야. 멋지지 않아?"

아닌 게 아니라, 저 정도 크기라면 뮤리에게는 장검을 든 느낌이겠다. 아주 잘 어울릴 것 같긴 한데, 저런 것으로 밥을 먹으면 식비가 얼마나 들지.

"안 돼요. 그럼 뭘 사 먹을 때마다 한 숟가락어치라고 하면서 저렇게 큰 걸 꺼내려 들려는 거죠?"

"응. 장대 같은 나무꼬치라면 꼬치구이도 아주 많이 먹을 수 있겠네."

꼬치는 딱 하나만 먹어야 한다는 제한에 꽁하고 있었는지.

"하여간에 꼭 그런 생각만…."

"아아~ 그래도 저거 참 좋겠다. 저렇게 큰 것으로 맛있는 것 좀 실컷 먹어 봤으면."

어른 저리 가라로 냉정함을 보일 때가 있는가 하면, 나는 이 해하기 어려울 만큼 유치한 면을 보일 때도 있다. 저렇게 큰 숟가락으로 음식을 먹다니, 불편하기만 할 거란 생각에 어이없어 하고 있노라니.

길을 가는 무리를 부러운 듯 바라보고 있는 뮤리를 올려다보는 세 쌍의 눈이 있었다. 라우즈번 항구를 근거지로 하는 떠돌이 개들로 늑대인 뮤리를 따르는 충실한 종복들이다. 영특하고 순종적인 개들이 뮤리의 시선 끝을 따라 일제히 몸을 낮춘다.

주인님을 위해 사냥꾼들이 힘을 쓰려 하고 있다!

"뮤리, 뮤리."

"흐엉?"

어깨를 두드리며 떠돌이 개들을 가리키자 뮤리도 사태를 알아 챈 모양이다.

잠시 뭔가 생각하는 듯하더니 즐겁게 말했다.

"좋아, 애들아. 내가 준 해적 음식만큼은 일을 해 줘야지?"

개들이 뮤리를 돌아보며 꼬리를 붕붕 흔든다.

"어휴, 뮤리!"

그러자 여봐란듯이 "꺅!" 소리를 지르며 몸을 움츠리고는 꺄르르 웃는다.

"하여간에 정말….''

"어~ 떠돌이 개를 거느린 도적단 여두목, 멋지지 않아? 악당
것만 훔치는 의적인 거지. 온천장에서 연극으로 공연해도 인기
끌 것 같은데?''

바로 상상이 되는 게, 뮤리한테 참 잘 어울릴 것 같다.

또래 여자애들은 신부 수업으로 재봉과 요리를 배우고, 정숙
한 예법을 익히고, 시 한 수라도 읽을 때이지만, 뮤리의 선머슴
같은 짓은 여전했다.

"그래, 알았어. 얘들아, 거리에서 훔치는 건 안 돼. 훔쳐도 되
는 건 나쁜 놈들한테서만.''

나무 숟가락으로 딱딱한 빵을 두드리고는 뮤리가 의적단 두
목처럼 그런 소리를 하자, 개들은 얌전히 몸을 낮추고는 심드
렁한 눈으로 도로 바닥에 엎드렸다.

"하아….''

뮤리가 어른이 되어 줄 날은 과연 언제일까.

지친 듯이 한숨을 짓고 있자, 아까 그 노견이 터덜터덜 걸어
왔다.

"아, 벌써 왔네. 어떻게 됐어?''

"웡!''

노견이 한숨처럼 한 번 울자, 뮤리가 시선을 빙그르 돌리고는

입가를 뒤튼다.

"무슨 뜻이야?"

"워우… 우으~….."

힘없이 낑낑 소리를 내더니 꼬리를 탁 친다. 뮤리는 나무 숟
가락을 또 한 번 씹고는 음식을 한 숟가락, 두 숟가락 퍼먹고,
그릇 대신인 빵을 한입 쭉 물어뜯고는 남은 것은 노견의 코앞에
내려놓았다.

"오라버니, 가자."

"어? 어딜요?"

남은 음식을 신나게 먹는 노견과 옆에 떨어진 건더기를 얻어
먹는 다른 개들을 넘어서더니 뮤리가 골목 안으로 향한다.

내 쪽으로 고개를 돌리고는 이렇게 말했다.

"누가 개를 사냥하고 있대."

사냥?

무슨 소리인가 했다가 뒤이은 말에 오싹 소름이 돋았다.

"그것도 은색이나 흰색 털만 노려서. 어쩌면 나랑 같은 목적을
가진 놈이 여기 있는지도 몰라."

"설마."

얼결에 말이 나갔으나, 그럴 가능성이 영 없지는 않다는 생각
이 든다.

이만큼 사람들의 출입이 잦고, 항구에는 각지의 배가 들어오

는 도시다. 사람이 아닌 존재이면서 세상에 섞여 사는 이들은 수가 적기는 해도 분명히 있다. 실제로 지금 여기 이렇게 뮤리가 있으니까.

"하지만 왜 그렇게 서둘러요? 같은 목적이라면 서로 양보하면 되잖아요?"

그러자 뮤리는 눈을 부릅뜨더니 송곳니를 흘끗 내보였다.

"여기는 내 구역이야! 어머니가 명심하라고 했어! 구역을 지키지 못하면 늑대도 아니라고!"

"……."

"게다가, 오라버니 예상과는 달리 나쁜 쪽일 가능성도 있잖아? 빨리 가자니까! 안 그러면 두고 갈 거야!"

미처 대답하기도 전에 성큼성큼 걸어가는 뮤리의 머리 위로 귀가, 외투 밑으로는 꼬리가 나와 있다. 라우즈번은 거대한 도시에 걸맞게 개를 포함해 어슬렁대는 떠돌이 짐승들의 수도 많다. 숲의 왕의 혈통인 뮤리는 이곳에 오자마자 그들을 바로 길들였으니, 이 도시가 자기 구역이라 여길 만도 하다.

"오라버니!"

골목 안으로 사라지기 직전인 뮤리의 외침에 하는 수 없이 걸음을 내디디려는데, 뮤리가 준 빵을 핥아 먹고 있던 노견의 시선이 느껴진다.

자기 잘못이 아니라고 변명하는 듯한 노견의 눈빛에 어깨를 떨구고 한숨을 쉰다.

"저 애는 태어났을 때부터 선머슴 같았죠."

"윙!"

큰 도시에서 떠돌이 개를 거느리다 보니 늑대의 피에 불이 붙었는지. 이건 평소 하던 왈가닥 짓과는 또 다른 일이니 너무 딱딱하게 야단을 쳐서는 안 될 것 같다.

"하여간에 참."

그렇게 중얼거리고는 뮤리의 뒤를 따른다.

뮤리가 달려간 뒷자리에 늑대 털이 반짝반짝 날리고 있었다.

라우즈번 시가지는 역사가 오래됐고 골목도 많다. 나 같으면 진작 길을 잃었을 테지만 빽빽한 나무로 시야가 가려진 숲속에서도 절대 헤매는 법이 없는 늑대인 뮤리는 다르다.

오른쪽 왼쪽 확신에 찬 기세로 나아가는데, 문득 정신을 차리고 보니 익숙한 느낌이 드는 구역에 서 있었다.

"헉, 헉… 저거, 뮤리, 여기는 저택 근방 아니에요?"

숨을 몰아쉬며 묻자, 뮤리는 어깨를 으쓱이고는 귀를 쫑긋거렸다.

"전혀 다른 곳이야. 분위기는 비슷해도."

귀족의 저택 지대도 여러 군데에 있나 보다.

"그리고… 여기는 공기 냄새도 달라. 아마 이 일대가 어디 먼 나라에서 온 사람들이 모여 있는 곳일 거고, 이 근방은 그런 사람 중에서도 돈 많은 사람이 집을 지어 놓은 걸 거야."

당연히 나야 공기 냄새 같은 것은 알 턱이 없지만 뮤리가 그렇다면 그럴 것이다.

"떠돌이 개는 없네요. 개를 사냥한다고 그랬죠?"

"며칠 전부터 몇 마리나 잡혀 갔다고 할아버지 개가 그랬어."

"그건…."

대도시에서 개를 사냥한다면 가능성은 몇 가지로 좁혀진다. 왕 같은 중요 인물이 관여되어 거리 정화를 위해 개를 잡는 경우. 그리고 모피를 얻으려고 잡은 경우. 그리고 한창 전쟁 중일 때는 먹는 입을 줄이거나 식재료로 쓰기 위해 잡기도 한다.

"나도 불길한 예감이 들었는데… 실제로 와 보니까 왠지 느낌이 묘해."

"묘하다니?"

뮤리는 골목 밖으로 고개를 내밀어 큰길을 관찰하기도 하고, 눈을 감은 채 코를 킁킁대기도 했다.

"살벌한 느낌은 전혀 없어. 독을 넣은 먹이 냄새라든가 봉으로 때려서 피비린내가 난다거나."

확실히 길은 아주 평온했다.

"그럼, 대체?"

"우음… 웅?"

코를 움찔하더니 이번에는 귀를 기울인다.

"…오라버니, 이쪽."

하며 뮤리가 골목에서 큰길로 나가려 하기에 팔을 붙잡았다.

"귀하고 꼬리."

뮤리는 '앗!' 하는 표정을 짓고는 몸을 부르르 떨어 귀와 꼬리를 감췄다.

"뮤리도 사냥당하지 않도록 조심해요."

"그럴 때는 오라버니가 구해 줄 거지?"

지치지도 않고 웃으면서 그러니 화를 낼 수도 없다.

그래요, 알았어요, 하고 머리를 쓰다듬어 주자 기쁜 듯이 목을 움츠리고는 걸음을 내디뎠다.

"그런데, 어떤데요? 뭔가 안 것 같은데."

"우음… 알았다면 알았다고도 할 수 있겠지만, 모르겠는 점도 함께 늘어났어."

앞장선 뮤리가 어깨 너머로 나를 돌아본다.

"다들 한곳에 모여 있어. 하지만 억지로 그러고 있는 것 같진 않아. 강제로 모아 놓으면 뭐랄까, 땀 냄새 같은, 화가 난 냄새가 나는데 그런 것도 없어."

"개들이 한곳에…? 게다가 이런 곳에?"

산뜻한 건물들이 줄을 이은 조용한 구역이다. 떠돌이 개를 모아 놓는 별난 짓을 했다가는 이내 나쁜 평판이 돌아 살기 어려워질 텐데. 하물며 모피를 벗기려고 개를 모으는 거라면 여기보다 걸맞은 곳이 얼마든지 있다.

"다들 끔찍한 일을 당하고 있으면 늑대로 돌아가 구해 주려고 했는데, 아무래도 그래야 할 염려는 없어 보이니 다행인 거겠지."

뮤리가 불쑥 그런 소리를 하기에 가슴이 조금 찡해졌다.

안하무인에 선머슴 같아도 기본적으로는 착한 아이로 자라 주었구나 싶어서.

나도 모르게 뒤에서 머리를 쓰다듬자 "어? 왜, 왜 그래?" 하며 놀란다.

그러고 나서 뮤리가 이끄는 대로 길을 나아가 다다른 곳은 웅장한 철문이 달린 한 건물이었다. 붉은 기와를 얹은 4층 건물 벽에 깃발이나 횃불을 꽂는 쇠붙이가 달린 것을 보아하니 상당한 신분의 인물이 사는 곳이다.

거리에 면한 쪽으로는 출입구가 없이 구름다리 밑에 철문이 있다. 그 안으로 들어가면 중정으로 연결되는 구조다.

그리고 여기까지 오니 나도 개들이 어디 있는지 알겠다. 건물 너머 중정.

"재미있어 보이는데요."

귀를 기울이자 개 짖는 소리, 왠지 모르겠으나 악기 조율하는 소리가 희미하게 들려온다. 아무리 별난 취미를 가진 귀족이라도 개를 모아 놓고 음악을 들려주지는 않겠지.

뮤리가 철문 틈으로 시선을 집중해 중정 안을 살피려는 순간.

느닷없이 머리 위에서 목소리가 들렸다.

"아아! 정말 기다렸습니다!"

신분 높은 이의 집 앞 문간에 찰싹 붙어 있다가는 끽해야 비렁뱅이, 심하면 도둑놈 취급을 당해도 할 말이 없다… 싶어 당황했는데, 문득 걸리는 부분이 있었다.

방금 기다렸다고 말한 건가?

일단은 고개를 들어 쳐다보자, 활짝 열린 나무창 밖으로 몸을 내민 젊은 남자가 우리를 내려다보고 있었다. 소년이라 해도 좋을 정도인데 나보다는 한참 아래, 뮤리보다는 몇 살 위쯤 되려나. 약간 어두운 금발이 찰랑찰랑하는 것이 지극히 상류계급다운 기품이 있다.

게다가 복장이 상당히 화려한데, 하이랜드가 공무를 볼 때 입는 것 같은 격식 있는 차림이었다.

"시간 맞춰 와서 다행입니다! 지금 바로 사람을 보낼 테니까 잠시만 기다려 줘요! 아아, 정말 다행이야. 신이시여, 감사합니다!"

마음이 놓인 듯 웃는 모습이 그야말로 천진한 소년 그대로다. 흰 피부가 살짝 발그레해지는 게 참 괜찮다.

그러나 상대가 뭔가 착각하고 있는 것은 분명하니 그것을 바로잡으려고 입을 연 순간에는 이미 나무창 너머로 사라지고 없었다.

"뭔가 착각한 것 같네요…."

도둑놈으로 오해받지는 않은 듯하니 다행이지만 대체 무슨 착각을 한 것인지.

뮤리는 뇨히라에서 입고 온 평상복, 나는 하이랜드에게 빌린 대상회의 도련님 같은 차림이다. 평상시 옷은 그야말로 성직자 분위기라 이곳에서는 너무 눈에 띈다. 본의 아니게 나는 어느 사이엔가 이곳의 유명인이 되어 있는 것이다.

그러니, 지금 바로 도망치면 얼버무려질 거다 싶은 한편, 신분이 높은 사람이면 앞으로 언제 어디에서 마주칠지도 모른다는 걱정에 발을 떼지 못했다. 제대로 사정을 설명하는 게 두고두고 문제가 되지 않을 것 같아서.

하지만 털이 하얀 개를 찾아서 여기까지 왔다고 대체 어떻게 설명해야 할지.

고민하고 있는데, 뮤리가 빤히 쳐다보고 있는 게 느껴졌다.

"왜요?"

그러자 어머니를 닮은 붉은 눈으로 나를 지그시 보고는, 소리가 들릴 듯할 만큼 눈을 깜빡거리더니 싱긋 웃는다.

"역시 오라버니가 훨씬 멋지다는 생각이 들어서."

"어, 예…?"

그렇게 말하고는 반갑게 팔에 매달린다. 가끔씩 뮤리를 이해할 수가 없는데, 이 세상에서 소녀의 마음만큼 알쏭달쏭한 건 없는 것 같다.

그러고 있자 문 너머에서 인기척이 났다.

자, 이제 어떻게 변명을… 할 새도 없이 문이 열렸다.

나타난 것은 뺨이 상기된 아까 그 귀족이었는데, 신분 높은 이가 숨을 헐떡이며 손님을 위해 문을 열어 주다니, 어찌 이런 일이. 고용인들이 뒤에서 허겁지겁 쫓아오고 있었다.

청년은 문을 열자마자 내 손을 덥석 잡고 위아래로 흔들며 뛰다시피 했다.

"아아, 다행이다. 정말 다행이야! 고맙습니다!"

"아, 저기요."

"아, 멋져요! 완벽하게 제가 바란 대로입니다! 이렇게 훌륭한 인재가 와 주시다니!"

바란 대로? 대체 그게 무슨 소리인가 하고 있자, 이번에는 뮤리의 손을 잡고 공손히 무릎을 굽혀 인사했다.

"이리도 멋진 머리카락을 가진 분이 오다니, 이것은 그야말로 신께서 일으키신 기적이 분명합니다. 오늘 진심으로 잘 부탁드립니다."

귀족의 예법으로 뮤리의 손등을 들어 입맞춤하는 몸짓을 한다. 이런 걸 워낙 좋아하는 데다 자랑스러운 머리카락을 칭찬받기까지 하니 뮤리는 천진난만하게 기뻐했다.

"자, 어서 안으로 드시지요. 준비를 서두릅시다. 다들 포기하고 있던 참인데… 아, 정말 다행이야!"

눈물까지 글썽이는 청년에게는 미안했지만, 무슨 착각을 하고 있는지 전혀 모르겠다.

"죄송합니다만… 저희를 다른 분과 착각한 것 아니신지요?"

"예?"

기품 있는 얼굴은 놀라는 것도 기품 있게 놀란다고 생각하면서 사정을 설명했다.

"실은 저희는 이 근처에서 개를 찾고 있었는데… 이 댁 중정에 개들이 모여 있다기에…."

떠돌이 개를 찾아왔다고 하는 게 내가 생각해도 참 뜬금없다싶은데 상대에게는 오죽하랴. 더욱이 노심초사하며 누군가를 기다리고 있었던 모양이니, 한순간 멍한 표정을 보자 죄책감마저 들었다.

이 상황에서 개들을 살펴보려면 어떻게 말을 꺼내야 할지… 그런 생각을 하고 있자 정신을 되찾은 귀족이 말문을 열었다.

그리고 이번에는 내가 당황할 차례였다.

"예? 아, 그럼 손님께서도 결혼식을 하십니까?"

"예?"

"사전조사를 하기는 했는데, 설마 날짜가 겹칠 줄이야…. 아니지. 지금 모으고 있다는 말씀은 아직 날짜가 좀 남았다는 뜻이지요?"

영문을 몰라 하고 있자, 눈앞의 귀족 청년이 매달리다시피 하며 바짝 다가선다.

"부디 잠시만 기다려 주십시오. 가능하면 오늘… 아니, 늦어도 수일 내로 끝날 겁니다. 지금 여기 모인 개들을 데려가시면 저희가 곤란합니다!"

눈앞의 젊은 귀족은 울먹울먹한 표정이고, 왕! 하는 소리에 저택 안쪽으로 시선을 돌리자 반짝반짝 윤이 나는 흰색, 은색 털을 가진 개들이 무수히 고개를 내밀고 있었다.

곱게 손질되어 반지르르한 털, 붉은 리본을 목에 묶고 있는 게 축하 행사에 잘 어울린다. 비로소 '결혼'이라는 단어에 생각이 미쳤다.

그때 눈앞의 귀족이 연민을 불러일으키는 표정으로 이렇게 말했다.

"아! 그, 그렇구나…. 개를 모으러 오셨다고 하니, 그럼 두 분은… 사제님 대역과 신부 들러리 소녀 역을 맡은 분이 아니라는, 것, 입니…까?"

사제 대역. 신부 들러리 소녀.

곁에 있는 뮤리를 보자, 뮤리도 이제 사정을 이해했나 보다.

흰색, 은색 털을 가진 개들과 은빛 머리 소녀. 이곳은 먼 지방에서 온 이들이 사는 구역. 결혼식은 해당 지역의 이런저런 관습을 따르게 마련이다. 흰색 털이 운수에 좋다거나 하는 그런 전통인지.

그러나 이곳 라우즈번은 윈필 왕국의 도시이고, 윈필 왕국은 교회와 분쟁 중이라 모든 성직자가 직무를 중단하고 있다. 결혼식을 올려야 하는데 맹세의 의식을 주관할 성직자가 없다는 것은 양고기에 소금을 치지 않는 것과 같다. 그럴싸한 대역을 세우고 싶어 하는 마음은 이해할 만도 하다.

급히 사람을 구하고 있는 차에 우리가 나타났으니, 자기네가 찾던 인물들로 보였을 법도 하다.

하지만 유감스럽게도 우리는 성직자와 들러리 소녀가 아니다.

그뿐 아니라, 결혼식을 주재하는 것은 성직자의 중요한 직무이다. 무자격자가 멋대로 해서는 안 되는 일이다. 명확한 교회법 위반이고, 들키면 큰 문제가 된다.

그 점을 전하려고 하는데 뮤리가 훌쩍 한 걸음 내디디고 나섰다.

"우리가 여기 온 건 우연이지만, 도울 일이 있다면 도울까?"

남을 돕겠다는 마음보다는 다른 이유에서 뮤리의 눈이 반짝이고 있었다.

이국 출신 가문의 결혼식이 뮤리의 호기심에 불을 붙이지 않았을 리가 없다.

"저, 정말입니까?"

"잠깐, 뮤리."

제멋대로 이야기를 진행하려는 뮤리를 말리려 하자 내 가슴을 꾹 밀어 버린다.

"응. 여기 있는 오라버니는 그 어떤 옷도 잘 어울리지만, 교회 사람처럼 보이는 옷은 아주아주 잘 어울리거든."

그러고는 내 가슴을 탁탁 친다.

"네, 그래요, 그럴 것 같습니다!"

"그리고, 결혼식 들러리랬지? 예쁜 옷을 입고 머리에 화관 같은 걸 쓰고 신부와 함께 걷는 거 맞지?"

"그래요, 그렇습니다!"

반색하며 몸을 내민 귀족 청년과 한껏 들뜬 분위기의 뮤리는 당장에라도 손을 맞잡을 기세다.

그러고는 나란히 이쪽을 돌아본다.

"오라버니, 이웃을 돕는 것은 신께서도 바라는 일이실 거야!"

신을 거론하지만, 물론 신앙심은 둘째 문제일 터. 눈을 저렇게 빛내는 것을 보니 요정처럼 하얀 예식용 옷을 입고, 머리에는 화관을 쓰고 축하하는 자리에 참석하고 싶은 것일 뿐이다.

입에서는 교회법이다 뭐다 상식적인 말이 튀어나가려 하나,

눈앞의 귀족이 곤란에 처한 것 또한 사실.

게다가 결혼식이라면 그 사람의 일생에 중요한 대목이 되는 행사다.

신께서는 어느 쪽을 택하기를 바라실까.

교회가 정한 교회법을 지킬 것인가, 아니면 이웃의 행복을 도울 것인가….

고민하기는 해도 답은 거의 정해진 것이나 다름없었다.

"저는… 성직자는, 아닙니다만…."

"상관없습니다! 상관없고말고요! 그 자리에 서서, 형식만 갖춰 주신다면!"

원래 같으면 결혼의 기적을 주재하는 것은 성직자의 직무다. 그러니 성직자를 사칭했다가는 벌을 받는다.

혹시 엄격하게 규칙을 따라야 하는 거라면 거절해야 마땅하다.

그러나 결혼식에서 사제인 척하는 정도라면 신께서도 눈감아 주실 터.

돈만 받지 않는다면, 혹시 널리 알려지더라도 그저 예식에 참석했을 뿐이라고 우길 수도 있다.

무엇보다 지금 이 자리에서 논리를 앞세워 거절했다가는 뮤리에게 얼마나 들볶이게 될지 상상도 가지 않는다.

"아, 알겠습니다. 돕겠습니다."

"오오! 고맙습니다!"

궁지에서 벗어난 것처럼 기뻐하는 귀족 청년 곁에서 뮤리도 생글생글 웃고 있다. 어째 일이 이상하게 되었다 싶으면서도 축하하는 일에 함께하는 것이라면 나쁘지 않을 것이라며 생각을 고쳤다.

"아, 그래. 그럼 두 분은 제가 누구인지도 모르겠군요."

긴장이 풀린 나머지 울 것 같은 표정이더니, 귀족 청년은 실제로 눈가를 훔치고는 자세를 바로 하며 말을 이었다.

"저는 메르클리오 체다노라고 합니다."

"저는."

하다가 말문이 막혔다. 토트 콜이라는 이름은 이제 시골 온천장에서 일하는 잔심부름꾼의 것이 아니게 되었다. 여행을 이어 오는 사이 직면한 역경을 뛰어넘다 보니 어느 결엔가 여명의 추기경이라는 별명으로 널리 알려졌다. 바야흐로 사람들은 그 이름에 특별한 의미까지 두고 있었다.

메르클리오가 의아한 눈으로 나를 보고 있자 뮤리가 끼어들었다.

"실은 우리는 여행을 하는 중인데, 오라버니는 진짜 오라버니는 아니고, 우리 집에서 계속 일을 해 주고 있는 내 수행원 같은 사람."

이곳저곳 여러 나라를 유람 중인 귀족의 여행은 그리 드문 일이 아니고, 가족 구성원 안에 유사 가족이 있는 일도 흔하다.

메르클리오는 이내 이해한 듯했다.

"이 근처에서 개를 찾고 있었던 건 지금 묵고 있는 저택으로 데려가고 싶어서였는데, 저택은 굉장히 넓고, 오라버니는 매일 바쁘니까….."

외로움을 달래려고 개가 필요했다고, 귀여운 소녀인 척을 하며 뮤리는 이런 말까지 덧붙였다.

"게다가, 안 그래도 나는 아버지의 반대를 무릅쓰고 집을 나섰기 때문에 나랑 오라버니가 결혼식 흉내를 냈다는 말이 아버지 귀에 들어가면, 고지식한 아버지는 졸도하실지도 몰라. 그러니까 다른 사람의 입에서 우리 이름이 이상하게 소문나지 않도록 우리 이름은 비밀로 해도 될까?"

뮤리의 말에 거짓은 없으나, 뭐라 콕 집어 말할 수 없는 깊은 의미가 들어 있는 것처럼도 들린다. 뮤리는 나를 오라버니라고 부르기는 하면서도 이성으로 좋아한다고 주저 없이 말하고 있으니.

결혼식 흉내를 냈다가는 아버지가 졸도할지도 모른다는 말에는 늑대가 장난치듯 깨무는 것 이상의 무언가가 들어 있다.

"그래요, 그렇군요. 아니요, 알겠습니다. 저도 시를 공부하기 위해 집을 떠나고 싶다고 했다가 아버님께 호된 꾸중을 들었습니다. 그래도 굽히지 않고 설득해서 할아범의 감독하에 품행방

정하게 행동하겠노라 약속하고 간신히 단기간 여행을 허락받은 적이 있지요."

"아하하. 어디나 다들 똑같구나."

메르클리오와 뮤리는 눈 깜짝할 새에 의기투합한 기색이다.

"남들 귀에 들어가 어디에서 이름이 전해질지 모르니, 이름은 묻지 않기로 하지요."

"응, 고마워."

그런 후 메르클리오는 뮤리와 다시 악수했고, 내게도 손을 내밀었다.

일이 이렇게 됐으면 최대한 도울 수 있게 열심히 하는 수밖에 없다.

"메르클리오 님의 결혼식이 훌륭히 이루어질 수 있도록 미력 하나마 협조하겠습니다."

"아닙니다. 저야말로 정말로 감사드립니다. 그럼 안으로 드시지요."

권유받은 대로 저택 안으로 들어서자 개들이 일제히 뮤리에게 달려들었다. 메르클리오의 눈이 휘둥그레지는 가운데, 뮤리는 개들의 머리를 쓰다듬으며 다녔다. 중정에는 예식 준비가 한창 진행 중인지 하녀와 고용인들이 바삐 오가고, 악단이 음을 맞추고 있다. 화려한 분위기, 따뜻한 날씨가 어우러져 보는 나까지 마음이 들뜨는데, 문 앞을 지나가려는 순간 불현듯 시선이 **뺨**에 와닿는 느낌이 들었다.

고개를 확 돌렸을 때, 불타는 것처럼 붉은 사람의 윤곽을 본 것 같았지만, 아무도 없다.

"오라버니?"

개 무리와 함께 앞서가던 뮤리가 알아채고 돌아본다.

"아, 미안해요."

문 너머에 신경 쓰면서 뒤를 따랐다.

대체 뭐였지?

기분 탓이 아니었다면, 몹시 날 선 시선이었는데.

"아아, 오늘 결혼식은 참으로 멋진 예식이 될 겁니다!"

감격에 겨운 메르클리오의 외침이 햇빛이 쏟아지는 환한 중정 안에 울려 퍼졌다.

머리를 땋고, 새하얀 옷으로 갈아입고, 노란색과 빨간색이 두드러진 화관을 얹은 뮤리. 그 발밑에는 유난히 잘 따르는 하얀 강아지가 한 마리 잠들어 있다.

봄볕 속에서 강아지의 머리를 쓰다듬으며 미소 짓는 뮤리는 그야말로 천사가 따로 없었다.

"아, 오라버니."

나를 알아본 뮤리가 고개를 들고는 수줍어한다.

"에헤헤, 어때? 잘 어울려?"

뇨히라에 있을 때는 육포를 입에 문 채 야산을 뛰어다니고, 마을 아이들을 모아 놓고는 졸도할 장난질만 쳤는데.

자라면서 차츰 그런 야만적인 행동이 줄어들고는 있었지만, 정말이지 이렇게 보니 뮤리도 여자아이답게 잘 컸다는 실감이 든다. 머리를 뒤로 묶어 예쁘게 생긴 귀가 훤히 드러나 있는데, 그 귓불에 달랑달랑 매달려 반짝이는 보석은 소녀에서 아가씨로 변신하는 마법의 빛이다.

손위 형제를 대신해 치다꺼리를 해 온 몸이다 보니, 눈물이 왈칵 솟을 만큼 아름다웠다.

"예에, 참 잘 어울려요. 로렌스 씨에게도 보여 주고 싶네요."

"뭐어? 아버지는 됐어! 아버진 내가 그 어떤 차림을 해도 예쁘다는 말밖엔 안 한단 말야."

딸을 애지중지하는 아버지 로렌스에게는 쌀쌀맞기 짝이 없는 뮤리.

"오라버니는? 오라버니가 보기엔 어때?"

로렌스를 동정하는 한편, 솔직히 느낀 대로 말하는 수밖에.

"물론 내가 보기에도 아주 예뻐요."

뮤리는 자신만만하면서도 내가 그렇게 말하자 안심한 듯 부끄러운 듯 목을 움츠리며 웃었다.

"그건 그렇고, 예식 순서는 이해했어요?"

메르클리오의 저택에 있는 하녀들이 총출동해 꾸며 주는 사이에 이런저런 설명을 들었을 것이다. 체다노 가와 혼인의 연을 맺는 곳은 프리스톨 가라고 한다. 두 가문 모두 머나먼 남방에 뿌리를 두었는데, 특히나 체다노 가는 이 구역에 사는 이주자들의 지도자 급인 듯했다. 나 역시 별실에서 두 가문에 관한 대략적인 설명과 함께 맹세의 기도 등등을 들었는데, 기도 쪽은 만국 공통 교회 예식의 순서를 따르기에 딱히 어려울 점은 없다.

'아플 때나 건강할 때나'를 묻는 것이니 성전에서 인용하는 것에는 자신이 있다.

"응. 나도 별로 어려울 건 없어. 우선 신부를 방에 가서 맞이한 후 저택 안 예배당으로 함께 가. 그런 다음엔 오라버니의 기도를 얌전히 들어."

"그 후에는?"

"나는 천사 역할이니까 악마를 쫓는 케이크를 준비해. 악마 퇴치가 케이크라는 게 참 재밌지?"

뮤리는 그게 익숙지 않은지 깔깔대며 웃었다.

근엄한 악마는 단 음식을 싫어한다는 건 널리 알려진 민간신앙이다. 신앙에 관한 한은 눈을 부릅뜨는 교회도 유독 이것만은 묵인한다. 하기야, 달콤한 케이크를 기뻐하며 먹는 악마는 상상이 가지 않기는 한다. 그러니 고지식한 성직자들조차 타당한 해명으로 여긴 거겠지.

그런 까닭에 결혼식은 단 설탕과 갓 짠 우유로 만든 크림으로 꾸며진다.

"그리고 부둣가에서 본 사람들도 이 저택 결혼식에 참석하러 온 이들이었죠."

해적 음식을 먹고 있다가 뮤리가 발견한, 거대한 식기를 짊어진 사람들 이야기다. 그들은 메르클리오와 결혼하는 신부 측 본가에서 결혼식에 쓸 가구와 도구 등을 가져왔다. 하지만 날씨가 좋지 않아 선단이 도중에 흩어지는 바람에 본국에서 무리하게 모셔 온 사제들의 배는 아직도 먼바다에 있다고.

"그 거대한 나무 나이프로 케이크를 자르고, 숟가락으로 듬뿍 퍼야 하는데, 그건 뮤리가 먹을 거 아니라는 거, 알죠?"

"알아! 천사인 내가 신랑 신부를 축복하는 케이크를 잘라서 신부한테 주는 거야. 그럼 신부가 아까 그 귀족한테 먹여 주는 거지?"

평생 배를 곯지 않기를 기원하는, 기근이 당연했던 옛 시대의 잔재라고 한다.

아까 본 그 거대한 식기들은 수많은 하객에게 줄 요리를 하는 데 쓰이고, 또 이 의식에서도 쓰인다고.

"순서는 맞는데, 케이크를 드리는 건 예배당에서 나온 뒤, 중정에서 연회를 시작할 때예요. 그 전에 한 가지가 더 있죠?"

이 어린 늑대는 먹보라서 먹을 것 이야기만 나오면 금세 그쪽으로 정신이 쏠린다.

"응? 뭐였더라? 오라버니가 어쩌고저쩌고~ 기도한 다음에, 어어… 아!"

뮤리의 얼굴이 얌전한 천사의 얼굴에서 왈가닥 소녀의 얼굴로 홱 바뀐다.

그다음 순서는 뮤리가 맛있는 음식 다음으로 좋아하는 상황극.

"체다노 가는 오래된 가문이라고 하니까요. 나도 남방을 여행했을 때 결혼식에 상당히 별난 관습이 있다는 소문은 들은 적이 있지만, 여전히 그런 관습이 남아 있어서 놀랐어요."

"모름지기 귀족은 용맹해야 하니, 신부를 지켜 내야 비로소 귀족 남자로 인정받는다는 거지?"

용맹함을 과시하기 위해 이 결혼식에서 쓰는 방법은 이것.

서로 사랑을 맹세한 두 사람이라도, 그 마음이 진심일 뿐 아니라 신랑이 신부를 얻기에 걸맞은 남자임을 하객 전원에게 입증해야 한다. 신부가 태어나고 자란 지역의 주민들 앞에서, 우리 아가씨를 데려가려면… 어쩌고 하는 관문을 넘어야 하는 것인데, 이 결혼식에서는 서로 혼인을 맹세하고 나면 신부 측 사람들이 일제히 신랑을 덮친다. 그러면 신랑은 그들을 물리쳐 신부를 지켜 낸 뒤 예배당 밖으로 함께 나간다.

결혼은 그래야 비로소 허락된다.

"하지만 아까 그 사람이 그게 가능할까…? 검이라곤 쥐어 본 적도 없을 것 같은데."

"그냥 그런 의식인 거예요. 연극이죠. 검도 쓰이지 않을 거예요."

"그런 거야?"

"전란의 바람이 거센 옛날에는 정말로 그런 일도 있었겠지만."

하지만 이 이야기를 들려주면서 메르클리오는 긴장한 기색이 역력했었다.

체다노 가는 오래전에 바다를 건너와 윈필 왕국을 구심으로 광범위한 장사를 해 온 가문인데, 혼인 상대인 프리스톨 가는 그보다 더 오래된 역사를 가졌고, 금전보다는 명예를 중시하는 전통적인 가문이라고 한다.

저택 안을 돌아다니는 고용인들만 봐도 두 가문의 차이가 크다는 걸 알 수 있었다. 윈필 왕국에서 무역업을 하는 유복한 체다노 가와 전통에 연연하는 오래되고 소박한 프리스톨 가의 차이점이 눈에 띈다.

돈으로 자기네 아가씨를 산 체다노 가에 반감을 품은 자들이 적잖이 있다 해도 전혀 놀랍지 않고, 혹시 거친 예식 행사 중에 불만을 터뜨리는 자가 있는 게 아닌지… 하는 염려도 영 없진 않다.

그래도 저택 안은 이번 결혼식을 축하하는 분위기로 가득하고, 메르클리오도 일생일대의 일이라 긴장한 것이겠거니 하며 다시 생각했다.

그러고 있자, 느슨한 옷자락을 파닥파닥 부치며 뮤리가 말했다.

"근데, 참 좋겠다. 결혼식에서 신부를 지키는 싸움을 재현하다니."

모험담이며 연애담을 좋아하는 뮤리가 나를 삐딱하게 본다.

"나도 사랑하는 누군가에게 보호 좀 받아 보고 싶다~"

너무도 여봐란듯이 혼잣말을 하는데, 결혼식을 돕는 시점에서 저런 말을 듣게 될 각오는 했었다. 뮤리는 나를 이성으로 좋아한다면서 정면에서 맹렬하게 마음을 부딪쳐 오고 있다. 그 마음이 얼마나 깊은지 새삼 의심하는 것은 아니지만, 나는 성직자를 지향하는 몸이고, 무엇보다 뮤리와는 혈연관계는 아니더라도 내게는 그저 여동생일 뿐이니.

그래서 이번에도 못 들은 척하려 했다가, 그래도 이건 이것대로 별개의 사안이란 생각이 들었다.

뮤리의 마음에 응할 수는 없지만, 그렇다고 싹 무시하는 것은 또 다른 문제니까.

뮤리가 세운 발톱을 슬쩍 피하듯 곁에 서서 이렇게 말했다.

"나도 뮤리를 보호하고 싶고, 언제나 소중히 여기고 있어요."

늑대 귀가 나와 있었으면 물을 튕기듯 기민하게 쫑긋댔겠지.

뮤리가 정말로 듣고 싶은 말은 따로 있겠으나, 진심을 담은 대답은 반드시 전해지게 마련이다.

하지만 뮤리는 방금 내가 한 말을 듣고 기뻐하는 모습을 보이면 자기가 졌다고 생각했는지, 일부러 느릿느릿 숨을 들이마시고는 한숨을 푹 쉬었다.

"흥. 하기야 뭐, 거의 내가 오라버니를 보호하기만 했으니까."

"그러게요. 우리가 어렵사리 여행을 계속해 오고 있는 건 뮤리 덕분이죠. 고마운 마음이 커요."

현랑의 피를 이은 뮤리의 지혜와 배짱, 순발력이 없었으면 한 마리 어린양인 나 같은 사람은 진작 세상의 거센 파도에 바스러졌을 것이다.

그러자 뮤리는 불만스러우나마 나름 만족한 모양이다.

"그럼, 꼭 안아 줘."

짓궂게 웃으며 양팔을 쭉 내민다.

"안 돼요. 곱게 차려입었잖아요. 숙소로 돌아가면 해 줄게요."

"어어~! 그럼, 꼭이야! 약속한 거다?!"

평소의 왈가닥이 얼굴을 내밀고 만다.

그래도 이런 뮤리가 나를 안도하게 하는 평소의 뮤리인 것 같다.

머리를 땋고 예쁜 보석 귀걸이를 한 뮤리는 잠시 눈을 뗐다가는 사라져 버릴 요정처럼 보여서 마음이 좀 쓸쓸했다.

딸을 시집보내는 아비의 마음, 이라고 하기엔 아버지인 로렌스에게 미안하니, 결혼하는 여동생에 대한 오라버니의 마음이라고 해 두는 것쯤은 괜찮겠지.

"그건 그렇고, 결혼식은 언제 시작하려는지. 가서 물어보고 올까요?"

뱃길이 늦어진 바람에 사제 대역과 들러리 소녀도 제때 못 찾아 여차하면 결혼식 자체가 연기될 분위기였던 터라 집으로 돌아갈 채비를 하던 하객도 있었다고 한다. 친척들은 멀리서 와 있고, 때는 이런저런 일들로 바쁜 봄철이니.

특히나 귀족들은 영지 내의 회합에 빠질 수 없는 역할이 있기도 할 테고, 항구의 혼잡한 상황을 보자면 돌아가는 선박을 수배하는 데만도 애를 먹을 것이기에 결혼식 연기는 쉽게 결정할 수 없는 일이었다.

또한, 메르클리오가 결혼식 준비에 저토록 온 힘을 다하고 있는 것은, 아내를 맞이하는 일만큼이나 예식을 매끄럽게 진행하는 데에 가문의 체면이 달렸기 때문일 터.

신분이 높은 자들은 또 그들 나름대로 이런저런 사정에 얽매여 살아간다.

"나도 빨리 맛있는 거 먹고 싶다아. 남쪽 나라 요리는 밀가루를 반죽해서 튀겨 먹는대. 엄청 기대돼!"

"해적 음식 먹은 지 얼마나 됐다고…."

어이가 없어 말하자 뮤리는 이히히 하며 장난스럽게 웃었다.

"아~ 신부는 어떤 사람일까나? 신랑은 오라버니하고 비슷하니까 은빛 머리를 한, 늑대 귀와 꼬리를 가진 예쁜 여자아이일까?"

찌푸린 눈으로 뮤리를 보자 천진한 웃음을 짓는다.

어쨌든 결혼식에 늦어서는 안 되겠기에 진행 상황을 한 번 확인하러 가 봐야겠다고 생각한 그때.

"아가씨, 대체 어딜 가십니까?!"

"이쪽은 손님들…."

그런 대화가 문밖에서 들리자마자 문이 난폭하게 벌컥 열렸다.

"당신들이 사제 역할과 들러리?"

"아가씨!"

어찌할 바를 몰라 하는 하녀를 팔로 뿌리친 것은 활활 타는 불길처럼 붉은 머리가 멋진 소녀였다. 훌쩍한 키에 긴 팔다리. 어깨를 드러낸 화려한 옷 너머로 엿보이는 힘 있게 움직이는 근육. 뇨히라 온천장에서도 큰 인기인, 여전사가 용을 토벌하는 모험담에서 튀어나온 배우처럼.

소녀는 하녀들을 일축하더니 성큼 방으로 들어와 문을 닫았다.

진한 갈색의 날카로운 눈빛이 나와 뮤리를 번갈아 본다.

"우연히 이 결혼식에 참가하게 된 사람들이라고 들었다. 맞나?"

쏘는 듯한 시선이란 게 바로 저런 것이겠다. 키는 나와 별 차이 없겠으나 몸 쓰는 것이랄까, 박력이 전혀 다르다. 폭력 사태가 났다가는 절대 못 당해 낼 것 같은 분위기에 기가 죽는다. 하지만 그런 나와는 달리, 의자에 앉아 있는 뮤리는 평소와 다름없이 태연했다.

"맞는데?"

그러자 소녀는 눈살을 찌푸리며 몸이 부풀어 오를 만큼 크게 숨을 들이마셨다. 뮤리의 태도로 보아 소녀가 우리에게 위해를 가할 뜻은 없어 보이지만 뭔가 화가 나 있는 것은 분명했다.

결혼식에 외부인이 끼어서는 안 된다고 생각하나? 그게 아니면 가짜 사제라니 말도 안 된다고 생각하는 것일 수도 있다. 그러고 보니 수녀원에서 기사 갑옷을 입고, 기도를 드리는 가냘픈 소녀들을 지키는 여기사 같기도 하다.

그러나 뮤리는 이렇게 말했다.

"그 옷…을 입은 걸 보면 신부 맞지? 가서 준비해야 하는 거 아냐?"

놀란 것도 한순간, 소녀는 그 말에 콧김을 뿜더니 얼굴을 바짝 대고는 뮤리의 눈을 들여다보았다.

"너희는 믿을 만한 사람들인가?"

체중이 두 배… 아니, 세 배는 나갈 것 같은 소녀 앞에서도 뮤리는 눈곱만큼도 기죽는 기색이 없다. 감이 좋은 아이이니 신부에게 나쁜 의도가 있지는 않다는 것을 알았나 보다.

　하지만, 그렇다면 신부의 이런 태도는 더더욱 이해되지 않았다. 예식을 코앞에 두고 별안간 방에 쳐들어와서는 믿음을 따지다니.

　"저어."

　하고 끼어들자 신부의 번뜩이는 시선이 나를 향한다.

　순간 또 주눅이 들 뻔했다가 간신히 버텼다.

　"우리가 우연히 이 예식을 돕게 되었기는 합니다만, 이 또한 신의 인도하심이라 생각합니다. 온 힘을 다해 돕고자 합니다만…."

　물론 가짜 사제이니 돌아가라고 하면 돌아가는 수밖에 없다. 조금 섭섭하기는 해도 진짜 성직자는 아니니 하는 수 없는 일이다.

　"그리고, 이 가문은 은빛 늑대의 전설이 있다며? 그럼 내가 딱인 것 같은데?"

　신랑인 메르클리오의 체다노 가와 신부 측 프리스톨 가는 양가 모두 가문의 문장에 늑대 도안이 들어 있다. 시대가 바뀌면서 독수리나 사자가 인기 문장이 되었으나, 고대 제국과 이어질 만큼 오래된 가문은 아직 늑대 문장을 내거는 곳이 있다. 이 두 가문은 그런 연유로 결혼식에서는 늑대와 비슷한 은색과 흰색 털을 가진 개들을 모아 놓고, 은발 소녀를 들러리로 세우는 관습이 있었다.

물론 뮤리는 자기처럼 아름다운 은발을 가진 소녀는 또 없을 거란 뜻으로 말한 것일 테지만, 뮤리는 진짜 늑대이니 실제로 이보다 더 걸맞은 인물이 있겠는가.

그러나 붉은 머리의 신부는 그 말을 듣자 더 경계하는 늑대처럼 나와 뮤리를 번갈아 노려보고 있다.

신부의 진의가 무엇인지 여전히 모르겠으나, 아까 믿을 만한 사람이냐고 물었던 게 떠오른다. 그렇다면 이 붉은 머리 소녀는 뭔가 말하기 어려운 것을 부탁하러 온 게 아닐까 하는 생각이 들었다.

인생의 거대한 전기인, 원래는 웃음과 축복으로 가득해야 할 결혼식에서 주인공인 신부가 저렇게 비장한 표정을 짓고 있다면 이내 떠오르는 몇 가지 가능성.

제일 먼저 생각할 수 있는 것은, 신부가 이 결혼을 원하지 않는 경우.

눈앞에 있는 소녀는 청초한 분위기라고는 티끌만큼도 없이, 원하는 것은 자신의 손으로 움켜쥐겠다는 투라, 예를 들어 부모가 정했을 뿐 자신은 원치 않는 결혼식에 고분고분 따를 것 같진 않다. 게다가 체다노 가와 프리스톨 가는 가풍에서도 집

안의 경제력에도 차이가 있는 듯한데, 귀족 가문의 딸이 정략결혼을 하게 되는 이야기는 흔하다.

이 붉은 머리의 신부가 그런 결혼을 파탄 내고 싶어 믿을 만한 인물을 찾고 있을 가능성도 충분했다. 문제는, 거기에 외부인이 끼어들어도 될 것이냐 하는 건데.

그러나, 눈앞에서 고통받는 이를 내버려 둘 수는 없다는 것이 나의 신조.

상처 입은 짐승 같은 상태의 소녀를 보며 이렇게 말했다.

"저는, 토트 콜이라고 합니다."

"엇, 오라버니?!"

뮤리가 놀라서 눈이 휘둥그레졌지만, 말을 이었다.

"세간에서는 여명의 추기경이라 불리고 있습니다."

라우즈번에 야단법석이 났던 것이 불과 얼마 전의 일. 붉은 머리 소녀도 소문은 들었는지 어리둥절한 눈으로 나를 보았다.

"제가 사제 역할을 맡은 것이 알려지면 귀찮은 일이 벌어질 듯하여 메르클리오 님께는 정체를 밝히지 않았습니다. 그러나, 혹시 당신이 뭔가 고통을 받고 있어 도움이 필요하신 거라면 제 이름이 얼마간 보탬이 될 것입니다. 제 지인도 힘을 빌려주실 겁니다."

지금까지 쌓아 온 인맥을 활용하면 원치 않는 결혼을 강요받고 있는 모양인 이 소녀를 도망치게 하는 일 정도는 가능할 터.

그렇다면 문제는 상대가 나를 믿어 줄 것인지에 달렸는데… 라고 생각하고 있자, 소녀는 눈살을 찌푸리며 말했다.

"…거짓말을 하려면 좀 적당히 하시지."

뭐라 대답해야 할지 몰라 어깨를 움츠리자, 상대가 나직이 끙 소리를 낸다.

"하지만, 인상이 소문에 듣던 것과 같긴 해. 그래, 그쪽이, 그랬군."

"여명의 추기경이라는 과장된 호칭이 부끄럽기는 합니다만."

그렇게 말하자 흥 하고 콧방귀를 뀌었다.

"그럼… 너희는 믿을 수 있다…고 생각해도 되겠나?"

소녀의 표정은 분노가 아니라 고민으로 가득했다.

"오라버니는 어쩌면 저럴 수 있을까 싶을 만큼 바보같이 정직해."

뮤리가 끼어들자 이번엔 소녀가 뮤리를 본다.

"나처럼 예쁜 애가 결혼해 달라고 아무리 졸라도 자기는 성직자가 될 거라느니, 여동생으로만 생각한다느니 하면서 고집을 피운다니까! 우린 피도 이어지지 않았거든? 오늘만 해도, 한밤중에 이불 속으로 들어갔는데도 전혀 상대를 해 주지 않았다니까!"

토라진 얼굴로 뮤리가 그러자, 소녀는 어이없어하며 나를 쳐다보았다.

"…바보가 맞네. 이렇게 예쁜데, 색시 삼으면 되잖아?"

"그렇지~?"

소녀와 뮤리의 대화에 넌더리를 내고는 말했다.

"그보다 지금은 본인의 문제가 시급한 게 아닌지요?"

소녀는 퍼뜩 정신이 든 듯이 자세를 바로 했다. 신부 수업으로 익힌 청초한 몸가짐이 아니라, 단련된 자가 보이는 씩씩한 움직임이었다.

"너희… 아니, 당신들이 여기에 온 것도 신께서 인도하신 거겠지. 그럼 부탁 좀 하지. 나를 좀 도와줬으면 해. 지금 달리 믿을 만한 사람이 없어서."

결혼식의 주인공인 신부가 도움을 청한다.

뮤리와 시선을 교환한다. 이런 이야기에 열광하는 뮤리는 눈을 빛내고 있었다.

"그럼 한 가지만 더 확인하지. 당신들은 내 아버지 쪽 사람은 아닌 거지?"

자유분방한 딸과 그런 딸을 힘으로 제압하려는 아버지.

그런 구도가 흔한데, 오히려 자유로이 하고 싶은 대로 하는 뮤리가 드문 예이리라.

그러나 결혼은 행복한 일이어야지 억지로 강요당해서는 안 될 일이다.

"아닙니다. 그러니 우리는 당신을 돕고자 합니다."

소녀는 감동한 것처럼 얼굴을 찡그리더니 한순간 울먹이는 표정이었다가 말했다.

　"고마워. 정말 고마워. 그럼 이 말도 안 되는 결혼식을 위해 나를 좀 도와줘."

　역시 원치 않는 결혼이었구나. 연애담 중 야반도주를 하는 이야기에 혹하는 뮤리도 확실히 동기 부여가 돼 있다.

　그리고 소녀는 이렇게 말했다.

　"아버지가 메르클리오를 암살하려 하고 있어. 제발, 사랑하는 나의 메르클리오를 구해 줘!"

　"…예?"

　세상은 뜻밖의 일로 가득하다.

　붉은 머리의 신부, 아르테 프리스톨의 입에서 나온 말은 상상한 것과는 정반대의 이야기였다.

　"아버지는 메르클리오를 죽이려고 해."

　아르테는 재차 말했다.

　"고지식한 아버지는 이 결혼을 반대하고 있어. 우리 가문은 무공을 자랑하는 가문인 데 반해 체다노 가는 선조가 문관인 것을 자랑하는 가문이거든. 전쟁터에 나가 본 적 없는 유약한 놈은 남자가 아니라는 말을 늘 입에 달고 사는 아버지의 눈에는 이 결혼이 부적절한 거지."

어이가 없으나, 가문의 불균형 문제는 실제로 존재한다. 귀족과 평민의 결혼이 가극의 주제로 자주 등장하는 것도 그래서이고, 귀족 간의 결혼에서도 있는 문제다.

아르테는 고개를 젓고는 아랫입술을 깨물며 얼굴을 찡그렸다.

"고향에서 열린 축제에서 처음 메르클리오와 만난 일이 지금도 눈에 선해. 아버지는 첫 대면부터 메르클리오에게 좋은 낯을 하지 않았지."

"그랬어?"

아르테를 진정시키려는 듯이 뮤리가 아르테의 무릎에 손을 가만히 얹으며 물었다.

"그랬어. 메르클리오는 내가 든 검을 보고는 자루에 새겨진 시의 구절에 관해 이야기하기 시작했지. 검날에 관한 이야기도, 사냥감에 관한 이야기도 아니라 나는 깜짝 놀랐어. 검을 앞에 두고 시 이야기를 하는 남자는 처음 봐서. 나는 거기에 시의 구절이 쓰여 있는 줄도 몰랐는데, 메르클리오는 시를 해설하고 거기에 얽힌 이야기도 들려주었지. 게다가…."

아르테의 눈이 문득 먼 산을 바라보듯 가늘어지더니, 입가가 부드럽게 풀어졌다.

"그 자리에서 나를 위해 시를 지어 주었어. 물론 연회를 열면 집안을 출입하는 예인들이 시를 바칠 때도 있지. 하지만 다들 무공을 칭송하거나 노골적인 아첨들이야. 이딴 걸 보고도 꽃의 요정에 비유하다니, 그 눈은 장식인가?!"

주먹을 쥐어 보이는 아르테에게 어떻게 반응해야 할지 몰라 당황했으나, 뮤리는 솔직하게 깔깔 웃고는 다정하게 물어본다.

"그래서? 아르테는 어떤 기쁜 시를 받았는데?"

아르테는 그 질문을 기다렸다는 듯이 수줍게, 그러면서도 자랑스럽게 말했다.

"가끔은 검을 내려놓고 샘물 옆에서 낮잠을 자는 것도 좋겠지요, 라는 내용이었어. 어떤 시가 좋은 시고 어떤 시가 나쁜 시인지 그런 건 난 몰라. 하지만 충격이었어. 글공부를 할 때는 딱딱하고 오래된 시를 외우라고 하고, 연회 때는 그저 아첨을 늘어놓는 시만 들었거든. 세상에는 그렇게 유연하고 다정한 시도 있다는 것에 진심으로 놀랐어."

뮤리가 글공부를 할 때, 그야말로 딱딱하고 오래된 시를 교과서 삼아 가르쳤던 몸이다 보니 뮤리의 시선이 따갑다.

"그때 이미 메르클리오에게 푹 빠졌지. 어린애처럼 시를 졸라 댔어. 메르클리오는 싫어하는 기색 하나 없이 배꼽을 잡고 웃을 만한 시를 많이 들려줬어."

메르클리오는 시를 짓는 재능이 있는 모양인데, 아마도 메르클리오의 원래 성격 덕에 좋은 시가 나오는 것이리라.

아르테가 메르클리오의 이야기를 즐겁게 하는 모습을 뮤리는 아르테 본인 이상으로 즐겁게 듣고 있다.

그러다 갑자기 아르테의 얼굴에 그늘이 졌다.

"그런 메르클로오가 아버지의 눈에는 유약하고 말만 번지르르한 사람으로 보였겠지. 대화 중간에 끼어들어서는 떠들지만 말고 검술 시합을 해 보면 어떻겠느냐며 빈정댔어. 설상가상 아버지는 나한테, 네가 언제부터 시 같은 것에 흥미가 있었느냐고까지 했지. 메르클리오의 재능도, 다정함도 그 돌머리는 이해를 못 한다고!"

전장에서 살아온 사람과는 가치관이 너무도 달라 보였을 것이다. 아르테의 아버지가 보기에는 메르클리오가 이질적이었을 테고.

그렇기는 해도 마음에 걸리는 점이 있었다.

"하지만… 그런 아버님께서도 결국엔 결혼을 승낙하신 것이지요?"

그렇지 않고서는 여기까지 이야기가 진행되지 않았을 테니.

"물론, 축복 속에 여기까지 왔을 리는 없지. 체다노 가는 장사에 뛰어난 자가 많아서 바야흐로 각국에 뿌리를 뻗은 일대 세력 중 하나니까. 체다노 가의 청혼을 거절했다가는 어찌 될지, 아버지는 두려웠을 거야. 우리 가문은 검을 휘두르는 자는 많아도 펜을 쥔 자는 별로 없거든. 돈도 없고. 검술에 강해 봐야 지금 세상에서는 별 의미가 없지."

요컨대, 원치 않는 결혼을 받아들일 수밖에 없었던 것은 부친 쪽이었다는 이야기다.

"무리하게 결혼을 강요당하는 비극적 이야기도 많지만, 그 반대인 이야기도 있구나."

뮤리가 그렇게 말하자 아르테는 다시 한번 눈썹을 치켜떴다.

"하여간에 우리 집안 남자들은 고루한 생각에 집착하는 돌덩이들이라고! 아버지가 반대할 게 뻔하다는 생각에 나는 메르클리오한테 그렇게 말했는데, 메르클리오는… 이 정도 집안이면 달리 좋은 혼처가 얼마든지 있을 텐데도, 그 어떤 수를 써서라도 결혼을 성사시키겠다며 내 손을 잡고 맹세했어…."

그때가 생각났는지 아르테는 뺨을 붉게 물들이며 자기 손을 쓸었다.

사랑 이야기가 이 세상에서 가장 귀중하다고 믿는 뮤리는 그런 아르테의 모습을 보며 다정하게 미소 짓고 있다.

그러고 있다가 아르테는 불현듯 꿈에서 깨어난 표정을 짓고는 얼굴을 찡그렸다.

"게다가, 우리 집안만 반대한 건 아닐 거야. 메르클리오 쪽에서도 반대하는 사람은 있었을 테니까."

"그래? 왜?"

"우리 집안이 더 급도 낮고, 돈벌이도 잘 못 하니까. 그뿐 아니라…."

하며 아르테는 투박한 어깨를 움츠렸다.

"난 이렇게 생겨 먹어서… 신부라는 이름과는 한참 멀지."

하마터면 고개를 끄덕일 뻔했다가 기선을 제압한 뮤리에게 발을 밟혀 무사히 넘어갔다.

"아니야. 아르테의 신부 차림 참 예뻐."

"…너처럼 청초한 소녀한테 그런 소리를 들으니 빈말이라도 기쁘네. 고마워."

"빈말 아니야!"

그런 대화를 주고받은 후 아르테가 말했다.

"아무튼, 메르클리오는 정말로 일을 잘 진행해 주었어. 하지만 아버지는 고집불통인 데다 친척들도 야만이라는 개념에 북슬북슬 털이 돋은 것 같은 사람들 천지라고. 성에 차지 않으면 완력을 써서라도 말을 듣게 하는 데 망설임이 없어."

해적이나 산적 두목을 연상케 하는데, 오래된 귀족 집안이니 그럴 수도 있을 것 같다.

무인 가문에서는 무인처럼 행동하는 것이야말로 그들의 존재 의의가 될 테니.

"하지만, 암살? 그런 짓을 했다가는 애당초 결혼을 거절하는 것보다 더 큰 문제가 되지 않아?"

뮤리의 말이 옳다.

눈으로 묻자 아르테는 한숨을 쉬었다.

"평소엔 아침 예배의 기도문조차 틀리면서 나쁜 쪽으로는 머리가 핑핑 돌아간다고. 예식 순서 들었지? 그중에 절호의 기회가 있어."

"예식 순서? 어… 내가 아르테와 함께 예배당으로 가서… 그 외에는 어… 음, 설마, 독?"

악마를 쫓는 케이크를 신부인 아르테가 남편이 될 메르클리오에게 먹이는 장면을 떠올린 것이리라.

"아니, 그렇게 요령이 있어야 하는 짓은 못 해. 게다가 음식은 하객들도 먹을 거니까."

"아, 그래. 그럼…."

뮤리가 고민하는 것을 바라보다가 문득 짚이는 바가 있었다.

암살에 더 잘 어울리는 장면이 있지 않은가.

"설마. 신부 측 친척이 신랑을 덮치는 의식 중에?"

뮤리가 앗 하는 입 모양새를 한 채 굳는다.

아르테는 느릿느릿 고개를 끄덕였다.

"사고였다고 주장할 생각인 거지. 실제로 술에 취해 야단법석을 떨다가 하객이 크게 다치는 일도 적지 않아. 일부러 그러려고 떠들썩하게 하는 거지. 이 결혼식은 저택 안 중정에서 오붓하게 진행되지만, 우리 고향에서는 온 도시가 들썩이며 거행하는 일도 드물지 않거든. 사람들이 온통 뒤섞여서 한바탕 난리가 나지. 대립하는 두 영지가 화해하기 위해 자식들을 결혼시켰다가 술 때문에 싸움이 다시 일어나서 거의 다 죽었다는 일화가 있을 정도니까. 진짜 야만의 극치지?"

하객이 한정되면 암살범은 이내 좁혀진다. 하지만 누가 죽였는지는 명백해도 어쩔 수 없었던 상황으로 만들면 그럴싸해진다.

"사실은 내가 한 사람씩 다 물리쳐 버리고 싶지만…."

"아니요, 그건 좀."

하며 끼어들었다.

"정말로 암살을 계획하고 있다고 생각하시는 건 어째서입니까?"

혹시 그런 밀담을 하는 것을 목격하기라도 했나? 이런 일을 의심할 때에는 나름의 근거가 있을 테니.

아르테는 새빨간 머리를 쓸어 올리고는 차분한 눈빛을 보였다.

"각자 자기 영지에서도 봄철 축제로 한창 바쁠 텐데 친척 중에서도 힘 좋은 자들이 다 와 있어. 일대일로 맞붙어 쓰러뜨린 곰의 두개골로 술을 마실 것 같은 자들, 이라고 하면 이해가 가려나?"

뮤리는 조금 흥분하는 기색이었으나, 아르테의 친척이 어떤 분위기인지는 잘 알았다.

"설상가상 다들 하나같이 검을 차고 있다고. 예외 없이 무공의 일화가 있는 뛰어난 무기들만 가졌지. 결혼식에 왜 무기가 필요해?"

"하지만 원래 귀족들은 축하 자리에서 검 같은 걸 들지 않아?"

뇨히라에도 귀족, 왕족이 오기에 뮤리도 조금은 사정을 안다.

"그런 일도 있습니다만… 대개는 의식용 보검이죠. 날은 없는 게 대부분인데."

"그렇지? 게다가 아버지의 태도도 평소답지 않은 데가 있어. 메르클리오와 친해진 이후로는 계속 나하고는 제대로 대화도 안 하려고 해. 그러니 이건, 결혼을 힘으로 저지하고… 메르클리오를 죽일 계획이라는 것으로밖엔 생각이 안 돼."

아르테는 온갖 울분을 토하듯 한숨을 쉬고는 말을 이었다.

"아마도 아버지는 당신이 정한 남자와 나를 결혼시킬 생각이겠지. 거대한 바위를 들어 올릴 수 있느냐 없느냐에만 연연하는 남자와. 그리고 아들만 줄줄이 낳기를 기대할 거야. 그게 가문을 부흥시키는 길이라 믿고."

전란 시대의 낡은 가치관.

아르테는 그런 집에서 태어나 새 시대의 정신을 가진 소녀다.

"나만 험한 꼴을 당하는 거라면 프리스톨 가의 이름을 걸고 얼마든지 견뎌 낼 수 있어. 하지만 메르클리오를 해치는 것만큼은 용납 못 해."

붉은 머리가 불타듯 일렁인다.

뮤리는 그런 아르테를 눈부신 듯 바라보고는 가만히 손을 잡았다.

"그 사람을 사랑하는구나?"

그러면서 미소 짓자 아르테는 바로 붉은 머리 이상으로 얼굴을 붉혔다.

신부 차림과 어울리지 않는다고 자조한 아르테였지만, 그런 자기 평가는 정정해야겠다.

사랑에 빠진 소녀는 행복해져야 한다.

"하지만 어떻게 하면 좋을까."

뮤리의 말에 머리가 살짝 띵했다. 그렇다. 실제로는 어떻게 해야 좋을지 모르겠다.

"힘센 털북숭이 장정들이 자기네 자랑거리인 무기를 들고 있을 거잖아. 아르테가 아무리 단련돼 있다 해도 수적으로 열세겠지? 하물며 누군가를 지키면서 그러려면…."

"그래… 그런 거지. 그렇다고 내가 검을 들고 예식에 임할 수도 없고. 끽해야 손에 쥘 수 있는 건 케이크를 먹일 때 쓸 나무 숟가락이겠지."

뮤리는 아까 부둣가에서 그걸 보고는 무기처럼 드는 이야기를 농담 삼아 했었다.

하지만 이게 무슨 우스개 연극도 아닐뿐더러 나무 숟가락으로 강철 검에 맞서는 건 어림도 없다.

"게다가, 아마 나 외엔 다들 아버지 편이라고 보는 게 나아. 어느 누구 할 것 없이 나한테 어찌나 데면데면하게 구는지. 메르클리오는 괜찮다면서 내 말을 귀담아듣지 않고… 아마 메르클리오 집안에도 아버지와 이해가 일치하는 이들이 있을 거야. 결혼식에 무기를 들었는데도 봐주는 걸 보니 전부 의심할 수밖에 없어."

그래서 아무도 믿을 수 없던 차에 완전한 외부인이 결혼식에 섞여들자 아르테는 그것을 희망으로 삼았다. 도움을 요청할 곳은 여기뿐이란 생각에 우리가 있는 방을 찾아온 것이다.

아르테와 메르클리오의 태도로 보아 두 사람은 이 결혼이 무사히 이루어지기를 바라고 있다.

그렇다면 어떻게 해서는 결혼식이 탈 없이 끝날 수 있게 해야 한다.

줄줄이 선 힘센 장정들을 상대로 우리 셋이 맞서서.

"그게 아니면."

하며 아르테가 불쑥 말했다.

"역시 내가 물러서는 수밖엔 없는 걸까?"

아르테가 물러서기만 하면 프리스톨 가와 체다노 가 모두 이 결혼식을 파탄 내기 위해 메르클리오를 죽일 이유가 사라진다.

"하지만 그러고 싶지 않으니까 우리를 만나러 온 거지?"

아르테는 고통스러운 신음을 내고는 고개를 끄덕였다.

"…메르클리오 씨와 함께 도망치겠다는 뜻이라면 제가 돕겠습니다."

뇨히라에서 나와 여행을 하는 중에 수많은 사람과 알게 되었다.

개중에는 사람이 아닌 이들도 있었고, 그들의 힘을 빌리면 두 사람을 왕국 밖으로 도망치게 하는 것쯤은 일도 아니다.

"사실은 그러고 싶어. 하지만 메르클리오는 체다노 가의 차기 당주야. 많은 책임을 지고 있고, 차기 당주가 사라지면 가문의 후계를 둘러싸고 권력 투쟁이 벌어지겠지. 그런 것들을 전부 다 무시하고 함께 도망치자고 하는 건… 나는 그럴 순 없어…."

아르테는 검만 휘두르는 소녀가 아니라, 앞도 내다볼 줄 아는 현명한 소녀였다.

"성직자라면 미신을 잘 믿는 아버지를 설득할 수 있지 않을까 싶기도 했는데, 어떨까?"

심약한 눈길로 그렇게 묻는 것은 이미 그건 안 되리란 생각을 하고 있어서겠지.

내가 겉모습이 근엄한 백발의 나이 많은 성직자였다면… 하는 생각도 들긴 하지만, 성직자가 설득한다고 모든 이들이 따른다면 이 세상에서 다툼은 사라졌을 것이다.

"만약 처음부터 암살을 마음먹었다면 시치미를 떼기만 하겠지요."

"…그래, 그렇겠지…."

아르테는 한숨을 쉬고 시선을 떨궜다.

"예배당에서 빠져나가는 것은요? 아까 예식 순서 설명을 들으면서 잠깐 들렀습니다만, 창은 있었습니다. 그리로 해서 밖으로 도망치면 어떨까요? 서로 얽혔다가 사고로 위장해 메르클리오 씨에게 위해를 가하는 사태만 피할 수 있으면 되는 거죠?"

"여기는 돈 많은 체다노 가의 저택이야. 그 창은 도금한 쇠창살에 유리를 끼워 아예 붙박아 놓은 거라고. 내 힘으로도 못깨."

전쟁 시 예배당은 대피소가 되기도 하고, 보물을 보관하는 일도 잦기에 견고하게 만들어진다. 그런 전통은 시내 저택에 있는 예배당도 마찬가지인가 보다.

"그럼…."

필사적으로 셋이 지혜를 짜내 보지만, 마땅히 좋은 생각이 떠오르지 않는다.

이윽고 뮤리가 결심한 듯한 표정으로 나를 보며 한껏 멋을 부렸어도 목에서 풀어 두지 않은 소박한 자루를 가만히 흔들어 보였다.

늑대가 돼서 도우면?

떨떠름한 표정을 짓고 만 것은, 그러는 수밖에 없을 것 같아서. 붙박아 놓은 창이라도 늑대로 돌아간 뮤리의 힘이라면 부술 수 있을 테니까.

그러나 아르테의 말이 마음에 걸렸다.

곰도 일대일로 때려눕힐 만큼 힘이 센 장정들이 줄줄이 서 있을 텐데, 늑대라고 겁을 먹겠는가. 뮤리가 위험해질 수도 있다. 신성한 예배당에서 검을 휘두르는 건 벌 받을 일이지만… 하다가 문득 깨달았다. 결혼식은 신성한 예배당에서 치러진다. 그렇다면.

"그래, 그게 있었지."

"왜 그래, 오라버니?"

뮤리와 아르테가 나를 본다.

눈길을 아르테에게 돌렸다.

"아르테 씨. 상대가 맨손이라면 메르클리오 씨를 지켜 내실 수 있습니까?"

아르테는 눈을 깜빡이고는 자기 주먹을 빤히 들여다본다.

꽉 쥐었다 폈다 하다가 마지막으로 힘껏 쥐었다.

"숙부님들과 맞서야 하지만 상대가 맨손이라면 지지는 않을 거야. 설사 이기진 못하더라도 검만 없으면 이 큰 몸집으로 어떻게든 메르클리오를 지켜 내는 방패는 될 수 있어."

폭도 앞에서 고군분투하며 용감하게 싸우는 아르테의 모습이 떠올랐다.

"하지만 그게 가능할까? 무기 몰수에 응할 리가 없을 텐데."

"물론 무인 분들이니 몰수하겠다고 하면 경계하겠죠. 하지만 식은 예배당에서 거행됩니다. 그들이 암살을 계획하고 있다면 일방적인 싸움이 될 거라 방심하고 있겠죠. 검을 잠시 내려놓게 할 수는 있습니다."

"그건… 그럴 수도 있겠지만."

"어떻게 검을 빼앗아?"

뮤리의 물음에 대답을 하려는 순간.

문 두드리는 소리가 거칠게 나더니 대답할 새도 없이 벌컥 열렸다.

"아이고, 아르테 님! 한참 찾았습니다! 왜 이런 데 계시는 겁니까! 곧 식이 시작되는데요! 들러리도 준비 다 됐어요? 사제님도 준비되셨는지! 어서요, 어서!"

방으로 들어선 것은 프리스톨 가의 하녀장으로 보이는 여성이었다. 신부가 사라져서 사방팔방 찾으러 다녔는지 머리는 흐트러지고 이마에 땀이 맺혀 있는데, 뒤에는 신부 의상의 마무리용인지 새하얀 의상을 끌어안은 젊은 하녀들이 하녀장과 마찬가지로 숨을 헐떡이며 서 있다.

시간이 얼마 남지 않았다.

"알았다. 바로 가지."

아르테는 대답한 후 나를 보았다.

"무기만 없어도 내가 어떻게든 할 테니, 부탁해."

귀엣말하듯 속삭이고는 방에서 나갔다.

그 뒷모습은 단두대에 끌려가는 패전국의 자존심 강한 공주처럼 장엄한 결의에 차 있었다. 하녀들에게 이끌려 가는 아르테를 뮤리가 걱정스럽게 바라보고 있다.

"들러리도 빨리 와요!"

하며 하녀장이 뮤리에게 외친다.

나도 예배당으로 가야 한다.

"오라버니."

뮤리가 말없이 묻는다. 불안한 듯 화가 난 듯한 표정으로.

"예배당은 내 구역입니다. 사람들에게 무기를 내려놓고 일어나 달라고 할 기회는 많아요. 지금까지 쌓아 온 지식을 총동원해 그들이 반드시 무기를 내려놓게 할게요."

"하지만."

그들은 설령 무기를 내려놓는다 해도 손이 닿는 범위 내에 두려 하겠지.

불안과 초조가 섞인 뮤리의 뺨에 손을 얹었다.

"그런 표정 하지 말아요. 모처럼 예쁘게 꾸몄는데 망가져요."

뮤리가 얼굴을 굳히더니 뺨을 붉힌다. 분노와 수줍음이 반반 섞인 얼굴이라고나 할까.

"생각해 보면 이곳엔 우리 편이 아주 많잖아요?"

"우리 편…?"

"때로는 소리도 없이 걷고, 자유롭게 예배당 안을 돌아다니며, 게다가 뮤리에게는 충실한 우리 편이."

그러자 뮤리는 멍한 표정을 짓고 있다가 "앗!" 했다.

뮤리의 발밑에는 어느 사이엔가 새근새근 잠이 든 자그마한 털 뭉치가 있다.

"그래요. 때를 봐서 하객에게 무기를 내려놓으라고 하겠어요. 오랜 전통과 격식을 중시하는 가문인 만큼 내 말을 따를 겁니다."

"그때 개들한테 검을 빼내라고 하면 되는 거지?"

해적 음식을 먹고 있다가 거대한 숟가락을 본 뮤리가 갖고 싶다는 눈빛을 하자 충실한 떠돌이 개들은 그야말로 사냥감을 향해 돌진하려 했었다. 그렇지 않아도 여행하는 도중 버릇 나쁜 떠돌이 개에게 음식을 빼앗긴 적이 한두 번이 아니다. 그들은 그런 용맹함으로 팍팍한 떠돌이 삶을 살고 있다.

그리고 뮤리는 저택 안으로 들어선 이후로 내내 이곳에 모인 떠돌이 개들에게 환대를 받고 있다.

그들을 부려서 무기를 회수하면 된다.

"회수는 안 되더라도 혼란을 일으킬 수는 있을 테고, 개들이 발밑을 뛰어다니기만 해도 움직임을 저지할 순 있을 거예요. 그 틈에 빠져나가게 하려고요."

뮤리는 감탄한 듯이 고개를 끄덕이고는 씩 웃었다.

"오라버니도 이제야 머리가 좀 돌아가는 것 같네."

"뮤리가 도와야 가능한 일이에요."

그러면서 뮤리의 뺨을 살짝 쥐자 간지러운 듯이 웃는다.

"그럼 난 아르테한테 가 볼게."

"네. 그럼 잘 부탁해요."

"걱정 마!"

그런 뒤 뮤리는 자리에서 일어나, 잠든 강아지의 머리를 쓰다
듬어 깨우고는 방에서 나갔다.

이 결혼식은 반드시 무사히 끝날 것이다.

나는 겉모습만큼은 일류 성직자로 보이는 모양이니 하객들에
게 검을 내려놓게 하는 것쯤은 일도 아니다. 그렇게 자신을 다
독이며 불안을 진정시킨다.

"좋아. 그럼 가 볼까."

그렇게 중얼거린 뒤 기합을 넣고 자리에서 일어선다. 아르테
와 메르클리오 같은 사람들이 맺어지지 못한다면 어찌 앞으로도
신의 정의를 입에 담을 수 있겠는가.

성큼 문으로 다가가 손을 뻗는다.

그러던 손이 허공만 가른 것은, 누군가가 복도 쪽에서 문을 확
열어서.

"뮤리?"

뭐 잊고 간 것이라도 있나 하여 고개를 든 순간, 얼어붙었다. 눈앞에서 나를 내려다보는 거대한 남자. 눈이 번쩍 뜨일 만큼 붉은 수염. 아르테의 아버지라는 것을 단박에 알았다.

전란 시대의 가치관으로 살고 있으며 메르클리오를 암살하려 한다는 인물의 두 팔은 내 다리보다도 굵었다. 소처럼 굵은 목에 뱀처럼 노려보는 그 눈앞에서 나는 꼼짝없는 개구리 신세. 신심이 제아무리 강해도 신의 말씀이 폭력을 막아 내는 경우는 거의 없다는 현실쯤은 잘 알고 있다.

"…무, 무슨 일이십니까?"

간신히 쥐어짜낸 목소리는 뒤집혀 나가고, 복도에 선 붉은 수염의 거한은 묵묵히 나를 노려보기만.

왜 이런 곳에 있느냐고 묻는 것은 어리석다. 전장에서 살아 온 이라면 표적을 탐색하는 것이 철칙이니. 아르테가 암살을 방해하지 않도록 감시하고 있었겠지.

그렇다면 뮤리도 위험하다.

스윽, 발의 배치를 바꾸고 저택의 구조를 떠올린다. 이곳은 2층. 나무창 밑에는 악단을 위한 간이 정자가 있다. 쏜살같이 돌아서 나무창 밖으로 몸을 날리면 정자 지붕을 타고 중정으로 뛰어내릴 수 있을 터.

그리고 중정을 에워싸듯 건물이 서 있으니 어디에서든 소리를 지르면 뮤리의 귀에 반드시 들어간다. 뮤리라면 이내 무슨 일이 벌어졌는지 알아챌 테고.

머릿속으로 계산한 뒤 호흡을 가다듬는다.

하나… 둘… 때를 재는 순간.

"당신이 누군지 알지. 여명의 추기경이 내 딸과 무슨 밀담을?"

거한의 손이 내 어깨를 잡는다.

셋, 하고 몸을 틀어 도망치는 것은 끝내 이루지 못했다.

별안간 나타난 아르테의 아버지는 내 정체를 꿰뚫고 있었다. 날쌘 늑대인 뮤리라면 몰라도 굼뜬 양인 나는 도망칠 수도 없다.

그리고 아르테의 생각은 모조리 간파당해, 굳이 내가 말을 할 것도 없었다. 목숨 걸고 전장을 뛰어다닌 저들의 눈에는 우리가 하려는 일 따위는 그야말로 어린애들 작당 같은 것이었다.

하지만 아르테의 아버지는 나를 이 결혼식에서 제외하려 하지 않았고, 오히려 마침 잘됐다고 여겼다. 나는 아르테의 아버지가 시키는 대로 하는 수밖에 없었다.

그의 재촉을 받으며 예배당으로 가자 열기와도 비슷한 공기에 압도됐다.

예배당 입구에서 쭉 이어지는 길 양편으로 각각 친척들이 앉아 있었다. 오른쪽에는 체다노 가, 왼쪽에는 프리스톨 가. 설명을 듣지 않고도 하객을 보니 바로 알겠다.

왼쪽이 머릿수는 같아도 살집이 배는 된다.

아르테의 아버지는 오래된 가문의 당주답게 당당히 행동하며 마치 자신이 성직자를 모셔 온 것처럼 나를 제단으로 이끌었다.

제단까지 이르는 짧은 거리를 걸으며 프리스톨 가 하객들의 복장을 살피자, 아르테의 말대로 완벽한 전투 차림이었다. 심지어 사슬 옷까지 입고 있다. 아무리 무인의 가문에서는 그런 차림이 정복이라 하더라도 묘한 장비다.

제단에 다다르자 아르테의 아버지는 체다노 측의 맨 앞자리에 앉은 이들과도 인사를 나눴다. 그중 한 사람은 몹시 뚱뚱했으나 얼굴 생김새가 메르클리오와 똑같았다.

오늘의 주인공 중 하나인 메르클리오는 지금쯤 예배당 병설 기도실에서 이 결혼식이 무사히 끝나기를 신께 간절히 기도드리고 있겠지. 그것은 뮤리와 손을 잡고 있을 아르테도 마찬가지일 테고.

성전 앞에 이르러 묵직한 덩어리 같은 한숨을 내쉰 것은, 이 예식에 참석한 이들의 바람이 제각각인 탓이다. 모두가 한마음으로 축하해야 할 결혼식이지만 서글프게도 저들의 생각은 일치하지 않았다.

근심 어린 내 얼굴이 고명한 성직자처럼 보이지 않아서였을까.

아르테의 아버지가 거대한 몸을 예배용 긴 의자에 옹색하게 집어넣고는 나를 빤히 본다.

알지? 하며 다짐하듯.

나는 고개를 끄덕이는 수밖에 없다.

"…신께서는 이 세상에 남자와 여자를 만드셨습니다."

이 한마디로 결혼식이 시작되었다.

내 설교가 그렇게 뛰어나진 않겠지만 하객들은 열심히 듣고 있었다. 아니, 어쩌면 이제부터 일어날 일을 잘 알고들 있기에 신의 말씀에 귀를 기울이고 있는 것인지도 모르고.

호화로운 금도금이 칠해진 붙박이 유리창 너머에서는 지금도 연회 준비가 이어지고 있다.

그 평화로움이 능청스럽게 느껴지기까지 했다.

"그럼, 오늘 신 앞에서 아내를 맞는 신랑, 입장하십시오."

신의 말씀을 담은 성전을 덮자, 하객들은 일제히 몸을 틀어 예배당 입구로 시선을 돌린다. 귀족 간의 결혼이니 가벼운 갑옷 차림의 위병 두 명이 예배당 문을 연다. 손에 든 창끝은 은빛 털 가죽으로 꾸며져 있다.

교차한 창 밑으로 나타난 것은 잔뜩 긴장한 표정인 메르클리오. 행복한 웃음을 애써 참고 있는 것처럼 보이지 않는 것은, 엄격한 프리스톨 가 사람들이 쳐다보고 있어서인지.

신을 향해 한 번 예를 표한 뒤 양가 친척들에게도 인사를 드린다. 그 모습이 딱딱하게 굳어 어색하기 짝이 없다.

이어서 고개를 들어 나를 보며 입가를 필사적으로 꼭 다물고 걸어온다.

제단 앞으로 온 메르클리오는 가슴에 손을 얹고 벽에 걸린 교회 문장에 다시 한번 예를 표하고는 제단에서 약간 빗겨 섰다. 이제 오른쪽에는 아르테가 와서 설 것이다.

"그럼 하객 여러분, 일어서십시오."

다시 닫힌 예배당 문 너머로는 뮤리와 아르테가 기다리며 이곳에서 오가는 말에 귀를 기울이고 있으리라.

눈을 감고 천천히 숨을 들이마셨다가 내쉬었다.

아르테의 아버지 쪽으로 시선을 돌리자 대놓고 눈길을 피했다.

"검을 착용하고 계신 하객들은 내려놓아 주십시오. 검에 걸려 의자를 쓰러뜨렸다가는 본 예식의 주인공이 바뀌고 말 테니까요."

잔물결 같은 웃음이 인 것은 실제로 몸집이 큰 프리스톨 가 사람들이 몹시 비좁게 앉아 있었기 때문이다. 동감한다는 듯이 다들 검을 허리에서 풀어 앞자리 등받이에 세워 둔다.

계획을 전부 다 아는 아르테의 아버지도 못마땅한 얼굴로 검을 풀어 내려놓는다.

"성가대 여러분."

예배당 옆에 대기하고 있던 소년들에게 신호를 주자 변성기 전의 노래가 울려 퍼진다.

"그럼, 오늘 아내가 되실 신부, 입장하십시오."

문이 열린 직후, 와아 하며 하객들에게서 감탄사가 흘러나왔다.

천사가 따로 없는 뮤리를 보고 그러는 듯도 하고, 몸집은 크지만 나름대로 새하얀 예복이 눈길을 끄는 아르테의 아름다움을 보고 그러는 듯도 했다. 또는 두 사람의 주위에 씩씩하게 가슴을 펴고 앉은 흰색이며 은색 털을 가진 개들이 만든 모피의 바다에 놀라서 그런 것 같기도 하고.

평소에 세상 두려울 것이 없다는 표정이던 뮤리마저 긴장한 것이 느껴졌다. 눈짓을 보내자 어렴풋이 고개를 끄덕이고는 아르테의 손을 잡고 걸음을 내디딘다. 발밑의 개들도 호응해 걷기 시작하자 흰 구름 위를 걷는 것만 같다.

이만한 숫자의 개를 잘도 모았구나 싶은데, 연출 면에서는 확실히 눈길을 끄는 데가 있었다.

험상궂은 프리스톨 가의 면면들은 자기네 아가씨의 모습을 한결같이 굳은 얼굴로 보고 있다. 눈을 가늘게 뜬 채 북슬북슬한 콧수염 위로도 알 수 있을 만큼 관자놀이에 힘이 들어갔다. 그

중 제일 심한 이는 아르테의 아버지로, 붉은 머리카락이 곤두서기 일보 직전이었다.

의례적인 딱딱한 인사를 넘어 부녀지간의 심상치 않은 긴장이 느껴졌다.

그 뒤에서 뮤리가 개들에게 눈짓을 보내자 흰 융단처럼 뭉쳐 있던 개들이 조용히 하객들 사이로 흩어진다.

신부와 신부 아버지가 인사를 마치자 뮤리는 다시 아르테의 손을 잡고 메르클리오의 앞으로 걸어간다. 아르테는 나를 보지는 않았으나 뮤리는 나를 보며 희미하게 고개를 끄덕이고는 두 사람 앞에서 우아하게 물러났다.

"신랑, 메르클리오 체다노."

이름을 부르자 메르클리오가 나를 본다.

"신부, 아르테 프리스톨."

이어서 아르테가 나를 본다. 수천수만 번 되풀이되며 축복받아 온 결혼 의식.

성전의 내용에는 티끌만큼도 관심이 없는 뮤리조차 아는, '아플 때나 건강할 때나'라는 맹세의 말을 읊어 나간다.

메르클리오는 긴장을 되삼키듯 숨을 크게 들이쉬고는 "맹세합니다."라고 대답했고, 머리 하나만큼 큰 아르테도 눈을 내리깔며 "맹세합니다."라고 답한다.

"그럼 두 분은 반지를 교환하십시오."

양옆에서 귀족의 예식에 걸맞게 붉은 천을 두 손에 받쳐 든 이가 각각 나타났다.

공손히 쳐든 천 위에는 금빛 반지가 놓여 있다.

메르클리오가 먼저 반지를 집어 아르테의 손가락에 끼우고, 이어서 아르테도 똑같이 하고.

메르클리오가 어색하게 미소 짓자, 아르테 역시 미소로 답한다.

두 사람 사이의 분명한 유대가 느껴진다.

이것이 전부이고, 이것으로 족하건만.

신께서는 이 모든 것을 보고 계실 터.

그러나 사람은 모든 것을 보지는 못한다.

예컨대, 각자의 마음속에 담긴 진심은.

"이로써 두 사람은 부부가 되었습니다."

낭랑히 선언하자 하객들에게서 성대한 박수가 터졌다. 그야말로 예배당이 찢어질 듯.

메르클리오는 아르테의 손을 잡고 입을 꾹 다물며 하객을 향해 우아하게 절을 한다. 아르테 또한 남편과 함께 허리를 굽혀 온몸으로 박수를 받는다.

그런 두 사람을 앞에 두고 예식 순서 설명 때 받은 글을 읽었다.

"그럼, 예로부터 양가에서 전해지는 지역 관습에 따라…."

여전히 울리는 박수 소리가 미묘하게 달라진 듯했다.

언제든 제지가 들어올 것 같은 이상한 순간, 이라고 해야 하려나. 눈앞에서 허리를 숙이고 있는 아르테도 장내 분위기가 달라진 것을 민감하게 느낀 듯하다. 옷 틈으로 보이는 등 근육이 바짝 긴장한다.

"신이 인정한 두 사람의 강한 유대를…"

거기까지 읽은 순간, 개 두 마리가 졸래졸래 제단 앞에 나타났다. 나란히 새하얀 털에 동그란 검은 눈을 하고 둥글게 말린 꼬리를 자랑스레 흔든다.

그리고 그제야 다들 알아챘다.

개의 입에는 각각 검이 물려 있었다.

"아, 저건….."

누군가가 당황한 듯 말한 순간, 하객 사이에서 하얀 융단이 일제히 움직였다. 미처 눈으로 따라갈 수 없을 만큼 빠른 속도로 입에 검을 문 그들은 떠돌이로 살며 단련한 동작으로 출구를 향해 달린다.

당황한 하객들이 개를 잡으려 하지만 의자 간격이 너무 좁은 데다 다들 몸집이 큰 탓에 제대로 움직이지 못한다. 순식간에 대혼란이 벌어졌으나 사정을 알지 못하는 이들은 여흥이라 생각해 환호한다.

성가대 소년들도 야단법석 예식의 시작인 줄 알았는지 좀 전의 장엄한 곡이 아니라 전쟁 때 부대의 사기를 북돋우는 씩씩한 선율을 노래하고, 때를 기다리고 있던 악대도 격하게 북을 두드리며 밀려든다. 악대 중 몇 사람이 예배당에서 나온 개가 입에 문 검 자루에 정강이를 세게 부딪쳐 공중제비를 돌며 나동그라지자, 그게 또 웃음과 흥분을 불러일으켜 장내가 더욱 떠들썩해진다.

그런 자리에서 차분한 것은 아르테의 아버지와 몇 안 되는 사람들뿐.

"오라버니!"

어느 사이엔가 뮤리가 곁에 와서 눈을 형형하게 빛내고 있었다. 심지어 누군가의 검을 손에 쥐고 있는데, 여전히 허리를 숙이고 있는 아르테 역시 움직였다. 개가 입에 문 검에 천천히 손을 뻗는다. 꾹 참고 있던 분노를 모조리 담은, 아르테의 각오를 나타내는 동작.

바로 이 순간을 위해 지금까지 검을 수련한 것이라고 말하는 듯한 아르테. 그러나, 그런 아르테를 막아 세우는 손길이 있었으니.

"아르테."

침착한 음성과 함께 메르클리오가 두 마리 개가 각각 입에 문 검을 거두었다.

"그대가 검을 쥘 건 없어."

아르테가 고개를 들자 메르클리오는 자세를 바로 했다.

"들어라! 내 이름은 메르클리오 체다노! 이 아름다운 아르테를 아내로 맞은 자다!"

옛날 옛적 전쟁터의 예법대로 메르클리오가 오른손에 검을 들고 자기 이름을 밝혔다.

얼이 빠진 아르테가 멍한 표정이면서도 메르클리오의 왼손에 들린 두 번째 검에 손을 뻗자, 그럴 줄 알았다는 듯이 메리클리오는 두 번째 검을 던져 버린다.

"메르클리오!"

비통한 외침에 메르클리오는 놀란 표정을 지었다가 이내 웃었다.

"괜찮아, 아르테. 날 믿어."

"아니야, 메르클리오, 당신은 아무것도 몰라!"

소리치는 아르테의 뒤로 살금살금 다가오는 여러 명의 장정.

"윽, 이, 이 무슨… 놔, 이거 놔!"

아르테의 외침은 느닷없이 덮친 장정들에게 묻히고, 어깨를 붙들린 아르테는 검을 손에 든 메리클리오와 함께 순식간에 빙 둘러싼 사람들 너머로 사라져 버렸다.

검을 안고 있던 뮤리가 검의 물림쇠를 벗기려고 낑낑대고 있는 것은, 어서 가서 구해야 한다는 마음에서이리라. 그런 뮤리의 어깨를 잡고 옆으로 끌어당겼다.

"오, 오라버니, 어서 빨리 아르테한테 무기를!"

그러면서 뮤리는 보리가 든 자루를 손에 쥔다.

지금에야말로 늑대가 되어 비극의 주인공이 된 신부를 구출해야 하니.

뮤리가 울 것 같은 얼굴로 나를 올려다본, 그 직후.

"자, 그 손들 놓으시오! 당신들의 아가씨는 오늘부터 나의 아내이니!"

검을 뽑은 메르클리오가 목청을 높이자 깔아뭉갤 듯 밀려들던 사람들이 조금씩 뒤로 물러나 공간이 트였다. 사람들 사이로 보이는 것은 납치된 공주처럼 세 사람에게 어깻죽지를 제압당한 아르테. 셋 모두 기골 장대한 장정들인데도 날뛰는 아르테를 제압하느라 용을 쓰고 있었다.

그런 광경에 나는 큰 한숨을, 있는 대로 큰 한숨을 쉬었다.

"좋다. 그렇다면 그대가 내 딸의 남편에 걸맞을지 검으로 물어보도록 하지."

메르클리오에게 응답한 것은 아르테의 아버지. 메르클리오가 던진 검을 주워 뽑아 들더니 검집은 버린다. 체격 차이는 역력하고, 검을 쥐는 자세 하나만으로도 두 사람의 검술이 얼마나 차이가 나는지 문외한이 보기에도 알겠다.

아르테는 죽을 듯이 날뛰며 외쳤다.

"메르클리오!"

그리고, 아르테의 아버지는 검을 휘둘렀다.

소리라기보다는 빛이 눈과 귀를 앗아간다.

벼락이 떨어진 것 같은 금속음에 몸이 움츠러들고, 격렬한 검극에 한기마저 일었다. 뮤리는 눈을 깜빡이는 것도, 숨을 쉬는 것도 잊은 듯 필사적인 얼굴로 내 손을 뿌리치고 메르클리오에게 달려가려 기를 쓴다. 그것을 애써 막자, 지금껏 보인 적 없는 성난 눈을 했다.

"오라버니, 대체 왜?!"

이 이상 방해하면 아무리 오라버니라도….

"뮤리."

하고 이름을 부르자, 남을 위해 진심으로 분노할 줄 아는 마음 착한 뮤리는 간담이 서늘해지는 늑대의 눈으로 나를 노려본다.

그러나 나는 그 눈빛을 냉정하게 받아 냈다. 딱히 뮤리를 무시하는 것도, 아르테와 메르클리오를 모른 척하는 것도 아니다. 모든 것은 뮤리와 아르테가 방을 나간 후, 직접 담판을 지으러 온 아르테의 아버지가 한 말 때문이다.

"괜찮아요. 다들 서로를 생각하는 마음에서 저러는 거니까."

"…어?"

당황한 듯한 소리는 뮤리가 낸 것인지, 아르테가 낸 것인지.

사람들이 에워싼 그 너머에서 놀라운 일이 일어나고 있었으니.

착한 남자를 그림으로 그려 놓은 듯한 메르클리오가 아르테의 아버지의 검을 받아 낸 것이다.

"읍!"

다음 일격은 몸통 베기였다. 가로로 휘두른 검을 메르클리오가 또다시 멋지게 받아 냈다. 불꽃이 튀고, 메트클리오의 호리호리한 몸이 들썩하기는 했으나 확실하게 받아 내기는 했다.

비틀거리면서도 태세를 바로잡고 검을 부여잡자, 잠시 후 체다노 진영에서 발을 구르며 갈채가 터진다.

"그래, 잘 한다! 프리스톨 늑대 놈들에게 쫄지 마!"

응원이 날아들자, 이번에는 덥수룩한 수염들이 외친다.

"체다노의 흰 털은 양털이다! 뽑아 버려! 싹 다 뽑아 버려!"

장내가 떠들썩한 가운데 아르테의 아버지의 검극을 메르클리오가 차례차례 받아친다. 어떻게 저런 일이, 하며 경악하여 눈이 휘둥그레진 아르테와 마찬가지로 얼이 빠져 있던 뮤리가 나를 돌아본다.

메르클리오가 검을 받아 낼 때마다 지붕이 날아갈 듯 탄성이 터지고, 성가대 소년들은 질세라 목청을 높이고, 악대는 큰북과 악기를 미친 듯이 울린다.

"프리스톨의 늑대라 칭송이 자자하던 아버님의 검이 고작 이거였습니까?!"

메르클리오가 숨을 헉헉대면서도 과감하게 외친다. 그리고 아르테의 아버지가 대답하기 전, 메르클리오는 한쪽 팔로 검을 휘두르며 용감하게… 라고 하기엔 다소 미흡하게 비틀댔으나 용케 검을 어깨에 짊어지고는 남은 한 손을 내밀었다.

신랑이 손을 내밀 상대야, 물론.

"자, 아르테!"

세 사람이 달라붙어 어깻죽지를 포박하고 있던 아르테의 몸이 쿵 바닥으로 떨어진다.

아르테는 맥이 빠진 듯 자리에 주저앉아 메르클리오를 올려다보았다.

그런 아르테의 손을, 땀 맺힌 이마에 아름다운 머리카락이 달라붙은 메르클리오가 힘껏 잡고 외쳤다.

"그대를 지키는 건 나다! 메르클리오 체다노가 나의 아내, 아르테를 지킨다!"

그 순간 아르테의 아버지가 휘두른 검을 메르클리오는 한 손으로 튕겨 낸다.

이쯤 되자 이게 어찌 된 일인지 다들 알게 되었다. 메르클리오의 가는 팔은 이미 지칠 대로 지쳐 검을 들고 있는 것만으로도 벅차 보였지만, 아르테의 아버지는 그 약한 반격을 받고도 검을 떨어뜨렸으니.

"아르테, 길은 열렸다! 가자!"

메르클리오를 멍하니 올려다보고 있는 아르테의 손을 잡아 끌고 비틀대는 것을 부축하며 끌어안듯 일으켜 세우자, 비로소 아르테도 자신이 무엇을 해야 하는지 이해한 모양이다.

왜 아버지와 친척들이 무기를 들고 있었는지. 어째서 메르클리오가 걱정하지 말라며 자신만만했는지.

아르테가 돌아보자 아버지는 항복하듯 손을 들었다.

한순간 울 것 같은 표정을 지은 아르테는 눈을 내리깔았다가 들었다. 그리고 그 순간에는 오직 메르클리오만을 바라보았다. 자기보다 머리 하나만큼 키가 작고, 양가의 귀족답게 갸름한 얼굴에 인상 좋은 청년을. 시를 공부하러 길을 떠나겠다고 했다가 아버지에게 호된 야단을 맞았다고 했었다. 분명 검을 쥐어 본 것은 손에 꼽을 만큼 적을 터.

그러나 메르클리오는 남편이 되려면 강해져야 한다고 생각했다. 아르테가 튼튼한 자기 몸을 가리켜 꽃 같은 신부와는 거리가 멀다고 자학한 것처럼 메르클리오 역시 같은 생각을 하고 있었다.

그렇다면 아르테의 아버지와 친척들은?

"이러면 되, 되는… 건가?"

메르클리오가 아르테의 손을 잡고 기사 이야기 속에서 공주를 구해 내는 마지막 장면처럼 예배당을 나선다. 그것을 지켜보고 있던 수염 난 장정들이 불안한 표정으로 그렇게 중얼거렸다. 개중에는 아르테를 잡다가 냅다 얼굴을 얻어맞아 코피를 흘리고 있는 이도 있었다.

"아가씨가 날뛰는 바람에 결혼식이 파탄 나는 게 아닐까 했는데…."

"난 메르클리오 님을 인질로 잡고 도망칠 줄 알았어."

"만에 하나 칼부림이 날까 봐 사슬 옷까지 챙겨 입고 왔는데 기우로 끝나서 참으로 다행이야."

아르테의 아버지가 대기실에 나타나 말한 내용이 그런 것이었다.

지금까지 결혼의 결에도 흥미가 없던, 재봉이고 요리고 그 어떤 것 하나 익히지 않고 오로지 검만 쥐던 아르테.

아버지로서는 검술을 배우고 싶어 하는 딸의 모습이 반가우면서도 한편으로는 혼기가 찬 딸이 언제까지나 저래도 되려나 하는, 아비 된 자의 흔한 불안에 시달렸다. 그러던 차에 때마침 지역 행사에 참석한 메르클리오와 시험 삼아 자리를 마련했다고 한다.

그러자 아르테는 이내 메르클리오와 친해졌고, 두 사람을 만나게 한 아버지가 오히려 깜짝 놀랐다. **너무 오래도록 대화만 나누고 있기에, 아르테가 좋아하는 검이라도 휘둘러 보는 게 어떻겠느냐고 나름대로 배려해서 끼어들었을 만큼.** 그리고 놀라움은 이내 의심으로 바뀌었다.

아르테는 똑똑하고 착한 딸이다. 아비가 딸의 혼사를 걱정하는 것은 겉으로 드러내지 않아도 잘 알고 있었을 것이다. 더욱이, 느닷없이 메르클리오와 만나게 했으니 아무리 그런 방면에는 둔한 아르테라도 아비의 목적을 알아챘을 터. 그리고 아르테는 아비의 체면을 세워 줄 요량으로… 아니, 역사만 오래됐지 돈 버는 재주라고는 없는 가문을 위해서 유복한 체다노 가의 후계자와 친해진 것은 아닌가 하는 의심이 들었다.

그렇지 않고서야 지금껏 시 한 줄 외운 적 없던 아르테가 메르클리오와 즐겁게 시 이야기를 할 리가 있나. **네가 언제부터 시 같은 것에 흥미가 있었다고?**

메르클리오와 아르테를 만나게 한 장본인이면서도 아르테의 아버지는 그렇게 생각했다.

그러나 딸의 진의를 확인할 새도 없이 메르클리오 쪽에서 아르테를 마음에 두었고, 이야기가 착착 진행되는 것을 자신은 그저 바라보기만 했다고 한다.

설마, 정말로? 아니, 하지만….

아르테의 아버지가 잠 못 드는 밤을 보낸 것은 소중한 딸을 시집보내야 하는 괴로움보다는, 타고나길 선머슴 같고 세 끼 밥보다 검술을 더 좋아하는 아르테의 성격을 알기 때문이었다.

요컨대, 막판에 모든 것을 뒤엎을 가능성을 진지하게 생각한 것이다. 과거에도 엄청난 소동을 일으킨 적이 여러 차례 있기에 그런 의심을 떨칠 수 없었다.

거기에서 더 나아가, 이 혼인은 아르테가 아버지에게 화풀이하는 것이라고까지 여기게 되었다.

아버지도 결국엔 자신을 그저 그런 흔한 여자애로 여기는 게 아닌가 하는 실망감에 결혼식을 엉망진창으로 만들어 반항하려는 것이라고.

뮤리와 아르테가 방을 나간 뒤로 불쑥 나타난 아르테의 아버지는 큰 몸집과 그 어떤 역전의 용사라도 기가 죽을 만한 험상궂은 얼굴을 하고는 당장에라도 울 것 같은 표정으로 그간의 고민을 토로했다.

아르테의 본심을 미처 헤아리지 못한 아버지의 착각에 어이가 없었다…고 말하고 싶지만, 딸을 소중히 여기기에 일이 이렇게 되었으리라는 생각이 이내 들었다.

딸이 검을 사랑하는 것을 알기에, 혼기가 찬 딸에게 검술은 걸맞지 않다는 말을 하지 않았다. 세간의 상식보다는 딸이 좋아하는 일을 하게 두고 싶었다.

그래서 아르테를 오해한 것이었으나, 딸인 아르테 역시 같은 생각을 한 바람에 일이 복잡해졌다.

아르테의 눈에는 지금까지 아버지와 나눈 대화라고는 검과 전쟁 이야기뿐이었는데 어떻게 별안간 사랑이니 연애니 하는 말을 꺼낼 수 있겠는가. 하물며 메르클리오가 즉흥적으로 지은 시에 감명을 받았다는 말을 어찌 하겠는가. 그런 유약한 딸이었다며 실망하시는 게 아닐까?

모든 것은 거기에서 시작됐다.

그리하여, 내게 찾아온 아르테의 아버지는 이렇게 말했다.

아르테에게 무슨 소리를 들었는지 모르겠으나 부디 이 결혼식을 깨는 짓은 하지 말아 달라고.

애원했다 해도 과언이 아니다.

아르테가 메르클리오에게 반할 만한 계획도 세워 두었다고. 세상에서 검을 제일 좋아하는 아르테이니 꼭 마음에 들어 할 것이라고. 메르클리오도 아르테의 마음에 들 수 있게 온갖 노력을 다하겠노라 자기에게 말했다고.

그 말을 듣고, 메르클리오도 같은 함정에 빠져 있다는 걸 알았다.

나오는 건 한숨뿐이었다.

신께서는 모든 것을 아시지만, 사람은 그렇지 못하다. 사람은 자신이 생각하는 것보다 훨씬 더 일정한 관점에서 타인을 판단하고 만다.

험상궂은 아르테의 아버지가 상상 이상으로 마음이 약한 인물인 것도 그렇고, 남편이 검술 능력자이든 아니든 그런 것엔 아르테가 전혀 관심 없다는 사실을 믿지 않은 메르클리오도 마찬가지다. 물론 아르테 역시 메르클리오가 아내 될 사람에게 가냘픈 어깨와 가느다란 허리, 청초함을 기대한다고 착각하는 면이 있었고.

아르테의 아버지는 선머슴 같은 딸이 정말로 사랑에 빠진 거라고는 눈곱만큼도 생각지 않았고, 딸은 딸대로 험상궂은 아버지는 험상궂은 남자가 프리스톨 가문에 걸맞다고 여길 것이라 믿고 있었다.

어째서 결혼식이 온통 크림과 설탕으로 꾸며지는지 떠올려 보라.

아무리 생각해도 악마는 달달한 음식에는 약할 것 같아서다.

"…그럼, 우린 뭐였던 거야?"

검을 주인에게 돌려준 뮤리는 허탈한 듯이 바닥에 아무렇게나 퍼져 앉아 있었다. 그런 뮤리를 네 마리나 되는 개가 에워싸고 늑대인 뮤리가 어서 머리를 쓰다듬어 주기를 바라듯 꼬리를 흔들며 감겨든다.

"약간의 향신료, 같은 것이었겠죠. 뭐, 애초에 우리한테도 겉모습만 보고 부탁했으니."

뮤리는 한숨을 쉬고는 개들의 머리를 차례차례 쓰다듬은 뒤 말문을 열었다.

"…어쨌든, 아르테는 예뻤어."

뮤리의 시선 끝에는 나란히 어깨를 부딪치며 예배당을 나가는 체다노 가와 프리스톨 가의 하객들이 있다. 그들은 이 결혼식이 무사히 진행되도록 계획을 세우고 준비했었다. 손을 맞잡고 예배당을 나간 신랑 신부의 모습에 진심으로 안도한 듯했다.

바닥에 앉은 뮤리에게 손을 내밀자, 뮤리는 내 손을 물끄러미 보다가 말했다.

"오라버니도 저런 기사와 공주님 같은 게 좋아?"

어떤 뜻에서 묻는지 모르겠으나 솔직히 대답한다.

"나는 기사에는 안 어울려요."

"……."

뮤리는 잠자코 내 손을 잡고 일어선다.

"그럼, 이 손을 잡고 걸어 주는 오라버니는 무슨 역할이야?"

"본인 입으로 말했잖아요. 오라버니죠."

뮤리는 뺨을 부풀리고 혀를 메롱 내밀더니 맞잡은 손에 힘을 꽉 주었다.

그리고 노려보듯 말했다.

"그런 생각은 오라버니만 하고 있을지도 모른다는 거, 이 소동을 보고도 안 들어?"

사람은 겉모습으로 사람을 판단하고, 한 번 받은 인상은 좀처럼 뒤집히지 않아, 스스로도 미처 깨닫지 못할 때가 자주 있다.

대체로 맞는 말이지만, 물론 다 그런 건 아니다.

"설령 내가 틀렸다 하더라도, 자기가 어른인 줄 아는 뮤리보다야 낫죠."

"아니, 그건 또 뭔 소리야?"

"말한 대로요. 하여간에. 검까지 챙겨 들고, 정말 그걸로 베려고 했던 거예요?"

모험담과 현실을 혼동하면서 어른은 무슨 어른.

"뮤리가 어린애처럼 구는 동안엔 아직은 내 여동생이에요."

"오라버니 바보!"

뮤리가 그렇게 소리치자 개들이 다들 놀란 듯 귀를 세웠다.

"아, 네. 알았어요. 그럼 일단 눈앞의 일부터 처리합시다. 중정에서 케이크를 잘라 신부에게 줘야죠."

내 팔에 매달려 물어뜯을 듯이 얼굴을 들이대고 있던 뮤리는 한동안 앓는 소리를 내고 있다가 고개를 들었다.

"아~아! 나도 빨리 시집가고 싶다!"

그러고는 내 손을 잡고 뛰기 시작한다.

"오라버니, 가자! 이러다가 맛있는 거 다 없어지겠어!"

"어? 아, 어휴, 뮤리!"

"아하하하."

그 말을 주고받으며 중정으로 나가, 괜한 걱정근심을 내려놓은 하객들과 함께 신나는 축하 행사를 다시 시작했다.

그때부터는 술도 마시고 야단법석이었다.

아르테와 메르클리오에게 감사의 인사를 듣고, 양가 친척 일동에게도 인사를 받았다.

하지만 사실 나는 아무것도 한 게 없다. 결국엔 그들 자신이 서로를 배려해 행동한 것이었으니까.

이리하여 라우즈번 일각에서 거행된 결혼식은 무사히 끝났고, 뮤리는 자기와 똑 닮은 털을 가진 강아지를 찾아 하이랜드가 빌려 쓰고 있는 저택으로 돌아왔다.

공무를 보고 귀가한 하이랜드와 딱 마주쳤는데, 지칠 대로 지친 나를 보고 눈이 휘둥그레진 하이랜드에게 자세한 이야기는 내일 하겠노라 하고는 재빨리 방으로 물러났다. 춤을 하도 춰서 지친 뮤리는 강아지를 품에 안은 채로 침대에 그대로 쓰러졌다.

그 모습에 어이없어하자, 뮤리는 강아지의 머리를 쓰다듬어 준 뒤 침대 밑에 내려놓고는 피로하기도 하고 흥분하기도 하여 물기 어린 눈으로 나를 쳐다보았다.

"오라버니, 약속 안 잊었지?"

"약속?"

뮤리가 침대에 누운 채로 두 팔을 뻗는다.

"숙소로 돌아오면 꼭 안아 주겠다고 했잖아."

예식 때문에 땋은 예쁜 머리와 열에 들뜬 듯한 얼굴이 별안간 어른스럽게도 보인다. 신앙의 길을 걷는 어린양을 현혹하는, 나쁜 늑대.

그런 마음이 들게 하고 싶은 거겠지만, 나도 뮤리를 상대한 지 십여 년이다.

"아, 맞다. 실은 뮤리를 위해 살짝 선물을 받아 왔어요."

"…어?"

"아까 그 커다란 식기를 갖고 싶어 했잖아요?"

"뭐? 뭐어?!"

앞으로 평생 먹을 것이 풍족하도록, 두 사람의 앞날을 축복하기 위해 준비된 과하게 커다란 식기.

뮤리는 몸을 일으키고는 고기를 본 개처럼 침대 위를 기어 온다.

"오, 오라버니, 그거, 혹시 나를…."

기대로 한껏 부푼 소녀의 얼굴을 한 뮤리에게 선물로 받아 온 그것을 내보였다.

"뮤리도 먹었죠? 아르테 씨의 고향에서는 밀가루로 만든 면 종류가 특산품이라잖아요. 그 면을 삶을 때 쓰는 도구래요."

하며 꺼낸 것은 가느다란 판에 돌기가 여럿 달린 것이었다.

이것을 냄비 속에 넣고 면을 휘휘 젓다가 퍼낸단다.

"어… 어~…."

기대했던 것과는 전혀 다른 것이 나오자 뮤리의 몸에서 일제히 공기가 빠져나간다.

귀와 꼬리가 재미있을 만큼 쭈그러드는데, 그런 뮤리의 곁에 앉아 말했다.

"이거 봐요. 이 모양을 보자마자 눈이 번쩍 뜨였어요. 뮤리의 털을 손질하는데 어찌나 딱 맞는 모양이던지."

뮤리가 고개를 들어 나를 본다.

예상치도 못한 곳에서 황금이 굴러떨어진 것처럼.

"이 정도로 크면 뮤리가 늑대 모습으로 돌아가서도 충분히 털 손질을 할 수 있어요. 뮤리는 머리카락뿐 아니라 털도 아름다우니까 늑대의 모습일 때도 잘 손질해야 한다고 생각해요."

입을 꾹 다무는 뮤리의 다리를 타고 강아지가 침대 위로 기어오른다.

마침내 침대 위로 올라온 강아지의 머리 위로 제일 먼저 허리띠, 상의, 그리고 바지가 연이어 떨어지고, 꿈틀꿈틀 옷가지 밑에서 기어 나온 강아지는 은빛 늑대를 우러러보았다.

"…뮤리, 아니 이건, 이래서는 털 손질이… 뮤리…!"

커다란 늑대에게 떠밀려 침대에 쓰러지자, 코끝을 갖다 대고, 벅찰 만큼 목덜미를 얼굴에 문질러 댄다. 꼬리도 끊어져라 세게 흔드는 것이, 대체 늑대의 자긍심 따윈 온데간데없고.

문득 고개를 옆으로 돌리자 강아지가 대체 왜 그러느냐는 듯이 나를 들여다보고 있었다.

"너도 뭐라고 말 좀 해 줄래?"

다 컸어도 언제까지나 어리광쟁이인 이 늑대에게.

"멍!"

강아지는 한숨 같은 소리로 짖고는 털썩 주저앉아 짧은 다리로 제 목덜미를 긁었다.

은빛 털이 허공을 너울너울 춤춘다.

기나긴 겨울이 끝나 따스한 봄이 다가오는 시기의 한 장면이었다.

온천장을 나서 길을 떠난 어린것들에게서 편지가 왔다. 뇨히라는 마침내 눈이 녹기는 했어도 아침저녁으로는 아직 한기가 들기에 입구 옆 난로에서 몸을 녹이고 있는데, 단골 상인이 가져다주었다.

이제 곧 털갈이 시기이기에 귀와 꼬리를 옷으로 가리면서 받아 들자 편지에서 몹시 진한 냄새가 났다.

"흠."

둘둘 말린 편지를 묶은 끈을 풀고 밀랍 봉인을 풀어 내용을 보자 콜이의 꼼꼼한 글씨와 오른쪽 위로 삐쳐 올라간 뮤리의 글씨가 나열돼 있다. 보고 있는 내 입꼬리까지 끌려 올라간다.

"어이, 호로, 포도주인데, 데울까?"

놋쇠 잔을 손에 든 반려가 훌쩍 고개를 내밀었다.

"음, 데워."

"예, 그럽죠… 어? 뭐야? 편지? 뮤리한테서?!"

한동안 콜이와 딸인 뮤리한테서 편지가 오지 않았었기에 반려는 눈이 휘둥그레져서는 달려들다시피 한다.

그러니 친절을 베풀어 편지 내용을 말해 주었다.

"콜이와 멍청한 뮤리가 결혼식을 거행했다고 쓰여 있어."

많이 생략했지만, 거짓말은 아니다.

딸에게 한없이 약한 멍청한 반려는 어지간히 놀랐을 게 틀림없다…는 생각을 하고 있자, 날카로운 금속음과 무언가가 흐르는 소리가 들렸다.

"아…! 어휴, 당신! 포도주!"

놋쇠 잔을 떨어뜨린 채, 넋을 잃은 반려가 표정이 가신 얼굴로 우뚝 서 있다.

"뮤리가… 뮤리가….."

"멍청이! 콜이가 남의 결혼식에서 성직자 흉내를 냈고, 뮤리가 신부 들러리인지 뭔지를 한 것뿐이야!"

"뭐? 그, 그래? 진짜?"

때로는 이 현랑이 놀랄 정도의 머리 회전과 용기를 보여 주면서도 대부분의 일에는 멍청하기가 황소 그 이하.

"아깝게… 하여간 이러니까 이 멍청이는…."

"야, 편지 좀 줘 봐. 정말로 뮤리가 혼인을 한 건 아니지?"

"진정 좀 해! 자! 실컷 봐!"

편지를 들이밀고는 멍청이가 떨어뜨린 놋쇠 잔을 줍는다.

다행히 주둥이가 좁은 형태라서 어느 정도 술이 남아 있다.

남은 뒤처리는 이 멍청이한테 시키면 된다.

"아아, 맞네. 그렇게 쓰여 있네… 하여간에… 심장 멎는 줄…."

지금부터 저러면 정말로 뮤리가 시집을 가면 어쩔 것인지. 어이가 없지만 현랑인 나는 착하디착한 아내이기에 저 얼간이에게는 말하지 않은 게 있다.

"흐음? 남방의 조리도구 중에 털 손질하기에 딱인 도구가 있어서 구하게 되면 가까운 시일 내에 보내 주겠다네?"

그게 무엇인지 모르겠으나 한발 먼저 봄이 와 있을 바깥세계에서 콜이와 뮤리가 털갈이 시기를 어떤 식으로 보내고 있을지는 쉽게 상상이 갔다. 편지에 감겨 있던 끈만 보고도 알았고, 반려가 손에 든 편지에서도 이만큼 떨어져 있는데도 냄새가 풀풀난다.

결혼이 어떻고 저떻고 이러쿵저러쿵 새삼 말할 것도 없을 만큼 사이좋은 냄새.

멍청한 반려는 사람의 몸이라서 저 냄새를 못 맡고 있는데, 먹

구름이 몰려오고 있다는 걸 전하지 않고 놔두는 나의 상냥함에 고마워하길 바란다.

"응, 왜?"

"뭐가?"

미소로 답한 후 쓰윽 반려의 옆에 가서 선다.

"털 손질하는 도구라니. 올해도 슬슬 털갈이 시기가 다가오네. 당신이 손질해 줄 거지?"

"그래, 그래야지. 너 주려고 빗도 잔뜩 주문해 놨어."

말은 어이없는 것처럼 하지만, 실은 잔뜩 기대하며 즐거워하는 점이 얄밉다.

"부드럽게 해 줄 거지?"

반려는 어깨를 으쓱이고 웃은 후 흘린 포도주를 닦기 시작했다. 하는 수 없이 나도 도와준다. 이렇게 재미난 놀이 상대는 어린 뮤리한테는 아깝지. 뮤리 그 멍청이한테는 아직 새파란 콜이면 충분하다.

"왜?"

반려가 내 시선을 알아채고는 궁금한 표정을 짓는다.

간지러운 듯이 웃고는 대답했다.

"아무것도 아니야."

슬슬 긴 겨울이 끝나려 한다.

가슴속이 자꾸만 둥실둥실한 것은 계절 탓일 거라고 핑계를 댄다.

하지만 그러는 한편으론 두 어린것들의 여행이 약간 부럽기도 하다.

여행.

여행이라….

"흥."

쓴웃음을 짓고 중얼거렸다.

"이제 여행을 떠날 일은 없겠지."

겨울털이 난 꼬리를 손으로 쓰다듬자 뭔가를 기대하듯 단숨에 확 부푼다.

그러나, 세상일은 참으로 알다가도 모를 것 천지.

현랑의 예상도 빗나갈 수 있다는 걸 알게 되는 것은 이로부터 조금 더 지나서였다.

22권 끝

안녕하십니까, 하세쿠라 이스나입니다. Spring Log편도 다섯 권째가 되었습니다. 설마 이렇게까지 이어질 줄이야… 싶으면서도 데뷔 10주년 이벤트를 하고도 3년 반이 지났으니, 『늑대와 향신료』 본편으로 치면 데뷔작인 1권부터 애니메이션 2기 방영 종료까지보다도 더 오래되었다고 합니다. 책 권수로 따지면 1권에서 13권까지입니다! 본 작품을 초기부터 따라와 주신 분들은 제가 어떤 충격을 받고 있을지 왠지 모르게 이해되시지 않을까 합니다. 여러분. 우리, 나이를 먹었습니다…. 아니, 데뷔에서 애니메이션 2기 종료까지라니, 그게 고작 3년 반이었던 건가… 하여 이상한 기분이 듭니다.

한편으로는 『늑대와 향신료』 자체는 참으로 고맙게도 지금까지 신규 굿즈가 계속 나오고 있고, 얼마 전 전격문고 온라인 이벤트에서는 특설회장에 호로 3D 모델을 배치해 주시는 등, 여러 가지로 행사가 이어지고 있습니다.

여기까지 이르고 나니 20주년에도 신간이 계속 나오는 장수 콘텐츠로 만드는 야망을 품기도 하고 품지 않기도 합니다만, 가능한 페이스로 해 나가고자 하니 앞으로도 계속 잘 부탁드립니다.

참고로, 호로와 만나서 귀와 꼬리를 쓰다듬을 수 있는 〈늑대와 향신료 VR〉도 후속 제작이 결정되어 현재 열심히 제작 중입니다. 이번엔 뇨히라 온천장에서 펼쳐지는 이야기가 될 테니 새로운 캐릭터도 나올지도?! 하니, 기대해 주세요!

사생활 쪽은 딱히 아무것도 없이, 있다고 하자면 라그나로크 온라인 모바일판에 손을 대서 왕년의 길드 멤버들과 첫날부터 플레이하면서 같은 길드 명으로 활동했는데, 맨 처음 한 달은 옛날로 돌아간 듯한 느낌이었습니다만, 눈 깜짝할 새에 다들 사라지고 나 혼자 남아 찔끔찔끔하다가, 아, 이런 얘긴 그만. 서글프네.

그리고, 2019년에도 최신 게임 제작 책을 집어 들었다가 작심삼일이었던 것처럼 매년 이벤트(뭔가 새로운 스킬을 익히고 싶어서 시작해 보지만 계속하지 못하는 의식)도 하고 있습니다. 지난주에는 영어회화 교재를 샀습니다! 최근엔 암산 앱을 스마트폰에 넣어 암산하고 있습니다. 이건 뜻밖에 계속하게 되네요. 지금은 세 자릿수와 한 자릿수의 곱셈을 하는데 한 문제당 5초 걸립니다. 상위 스코어를 보니 이건 뭐 전자계산기인지… 전율이입니다, 라는 것까지 썼더니 분량이 다 채워졌습니다.

다음 작품은 『늑대와 양피지』가 되지 않을까 합니다. 그쪽도 잘 부탁드립니다.

하세쿠라 이스나

늑대와 향신료

늑대와 향신료 [22]

2020년 11월 10일 초판 발행

저자 하세쿠라 이스나 | **일러스트** 아야쿠라 쥬우 | **옮긴이** 박소영
발행인 정동훈
편집 팀장 황정아 | **편집** 노혜림
발행처 (주)학산문화사 | 서울특별시 동작구 상도로 282 학산빌딩
편집부 02.828.8838(전화), 02.816.6471(팩스) | **영업부** 02.828.8986(전화), 02.828.8890(팩스)
홈페이지 www.haksanpub.co.kr | **등록** 1995년 7월 1일 | **등록번호** 제3-632호

ISBN 979-11-348-7251-9 04830
ISBN 978-89-529-9574-2 (세트)
값 7,000원